EXTRAITS

DU

CATALOGUE CRITIQUE ET RAISONNÉ

D'UNE PETITE

BIBLIOTHÈQUE MUSICALE.

Tiré à CENT exemplaires.

Prix : 10 francs.

EXTRAITS

DU

CATALOGUE CRITIQUE ET RAISONNÉ

D'UNE PETITE

BIBLIOTHÈQUE MUSICALE,

PAR

ADRIEN DE LA FAGE.

RENNES,

DE L'IMPRIMERIE DE H. VATAR.

Dépôt à Paris, chez TARDIF, libraire, rue Rochechouart, 33.

AVERTISSEMENT.

Les lecteurs peu nombreux sous les yeux desquels tombera cet opuscule seraient en droit de se plaindre, si l'on ne les instruisait brièvement des circonstances qui ont donné lieu à sa composition et par suite à sa publication. Le cercle qu'ils forment autour du livre étant très-restreint, ils trouveraient mauvais que l'auteur ne causât pas un peu avec eux.

Quelques mots d'abord sur les collections en général et quelques particularités sur les collectionneurs.

Du moment qu'une collection quelconque est faite dans un but déterminé et a par conséquent un caractère spécial, elle ne tarde pas beaucoup à devenir intéressante; et souvent même elle acquiert une valeur considérable dans quelques-uns de ses articles. Je ne parle pas ici de ces grandes collections qui existent dans les dépôts publics et que des gouvernements peuvent seuls posséder, je ne veux pas non plus désigner celles que forment des particuliers riches en y dépensant beaucoup d'argent et y consacrant un temps qu'il faut d'ailleurs se féliciter de voir employer de la sorte. De pauvres collectionneurs tels que moi aiment assez à voir les dépôts publics s'enrichir, parce que une fois entrés là, les livres s'y retrouvent et peuvent à chaque instant y être consultés; mais, il faut l'avouer, ils maudissent bien sincèrement la richesse au moyen de laquelle un opulent amateur leur fait une concurrence contre laquelle ils ne sauraient lutter.

On ne les voit plus guère bouquinant le long des quais et dévorant d'un coup-d'œil le contenu des boîtes exposées par les étalagistes. Ils n'y trouveraient plus rien. Tous les bouquinistes de Paris (et ceux des départements les ont imités), sont devenus des *connaisseurs* aussitôt qu'ils ont consenti à faire la dépense d'un *Brunet* (1). Dès-lors l'aspect d'une étiquette inconnue, d'une couverture singulière, d'un format inusité ou même le seul instinct de la profession leur inspire des doutes et des espérances sur un vieux livre qu'autrefois ils n'auraient pas même ouvert; ils courent à leur Brunet; y trouvent-ils que le livre est monté dans quelque vente à un prix élevé, ils vont en offrir l'acquisition à l'un des trois ou quatre gros bonnets de la librairie ancienne, qui l'achète en s'arrangeant toujours de manière à le payer assez peu et à le revendre ensuite sept ou huit fois ce qu'il l'a payé.

Le pauvre collectionneur en aurait assurément donné plus que le riche libraire, mais le bouquiniste ne s'adresse pas à lui; il ne le connaît que de vue, et d'ailleurs, tout en ayant au fond de l'estime pour lui, il le trouve pingre et marchandeur.

Les collectionneurs n'ont donc plus que la ressource des ventes; on les y rencontre parfois, poussant assez haut l'objet de leur honorable.

_____

(1) M. Jacques-Charles Brunet est auteur de l'excellent ouvrage intitulé : *Manuel du libraire et de l'amateur de livres*, dont la quatrième édition a paru en 1842, 5 gros volumes grand in-8°.

convoitise, puis on les entend, lorsque le chiffre de l'enchère dépasse la limite de leurs sacrifices, laisser échapper des soupirs de découragement et de désespoir qui fendraient jusqu'au cœur du commissaire priseur, si tout ne se résumait pour lui dans le légal et fatal *adjugé*. Hélas ! le collectionneur pauvre eût été content d'acquérir au prix d'un mois ou deux de gêne le livre qui lui faisait envie ; il serait rentré dans son réduit bien heureux de sa petite conquête, il eût passé de bien délicieux moments à examiner avec le soin le plus minutieux l'objet tant désiré dont l'innocente possession lui devenait si chère : au lieu de cela, il lui faut s'en retourner l'âme pleine de tristesse, en disant : Il y a des gens riches à qui tout est accessible ! il jure de ne plus aller aux ventes où il se trouve chaque jour déçu de ses espérances et qui au lieu d'instants de bonheur ne lui font plus passer que de mauvaises nuits. Quelquefois il tient parole au moins pour un temps....

Mais, s'il éprouve du chagrin, lorsqu'un livre qu'il désirait lui échappe, il entre quelquefois dans une véritable fureur en le voyant passer entre les mains d'un ignorant qui n'en fera rien, car il se trouve des collectionneurs de cette espèce ; il en est même qui ont assemblé sur des matières dont ils n'avaient pas la première notion, des bibliothèques considérables qu'ils ne liront jamais, qu'ils sont incapables de lire. A ce sujet, et sans parler des exemples qui se rencontrent en France et notamment à Paris, je me rappelle avoir connu à Florence un certain docteur S...; il était *docteur* non en médecine, mais en jurisprudence et avait passé sa vie à recueillir des livres de musique sans savoir un mot de cet art. Il n'en laissait jamais voir que le dos ou tout au plus le frontispice : encore cette dernière faveur n'était-elle que pour ses amis et ceux qui lui étaient chaudement recommandés, et ne l'accordait-il en général qu'à l'égard des livres dont la couverture ne portait pas d'étiquette.

Qu'arriva-t-il ? le bonhomme en vieillissant eut l'idée de vendre sa collection, quoiqu'il n'y fût nullement réduit par le besoin, et je fus ainsi appelé à l'examiner ; il en voulait un prix ridicule, en sorte que je supposais y trouver des trésors : quand je l'eus visitée, j'en demandai de nouveau le prix, croyant avoir mal entendu la première fois ; il me répéta le chiffre avec un aplomb et une confiance qui dérouta tout-à-fait ma politesse et me fit rire aux éclats ; ceci l'étonna fort, car c'était un homme très-sérieux et qui sans doute n'avait ri de sa vie, même quand il conseillait à ses clients de soutenir une cause perdue d'avance, mais pour laquelle il espérait donner encore plusieurs consultations.

Le fait est que sa collection ne renfermait que des vulgarités et n'était même pas fort considérable. Pour en finir l'histoire, j'ajouterai qu'à chaque voyage que je faisais dans la ville qu'habitait le docteur, je demandais de ses nouvelles et de celles de sa bibliothèque : celle-ci baissait de prix à mesure que son possesseur avançait en âge ; enfin lorsqu'il mourut, ses livres qu'il ne visitait plus, tout en les tenant sous clef, avaient été si bien visités par ses domestiques qu'il n'en restait plus qu'un quart environ : s'il n'eût eu d'autres ressources, leur vente n'aurait pas suffi pour le faire enterrer.

N'en doutez pas, les collections faites par des ignorants ressemblent en général à celle du docteur S...., Je pourrais citer des contre-parties et puisque j'ai pris le premier exemple en Toscane, je parlerais de petites collections assemblées par des artistes et qui peu nombreuses, mais bien choisies, font le bonheur de ceux qui les possèdent et en ouvrent les ressources à qui s'adresse à eux. Telle est celle de mon bon ami Nicolas Benvenuti, maître de chapelle de la cathédrale de Pise ; telle celle du laborieux Augustin Puccini, maître de la cathédrale de Lucque, dont la famille remplit cette fonction depuis trois générations ; telle celle d'un autre ami aujourd'hui aveugle et courbé sous le poids des années, Louis Pagliai de Florence, basse de la chapelle du Grand-Duc, avec qui j'ai tant chanté de musique madrigalesque pour laquelle il était passionné et qu'il exécutait et accompagnait admirablement.

Les collections de ce genre se forment assez lentement, mais elles ont peu coûté, parce que le connaisseur pauvre, trop souvent obligé de voir passer les livres qui lui font envie, s'en tient aux circonstances heureuses qui se présentent trop rarement pour lui, bien qu'il les guette le plus possible, ne les laissant échapper qu'en cas d'absolue impossibilité.

C'est d'une petite bibliothèque du genre de celles-ci, et pour tout dire, c'est de la mienne que j'ai rédigé le catalogue, et tous ceux qui en possèdent devraient, je crois, en faire autant. En donnant quelque étendue aux détails bibliographiques, en décrivant avec soin les livres, en indiquant avec exactitude leur contenu, ces catalogues fourniraient à l'histoire de l'art plusieurs renseignements utiles et qui mettraient sur la voie pour des recherches plus étendues ou plus spéciales. Ils auraient peut-être l'inconvénient de donner de l'importance à des livres qui n'en ont pas à tous les yeux et n'en manquent cependant jamais vis-à-vis de ceux qui en sont possesseurs, mais ce désavantage serait amplement compensé par certains documents renfermés assez souvent dans les préfaces, les dédicaces et jusque sur le frontispice des ouvrages. Dans la musique des XVI° et XVII° siècles, un titre bien reproduit peut souvent établir un fait important pour les époques différentes de la vie de l'auteur, pour son entrée en telles ou telles fonctions, pour son séjour en tel ou tel pays, etc. D'ailleurs, quoique la critique proprement dite n'appartienne pas à la bibliographie, elle peut bien s'y introduire quelquefois, comme par une porte de derrière, et se montrer momentanément sans être éconduite.

J'avais toujours beaucoup aimé les livres. Dans ma jeunesse une vie toujours agitée et dissipée, consacrée d'ailleurs par nécessité à la seule pratique musicale me les fit quelque temps négliger ; je n'ai point abandonné la pratique, mais je suis revenu aux livres et c'est pour ne plus les quitter, car ce goût, je m'en aperçois, ne fait que croître avec l'âge. Après en avoir recueilli un certain nombre, je fus pris un jour de la fantaisie d'en décrire quelques-uns. Je doutais fort que jamais l'occasion se présentât d'imprimer tout ou partie de ces descriptions. Cependant M. Hippolyte Vatar ayant entrepris en 1856 la publication d'une *Revue de Musique ancienne et moderne*, le rédacteur en chef, M. Théodore Nisard, qui par hasard avait vu quelque chose de ce travail crut qu'il ne devait pas être perdu, et m'offrit d'en introduire des fragments dans cette feuille périodique. On pense bien que je ne refusai pas. Trois articles assez étendus furent insérés dans le courant de l'année, et un quatrième destiné à paraître en janvier 1857 était déjà composé, lorsque par un fâcheux concours de circonstances la *Revue* dut être suspendue.

Alors je me trouvai fort empêché. On avait fait des articles précédents un *tiré à part* qui nécessairement allait en rester là. J'étais très-inquiet et très-indécis sur ce que j'avais à faire; une lettre de M. Vatar mit prompte fin à mon anxiété, en m'offrant de continuer l'impression de manière à former de mes articles un opuscule qui serait ainsi mis au jour sans qu'il m'en coutât aucun frais.

Telles sont les conditions dans lesquelles paraît mon travail. Ce qui peut lui donner une certaine valeur, c'est que tous les livres dont je parle ont été, par moi, vus, revus, examinés, maniés et remaniés tout à loisir. A l'exception de quatre ou cinq, tous sont en ma possession; je suis donc à même de fournir les preuves de ce que j'avance. Ainsi que l'on ne s'étonne point par exemple de voir en certains titres des irrégularités de style ou d'orthographe à la suite desquels je n'ai pas toujours cru nécessaire de mettre la parenthèse *sic* parce qu'elle aurait été trop souvent répétée.

Dans tout le cours de cet écrit, je n'ai pris pour sujet de description que des livres de pratique, parce que ce sont les moins connus. Un travail du genre de celui-ci n'avait besoin d'aucun plan; tout s'y suit donc à peu près au hasard, mais avec assez de variété. En somme je serai plus que content si les lecteurs s'accordent à dire que de temps à autre il s'y trouve des renseignements curieux et utiles à différents points de vue.

Ils pourront aussi parfois y relever des futilités, mais les amis de la bibliographie sont habitués à les excuser. Sachant que les produits de l'esprit humain sont les

> Seuls monuments qui ne périssent pas,

ils se montrent toujours pleins de bienveillance pour ceux qui s'efforcent, autant qu'ils peuvent, d'aider à leur conservation.

Du moment qu'une collection quelconque est faite dans un but déterminé et a par conséquent un caractère spécial, elle ne tarde pas beaucoup à devenir intéressante; et souvent même elle acquiert une valeur considérable dans quelques-uns de ses articles. Je ne parle pas ici de ces grandes collections qui existent dans les dépôts publics et que des gouvernements peuvent seuls posséder, je ne veux pas non plus désigner celles que forment des particuliers riches en y dépensant beaucoup d'argent et y consacrant un temps qu'il faut d'ailleurs se féliciter de voir employer de la sorte. De pauvres collecteurs tels que moi aiment assez à voir les dépôts publics s'enrichir, parce que une fois entrés les livres s'y retrouvent et peuvent à chaque instant y être consultés; mais, il faut l'avouer, ils maudissent bien sincèrement la richesse au moyen de laquelle un opulent amateur leur fait une concurrence contre laquelle ils ne sauraient lutter. On les voit parfois dans les ventes, lorsque le chiffre de l'enchère dépasse la limite de leurs sacrifices, pousser des soupirs de découragement et de désespoir qui fendraient jusqu'au cœur du commissaire priseur, si tout ne se résumait pour lui dans le légal et fatal *adjugé*. Hélas! le collecteur pauvre eût été content d'acquérir au prix d'un mois ou deux de gêne le livre qui lui faisait envie; il serait rentré dans son réduit bien heureux de sa petite conquête, il eût passé de bien délicieux moments à examiner avec le soin le plus minutieux l'objet tant désiré dont l'innocente possession lui devenait si chère : au lieu de cela, il lui faut s'en retourner l'âme pleine de tristesse, en disant : il y a des gens riches à qui tout est accessible; il jure de ne plus aller aux ventes où il se trouve chaque jour déçu de ses espérances et qui au lieu d'instants de bonheur ne lui font plus passer que de mauvaises nuits. Quelquefois il tient parole au moins pour un temps....

Mais, s'il éprouve du chagrin, lorsqu'un livre qu'il désirait lui échappe, il entre quelquefois dans une véritable fureur en le voyant passer entre les mains d'un ignorant qui n'en fera rien, car il se trouve des collecteurs de cette espèce; il en est même qui ont assemblé sur des matières dont ils n'avaient pas la première notion, des bibliothèques considérables qu'ils ne liront jamais, qu'ils sont incapables de lire. A ce sujet, et sans parler des exemples qui se rencontrent en France et notamment à Paris, je me rappelle avoir connu à Florence un certain docteur S....; il était *docteur* non en médecine, mais en jurisprudence et avait passé sa vie à recueillir des livres de musique dont il ne savait pas un mot et dont on ne laissait jamais voir que le dos ou tout au plus le frontispice : cette dernière faveur n'était que pour ses amis et ceux qui lui étaient chaudement recommandés; encore ne l'accordait-il en général qu'à l'égard des livres dont la couverture ne portait pas d'étiquette.

Qu'arriva-t-il? le bonhomme en vieillissant eut l'idée de vendre sa

1.

collection, quoiqu'il n'y fût nullement réduit par le besoin, et je fus ainsi appelé à l'examiner; il en voulait un prix ridicule, en sorte que je supposais y trouver des trésors : quand je l'eus visitée, j'en demandai de nouveau le prix, croyant avoir mal entendu la première fois; il me répéta le chiffre avec un aplomb et une confiance qui dérouta tout-à-fait ma politesse et me fit rire aux éclats; ceci l'étonna fort, car c'était un homme très-sérieux et qui sans doute n'avait ri de sa vie, même quand il conseillait à ses clients de soutenir une cause perdue d'avance, mais pour laquelle il espérait donner encore plusieurs consultations.

Le fait est que sa collection ne renfermait que des vulgarités et n'était même pas fort considérable. Pour en finir l'histoire, j'ajouterai qu'à chaque voyage que je faisais dans la ville qu'habitait le docteur, je demandais de ses nouvelles et de celles de sa bibliothèque : celle-ci baissait de prix à mesure que son possesseur avançait en âge; enfin lorsqu'il mourut, ses livres qu'il ne visitait plus, tout en les tenant sous clef, avaient été si bien visités par ses domestiques qu'il n'en restait plus qu'un quart environ : s'il n'eût eu d'autres ressources, leur vente n'aurait pas suffi pour le faire enterrer.

N'en doutez pas, les collections faites par des ignorants ressemblent en général à celle du docteur S........ Je pourrais citer des contreparties et puisque j'ai pris le premier exemple en Toscane, je parlerais de petites collections assemblées par des artistes et qui peu nombreuses, mais bien choisies, font le bonheur de ceux qui les possèdent et en ouvrent les ressources à qui s'adresse à eux. Telle est celle de mon bon ami Nicolas Benvenuti, maître de chapelle de la cathédrale de Pise; telle celle du laborieux Augustin Puccini, maître de la cathédrale de Lucque, dont la famille remplit cette fonction depuis trois générations; telle celle d'un autre ami aujourd'hui aveugle et courbé sous le poids des années, Louis Pagliai de Florence, basse de la chapelle du Grand-Duc, avec qui j'ai tant chanté de musique madrigalesque pour laquelle il était passionné et qu'il exécutait et accompagnait admirablement.

Les collections de ce genre se forment assez lentement, mais elles ont peu coûté, parce que le connaisseur pauvre, trop souvent obligé de voir passer les livres qui lui font envie, s'en tient aux circonstances heureuses qui se présentent trop rarement pour lui, bien qu'il les guette le plus possible et qu'il ne les laisse échapper qu'à moins de ne pouvoir faire autrement. Composées d'œuvres pratiques ou de livres de théorie et d'histoire de l'art, il est fort rare qu'elles n'aient pas une assez grande valeur.

C'est d'une petite bibliothèque du genre de celles-ci que j'ai rédigé catalogue, et tous ceux qui en possèdent devraient, je crois, en faire autant. En donnant quelqu'étendue aux détails bibliographiques, en décrivant avec soin les livres, en indiquant avec exactitude leur contenu, ces catalogues fourniraient à l'histoire de l'art plusieurs renseignements utiles et qui mettraient sur la voie pour des recherches plus étendues ou plus spéciales. Ils auraient peut-être l'inconvénient de donner de l'importance à des livres qui n'en ont pas à tous les yeux et n'en manquent cependant jamais vis-à-vis de ceux qui les possèdent, mais ce désavantage serait amplement compensé par certains documents renfermés assez souvent dans les préfaces, les dédicaces et jusque sur le frontispice des ouvrages. Dans la musique des XVIe et XVIIe siècles, un titre bien reproduit peut souvent établir un fait important pour les époques différentes de la vie de l'auteur, pour son entrée en telles ou telles fonctions, pour son séjour en tel ou tel pays, etc. D'ailleurs, quoique la critique proprement dite n'appartienne pas à la bibliographie, elle peut bien s'y introduire quelquefois, comme par une porte de derrière, et se montrer momentanément sans être éconduite.

EXTRAITS

CATALOGUE CRITIQUE ET RAISONNÉ

D'UNE PETITE

BIBLIOTHÈQUE MUSICALE.

I. Ioannis Petri Aloysii Prænestini sacrosanctæ Basilicæ Vaticanæ Capellæ magistri **Hymni** totius anni secundum sanctæ romanæ ecclesiæ consuetudinem quatuor vocibus concinendi, nec non hymni religionum. — *Romæ apud Iacobum Tornerium et Bernardinum Donangelum*, 1589, in-fol.

Formé de 163 feuillets cotés sur le recto. C'est l'édition originale. On en cite une autre de Venise, imprimée dans la même année chez Ange Gardan, et une troisième publiée à Rome, l'an du Jubilé 1625, par Luc-Antoine Soldi ou De-Soldis ; celle-ci est accompagnée d'une basse continue, composée par quelque maître qui voulut rendre ce bel ouvrage d'un usage commode pour les églises où l'accompagnement du chant par l'orgue allait se répandant de plus en plus. Une autre édition parut en 1644. Elle est l'objet de l'article suivant.

II. Hymni sacri in breviario romano S. D. N. Urbani Papæ VIII auctoritate recogniti et cantu musico pro præcipuis anni festivitatibus expressi. — *Antverpiæ, ex officina plantiniana Balthasaris Moreti*, 1644, très-grand in-folio.

Se compose de 199 feuillets cotés d'un même chiffre sur le recto et sur le verso précédent, c'est-à-dire numérotés à double face. On lit au commencement les brefs d'Urbain VIII, *Cum alias et Catholicæ religionis*, dont le premier, daté du 22 avril 1644, ordonne dans tout le monde catholique l'adoption des hymnes nouvellement corrigées et publiées ; le second, du 30 avril de la même année, concerne dans son entier l'imprimeur Balthasar Moret, auquel le Pape accorde le privilége d'imprimer ces hymnes en *notes musicales* ou *chant figuré*. Vient ensuite la permission de l'évêque d'Anvers et un Avertissement au lecteur. Le frontispice est orné d'une belle planche gravée offrant deux anges qui montrent les armes du pape Urbain VIII, composées de trois abeilles placées sur un écusson. Les initiales, dans tout le courant du livre, offrent des compositions en bois qui comptent parmi les plus remarquables.

On ne peut reprocher à cette magnifique édition que l'omission du grand nom de Pierluigi sur le frontispice. Elle aurait dû véritablement porter le titre qu'ajouta Edouard Ceccarelli sur l'exemplaire de la chapelle pontificale : *Joannis Petri-Aloysii Prænestini sacras hymnorum modula-*

tiones a venerabili collegio cantorum capellanorum capellæ pontificiæ ad novos hymnos Urbani VIII jussu editos sedulo aptatas Odoardus Cecca-rellius..... reponi curavit.

En effet, avant d'être élevé au souverain pontificat, Urbain VIII s'é-tait longtemps appliqué à faire des vers, et, choqué de trouver dans les hymnes du Bréviaire romain plusieurs pièces fautives, et par rap-port à la quantité et quant au nombre des syllabes, il chargea les Pères Strada, Galluzzi et Petrucci, tous trois de la Compagnie de Jé-sus, d'en opérer la révision, et fit insérer les hymnes ainsi corrigées dans son nouveau Bréviaire qui est encore aujourd'hui celui dont fait usage l'Eglise romaine. Or, ces hymnes n'étant point notées, on était obligé dans les églises de s'en tenir aux anciennes paroles. Le Pape, voulant remédier à ce nouvel inconvénient, fit venir Abbatini, alors maître de la maison professe des Jésuites, et celui de tous les compositeurs qui vivaient en ce temps à Rome, dont les ou-vrages offraient le plus d'intelligence dans la disposition des pa-roles; il lui exposa l'idée d'une nouvelle édition des hymnes, tant en plain-chant qu'en musique. Abbatini, avec une droiture et un désin-téressement qui ne se rencontrent pas toujours même chez les grands compositeurs, répondit qu'à l'égard du plain-chant, le travail de révi-sion convenait infiniment mieux aux chapelains-chantres de la chapelle pontificale qu'à un séculier comme lui, et que, pour les strophes à mettre en musique, il était impossible de substituer au travail de Pa-lestrina quelque chose qui pût non seulement paraître supérieur, mais même en approcher de bien loin, comme le prouvait ce qu'avaient fait avant et après lui les musiciens qui s'étaient exercés sur le même sujet. Sur cette observation, le Pape demanda si les changements apportés aux paroles ne causeraient pas l'impossibilité ou de grandes difficultés dans leur adaptation à la musique; Abbatini répondit que le mieux à cet égard était encore de s'en rapporter aux chapelains-chantres qui avaient l'habitude d'exécuter les compositions de ce genre, et pouvaient plus que personne décider le parti à prendre sur une telle question. En conséquence, Fauste Naldini, Etienne Landi, Edouard Ceccarelli et Grégoire Allegri furent chargés de l'opération qui s'acheva en peu de temps.

Le Pape voulait que l'édition projetée fût exécutée avec le plus grand soin et imprimée, comme l'on dirait aujourd'hui, *avec luxe*: le pre-mier point était d'avoir de beaux caractères de musique, et Rome était fort pauvre en ce genre. On s'adressa donc à Balthasar Moret, impri-meur d'Anvers et possesseur de caractères fondus par les Plantin, mais comme il ne possédait pas de caractères de plain-chant en rap-port avec ceux de musique, on prit les caractères gravés et fondus à Rome sous la direction de Jean-Baptiste Raimondi, pour l'imprimerie dite *Médicéenne*, et dont on s'était servi pour l'impression du Graduel et de l'Antiphonaire de 1614 et 1615. Il n'est aucunement probable, comme le prétend Baini (1), que le tirage ait été fait en deux fois, et

(1) Memorie della vita e delle opere di Palestrina, t. II, p. 219.

que l'on ait tiré à Rome la composition du plain-chant, et à Anvers celle de la musique ; l'aspect typographique ne donne nullement cette idée, pas plus que le passage de l'avertissement de Moret, sur lequel Baini se fonde, et où l'on trouve seulement que l'on a fait usage pour le plain-chant de *caractères romains* : il est bien plus vraisemblable que, par ordre du Pape, une quantité suffisante de caractères de plain-chant appartenant à l'imprimerie Médicéenne fut confiée à Moret, et qu'ensuite tout le travail se fit dans ses ateliers. Outre que l'exécution ne porte aucune apparence d'un double tirage, les frais de transport d'une aussi grande masse de papiers d'Anvers à Rome, puis de Rome à Anvers, d'où il devait ensuite en grande partie retourner dans cette dernière ville, auraient été exorbitants, et remarquez que la chose ne peut s'expliquer par un tirage unique fait à Rome sur la composition fournie par Moret et achevée, quant au plain-chant, à l'imprimerie Médici, puisque l'on sait positivement que le premier exemplaire complet fut expédié d'Anvers, *par la poste*, au Pape qui mourut avant de l'avoir reçu, mais après avoir donné la bulle du 22 avril 1644, *Cum alias*, qui ordonnait l'adoption des hymnes nouvelles dans les églises, et signé le bref du 30 du même mois qui accordait à Moret un privilége de dix années. Ces pièces, ainsi que le décret approbatif de l'évêque d'Anvers, sont, comme je l'ai dit, en tête de l'édition. Il ne faut pas oublier de marquer ici que les chapelains-chantres qui, sur l'ordre d'Urbain VIII, avaient préparé laborieusement le travail de l'édition, ne purent qu'après *huit ans* de démarches et de réclamations en obtenir *un exemplaire* pour l'usage de la chapelle ; il arriva enfin et fut déposé dans l'Archive par les soins d'Edouard Ceccarelli, l'un de ceux qui avaient contribué à la révision et qui se trouvait maître ou abbé du collége des chapelains-chantres pour cette année.

Cette superbe édition est aussi fort correcte, et l'on a pris le soin d'y marquer les dièses que l'auteur, selon l'usage du temps, n'avait point écrits, mais que les traditions de la chapelle avaient conservés. Elle est du reste moins complète que les éditions antérieures, car elle ne contient pas les hymnes des Ordres religieux, *Hymni religionum*, et personne ne mérite de reproche à l'égard de cette omission, car les hymnes particulières aux maisons religieuses n'avaient point été soumises à la révision ordonnée par Urbain, et ne pouvaient que grossir inutilement un livre qui, dans la pensée du Souverain Pontife, devait devenir d'un usage général dans les églises de la chrétienté. Voici la liste des hymnes qui n'ont point été reproduites : *In festo S. Augustini, S. Nicolai de Tolentino, S. Antonii de Padua, S. Francisci, In Quadragesima ad Completorium, In festo S. Elisœi, S. Eliœ, S. Alberti, S. Jacobi.* D'un autre côté, l'édition de 1644 renferme une hymne aux SS. Anges Gardiens, *Custodes hominum*, et une autre à sainte Martine, *Martinæ celebri plaudite*, qui n'existent pas dans les éditions précédentes. On peut deviner la cause qui les a fait joindre de préférence à celles que l'éditeur avait conservées ; il paraît que le texte de l'hymne de sainte Martine, dont le corps avait été retrouvé en ce temps, est l'ouvrage du pape Urbain VIII (1), et peut-être en est-il de même de l'hymne des Anges Gardiens.

Ce recueil des hymnes de Palestrina, mis en partition et lithographié, a été de nouveau publié à Rome, il y a quelques années, par M. l'abbé Alfieri qui l'a augmenté de quelques morceaux.

Encore un mot sur ces hymnes. D'abord, quant aux paroles, je rappellerai qu'au temps où parut l'édition d'Urbain VIII, plusieurs regrettèrent l'ancien texte que l'on trouvait plus simple et plus religieux : le nouveau, prétendait-on, avait acquis sa latinité aux dépens de la piété, *accessit latinitas et recessit pietas*. Après avoir déclaré que cette opinion, respectable au fond, et que j'aurai par la suite occasion d'examiner, me semble tout-à-fait imaginaire, je demanderai ce qu'auraient dit ceux qui l'exprimaient, s'ils eussent connu plus tard les hymnes du Bréviaire de Paris non pas retouchées, mais composées par Santeuil et Coffin, qui l'un et l'autre en ont fait d'admirables. Au reste, les Jésuites dont j'ai plus haut cité les noms, paraissent ne s'être occupés du travail de correction des hymnes que pour approuver ou désapprouver et s'en être remis de l'opération proprement dite à Casimir Sarbiewski, qui peut-être leur avait été désigné par le Pape lui-même.

A l'égard de la musique, je me bornerai à dire que je ne connais pas de plus admirable modèle à suivre pour ceux qui veulent faire entrer en quelque manière le plain-chant dans leurs compositions, soit qu'ils en empruntent les pensées pour les refondre dans l'ensemble, soit qu'ils le conservent dans sa forme primitive en le revêtant d'une harmonie plus ou moins digne de sa noble origine. Il n'en est pas moins vrai, si l'on excepte les musiciens qui ont travaillé pour la chapelle pontificale, que, de tous ceux qui depuis un siècle et demi et plus ont écrit en ce style, bien peu ont étudié ces admirables compositions où le goût le plus délicat et la plus intime sensibilité se trouvent unis et fondus en quelque sorte dans la connaissance la plus parfaite des effets et la science la plus sûre, la plus étendue et la plus profonde des ressources de l'ancien style.

III. Missæ sex, octo, decem et duodecim vocum cum basso continuo ad organum, authore R. D. Petro Bonhomio, ecclesiæ collegiatæ S.-Crucis Leodiensis canonico. — *Antverpiæ apud Petrum Phalesium ad insigne Davidis regis.* 1616. In-4°.

Il ne faut pas en lisant cet intitulé comprendre que ce recueil se compose de six messes, car il en contient treize dont les trois premières sont à six parties; les quatre suivantes à huit, la huitième et la neuvième à dix et les trois dernières à douze. L'ouvrage est dédié au prince-archevêque, électeur de Cologne, Ferdinand, auquel Bonhomius ou Bonomi raconte l'histoire d'Arion apparemment nouvelle pour lui. Cette épître est datée de Liége 10 novembre 1616.

Ce Petrus Bonhomius, chanoine de l'Eglise Sainte-Croix à Liége,

(1) *Exercitationes liturgicæ P. Emmanuelis de Azevedo*, Romæ, 1750; p. 135.

est-il le même que. Pierre Bonomi, compositeur de l'école romaine dont je possède un admirable motet *In lectulo meo* qui fera partie des exemples de la *Diphthérographie* (1) et dont on cite un recueil de motets à huit parties publié en 1607 et un recueil de psaumes également à huit parties? Je n'oserais le décider. Au sujet du dernier j'ignore sur quel document Ernst Gerber et M. Fétis (2) l'ont fait chantre pontifical ; son nom ne se trouve pas sur la liste rédigée par Adami (3) dans laquelle à la vérité on a déjà relevé plusieurs inexactitudes, bien qu'il ait travaillé sur les documents originaux.

IV. Io. Francisci Anerii romani, in Seminario romano musicæ præfecti, Motectorum singulis, binis, ternis, quaternis, quinis senisq. vocibus. Liber secundus. — *Romæ ex typographiâ Bartholomæi Zannetti.* 1611. In-4º.

L'ouvrage est dédié par l'auteur au Père Claude Aquaviva, général des Jésuites, et sur le frontispice on lit un canon fermé très-facile à résoudre sur les paroles *Ora pro nobis beate Ignati*. Le voici transcrit en notation moderne.

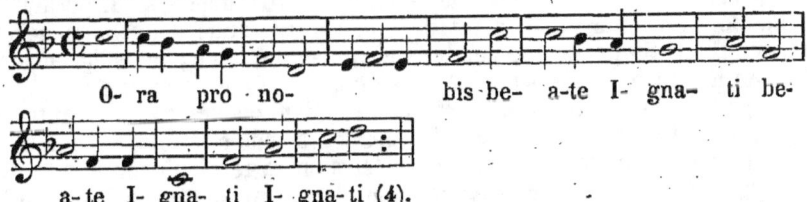

O- ra   pro no-   bis be- a-te I- gna- ti be-

a-te I- gna- ti I- gna-ti (4).

Anerio nous apprend dans sa préface que de son temps, comme dans l'antiquité, l'usage de placer des hydraules dans les jardins de plaisance n'était pas entièrement perdu. « Animadverti.... inter exquisitas non modo veterum, verum etiam recentiorum hortorum amœnitates ac delicias Hydraulicos concentus censeri : qui vario æquabiliter aquarum appulsu assultuque, coacta in organorum fistulas anima eademque elisa, excitantur. » En conséquence Anerio a voulu établir dans le plus florissant des séminaires un hydraule de fabrique nouvelle. Il

(1) *Essais de Diphthérographie musicale ancienne et moderne*, ou Notices, Descriptions, Analyses, Extraits et Reproductions de manuscrits relatifs à la pratique, à la théorie et à l'histoire de la Musique. Le texte de cet important ouvrage forme un volume qui est entièrement imprimé et contient la matière de trois volumes ordinaires. Les exemples qui l'accompagnent composeront avec le texte un répertoire historico-musical du plus haut intérêt. C'est la gravure de ces exemples qui a jusqu'ici retardé la publication.

(2) *Biographie universelle des Musiciens*, t. II, p. 269.

(3) *Osservazioni per ben regolare il coro della Cappella pontificia*, p. 159 et suiv.

(4) Je laisse pour quelque temps aux lecteurs qui se plaisent à de pareils divertissements, le soin de résoudre ce canon. J'en donnerai la partition dans un des cahiers suivants. Anerio l'a publié comme il est ici, sans aucune indication, je n'ai ajouté que celle de la mesure. On a par manque de caractères substitué la clef de *sol* à celle d'*ut*.

espère que la bonté d'*Aquaviva* dérivera vers lui et, plus heureux que Ctesibius (inventeur de l'hydraule), qui n'eut jamais une telle eau pour faire parler son instrument, Anerio s'en trouvera doucement arrosé; cette *eau* est *vive* et fécondante, c'est la fontaine d'Hélicon; ainsi pourvu abondamment d'*eau vive*, l'auteur à l'avenir n'aura plus jamais soif, etc...

Laissons Anerio jouer tant qu'il lui plaira sur le nom du général des Jésuites, et remarquons que plusieurs des hydraules dont il parle ont subsisté jusqu'à ces derniers temps; les années et le manque d'entretien les ont mis hors de service. Il ne faut point croire du reste qu'il s'agisse en ce cas de véritables *hydraules;* ici ce mot est employé, comme presque toujours, d'une manière abusive et désigne réellement un orgue *pneumatique*, soit à clavier, soit à cylindre, dont le soufflet et au besoin la manivelle sont mis en mouvement par un courant d'eau. A la vérité il a existé à Rome, où l'eau abonde, des hydraules d'un autre genre dont j'ai vu moi-même des restes. Voici en quoi consistait cette curiosité. Une statue de joueur de trompette se disposait de manière à sonner au moment de l'ouverture d'une soupape mise en communication avec une conduite d'eau souterraine; mais ici encore l'eau n'était point l'agent sonore, c'était l'air foulé et chassé par elle; on pouvait ainsi avec plusieurs statues ou plusieurs tubes adaptés à une statue unique faire entendre plusieurs sons à la fois. En somme, tout ceci et tout ce qu'on aurait pu faire en ce genre n'aboutissait qu'à un grand joujou, à un véritable enfantillage qui ne touchait en rien la musique, et qui, sous le rapport physique et mécanique, n'avait rien de bien curieux.

Pour terminer ce qui concerne le recueil d'Anerio j'ajouterai qu'il contient sept motets à une voix, dix-neuf à deux voix et treize à trois voix. Baini [1] s'est trompé en parlant de ce deuxième livre de motets comme contenant des Litanies et les quatre grandes Antiennes à sept et huit voix. Ottavio Pitoni (Notizia de' contrappuntisti. Ms.) dont il a tiré ce renseignement n'avait pas commis la même erreur et parlait de ces Litanies et Antiennes comme ayant été recueillies par Margarini, et, de même que le second livre de motets d'Anerio, publiées en 1611.

V. Antiphonæ seu sacræ cantiones quæ in totius anni vesperarum ac completorii solemnitatibus decantari solent; in tres partes distributæ; quarum prima Nativitatis Domini, Circumcisionis, Epiphaniæ et omnium Sanctorum; secunda Festa mobilia et communia Sanctorum; tertia præcipua Mendicantium Religionum festa complectitur. Binis, ternis et quaternis vocibus concinendæ. Una cum basso ad organum auctore Io. Francisco Anerio romano. In ecclesia sanctissimæ Virginis ad montes capellæ magistro. — Romæ apud Io. Baptistam Roblectum. 1613. In-4o.

La première partie de ce recueil contient les Antiennes du *Propre du Temps* et du *Propre des Saints*, à l'exception des *Fêtes mobiles*. Elle est dédiée par l'éditeur Jean-Baptiste Robletti à Paul Aleoni, chanoine de S. Jean de Latran puis de S. Pierre du Vatican et chambrier

---

[1] *Mem. della vit. di Palestrina*, t. II, p. 29.

secret (*cubicularius intimus*, en italien *cameriere segreto*) de Paul V. Ce chanoine, grand amateur de musique, se faisait remarquer, dit la dédicace, autant par son extrême piété que par son attention à écouter au chœur les parties musicales de l'office divin. La musique faisait ses délices, et à ce propos Robletti se croit obligé d'attaquer les chants obscènes et lascifs qui corrompent et dégradent les âmes. Robletti éditait fort peu de ces livres connus alors sous le nom de *Madrigali* et en général fort goûtés du public.

La seconde partie qui contient les *Fêtes mobiles* et le *Commun des Saints* est dédiée par Robletti à Jean-Baptiste Aleoni, frère de Paul et comme lui attaché à la maison du Pape. Supérieur au chantre de Thrace qui par les doux sons de sa lyre attirait à lui les arbres, les rochers et les fleuves, J.-B. Aléoni attire à lui les Orphées, c'est-à-dire les plus habiles chanteurs et musiciens de l'époque, qui font retentir le palais Aleoni de leurs accents enchanteurs. L'offre des Antiennes d'Anerio compositeur qui n'a pas son pareil, *nostra œtate nulli secundus*, ne peut manquer de lui être agréable.

C'est encore à un frère Aleoni nommé Fabio qu'est dédiée la troisième partie du recueil renfermant les Antiennes particulières aux principales fêtes des ordres mendiants. Comme Robletti a épuisé une forte dose de ce qu'il possédait d'éloquence et d'érudition dans ses épîtres à Paul et à Jean-Baptiste, il ne lui reste autre chose à dire pour Fabius sinon qu'ayant dédié les deux premières parties à ses frères, il n'a pas voulu que la troisième s'en allât hors de la famille.

Le dernier frère dut se contenter de ce compliment un peu court, mais on peut juger que toute la famille, par le goût qu'elle montrait pour la musique et le plaisir qu'elle avait à s'entourer des musiciens distingués de l'époque, méritait les éloges que lui accorde Robletti. Celui-ci paraît avoir été élève d'Anerio : *Hoc studium in quo illum ducem sequor*, dit-il, dans sa troisième dédicace. Il a d'ailleurs été l'éditeur de la plupart des œuvres de ce musicien. Depuis longtemps pressé par ses amis de faire imprimer sa collection d'Antiennes, Anerio l'avait enfin livrée à Robletti avec liberté de la rendre publique et de la dédier à qui bon lui semblerait : il n'avait voulu lui-même entrer pour rien dans ces hommages dédicatoires; soit, dit son éditeur qu'il redoutât l'accusation de flatterie, soit que, dans le grand nombre de personnes à qui ses relations de devoir et d'amitié pouvaient lui faire présenter son ouvrage, il se trouvât embarrassé du choix. On pourrait bien aussi reconnaître en cette circonstance le désintéressement et l'insouciance d'un artiste supérieur. D'un autre côté l'on a vu dans l'article précédent qu'Anerio ne prétendait aucunement s'interdire le droit de dédicace et qu'il usait même amplement de celui que l'on acquiert en pareil cas, de s'occuper du nom de la personne à qui est adressé l'ouvrage.

Quoi qu'il en soit, les Antiennes de J.-F. Anerio sont d'un grand intérêt pour l'histoire de la musique; elles nous offrent une collection considérable de pièces en style accompagné et dont le plus grand nombre est à deux ou trois voix seulement. On sait que l'auteur est un des plus anciens qui ait cultivé ce genre, et le prix de ses Antiennes est d'autant plus grand qu'étant peu développées, l'auteur a dû employer des idées nettes et précises, sans pouvoir les embellir et les renforcer au moyen des ressources et des intrigues dont la musique de son temps faisait un si fréquent et si heureux emploi.

VI. Responsorii della natività di nostro Signore Giesu Christo con l'invitatorio salmo Venite exultemus e Te Deum laudamus a tre, quattro e otto voci del Sig. Gio. Francesco Anerio; di nuovo corretti e dati in luce con una Messa a 4 e Mottettini a due del Sig. Abundio Antonelli. Et il basso continuo per l'organo. — *In Roma, appresso Gio. Battista Robletti.* 1629. In-4°.

C'est une réimpression, comme l'indique la dédicace de l'éditeur Robletti à la confrérie de la Madonna della pietà; quant à la Messe et aux deux petits motets d'Antonelli, c'est pour la première fois qu'ils sont publiés. Au reste, je ne vois la première édition de ces *Répons* citée nulle part; peut-être se rattachaient-ils à quelqu'autre ouvrage.

Ceux qui voudront de plus amples renseignements sur l'abbé Jean-François Anerio, frère puîné du successeur de Palestrina, comme compositeur de la chapelle pontificale, les trouveront dans Baini (1); ils sont tirés de Pitoni ainsi que la liste de ses œuvres. La prose *Dies iræ*, à quatre parties, composée par ce musicien, se chante encore à la chapelle apostolique; son admirable et savante simplicité la rend bien digne d'un tel honneur. Elle figure parmi les exemples de la *Diphthérographie*.

VIII. Canticum B. Mariæ Virginis a Io. Animuccia urbis Basilicæ S. Petri Magistro ad omnes modos factum. In-fol.

A la fin on lit : « Romæ apud hæredes Valerij et Aloysij Doricorum fratrum Brixiensium, anno Domini 1568. » La dédicace à Tiberius Capoferreo et à Gaspar Cenci, l'un et l'autre référendaires du Pape et chanoines du Vatican, n'offre rien de curieux. Ces deux ecclésiastiques avaient été utiles à l'auteur, comme il le dit lui-même, et comme on peut le prouver à l'égard du dernier au moyen d'un document publié par Baini (2) et dans lequel on voit qu'Animuccia avait composé et fait transcrire pour l'usage de la Basilique du Vatican plusieurs de ses compositions par ordre du chanoine Cenci.

Ce livre de Magnificat en contient vingt, savoir : onze offrant la série des versets impairs, et neuf présentant les versets pairs. Ces morceaux sont traités par Animuccia sur les huit modes du plain-chant dans la manière de son devancier Cristoforo Moralès et de son contemporain Pierluigi de Palestrina. Les Magnificat où sont employés les versets pairs sont les plus solennels. Il se trouve çà et là quelques duos et trios, le plus souvent *ad libitum*, les versets ainsi traités existant aussi pour le chœur. Tous les morceaux sont écrits à quatre parties à l'exception du dernier Magnificat du huitième mode qui est écrit à cinq; mais, selon l'habitude du temps, l'auteur, dans ceux qu'il écrit à

(1) *Mem. della vit. di Palestrina*, t. II, p. 28.
(2) *Mem. della vit. di Palestrina*, t. II, p. 104.

quatre voix, en ajoute assez souvent une cinquième au dernier verset.

IX. Al serenissimo Cosimo Terzo gran duca di Toscana, etc. Salmi a otto pieni e brevi alla moderna del canonico Andrea Mattioli maestro di cappella del serenissimo di Mantova opera quarta. — *In Venetia* 1671 *apresso Francesco Magni detto Gardano.* In-4°.

Dans sa dédicace, Mattioli compare Côme de Médicis à Jupiter, car ainsi que ce dieu, il lui est arrivé bien des fois de se transformer en pluie d'or pour récompenser les talents. Un peu plus, et notre compositeur prendrait volontiers la place de Danaé. Son recueil contient les seize psaumes vespéraux et de plus, *Domine ad adjuvandum, Magnificat* et *Miserere.*

Mattioli qui avait été mansionaire de la cathédrale d'Imola est auteur de quelques autres ouvrages comme Hymnes, Psaumes, Messes, Complies. Leone Allaci (1) cite « Il ratto di Cefalo, dramma di Francesco Berni da rappresentarsi nel teatro di gala di Ferrara con macchine inventate da Carlo Pasetti e ridotto in musica da Andrea Mattioli, l'anno 1650. » Remarquez l'expression *ridotto in musica* et la place où l'on faisait alors figurer le compositeur qui ne venait qu'à la suite du machiniste. Il se présente de nos jours d'assez fréquentes occasions où, pour la partie impartiale du public, une semblable disposition n'aurait rien de choquant.

X. Madrigali morali, e spirituali a cinque voci concertati di Mario Savioni Musico della cappella pontificia dedicati all' eminentiss. e reverendiss. sig. il sig. cardinal Antonio Barberino della S. R. Chiesa Cármelingo, etc. — *In Roma, per Amadeo Belmonte.* 1668. In-4°.

La dédicace au cardinal Barberini est suivie d'un avis *A chi canta* dans lequel on remarque la phrase suivante : « In questi componimenti ho procurato di unire insieme l'aria e 'l madrigale per conformarli alla qualità de'. concerti. Mi do a credere che sieno per apportar qualche diletto, se non per la nobiltà dell' arte, almeno per la novità dell' inventione. » D'où il résulte que Savioni est inventeur de ce mélange du *concert* et du *madrigal,* dans lequel le second a fini par être absorbé. Le compositeur a donné à la table les noms des auteurs des paroles : on y voit figurer Ficieni, Benigni, Baldini, Panesio, Casoni, Lotti, Casini, poëtes fort inconnus aujourd'hui.

XI. Madrigali e concerti a tre voci differenti, di Mario Savioni. Dedicati all' Illustrissima, et Eccellentissima sig. madama Maria Mancini Colonna Duchessa di Tagliacozzo, etc., e Gran Contestabilessa del Regno di Napoli. — *In Roma, per il successore al Mascardi.* 1672. In-4°.

On peut voir dans ces morceaux quelle est la différence qui distingue le *madrigal* du *concert.* Les madrigaux se rapportent au style lié ; les trois voix y sont toujours occupées, sauf de courtes pauses, et les mesures ne sont point divisées dans la notation. Tout au contraire, elles le sont

(1) *Dramaturgie,* p. 268.

dans les concerts; les phrases y sont courtes, les paroles plus syllabi-quement appliquées; enfin ils ne sont plus formés de l'ensemble con-tinuel des trois voix, mais celles-ci se quittent et se reprennent, forment des solos, des duos, ou des trios, selon qu'il convient au com-positeur. Il y a comme de raison une basse continue. On y trouve fré-quemment l'indication des P. et F. (*piano et forte*). Une particularité fort singulière dans l'application des paroles consiste en ce qu'aux fins de phrases la dernière syllabe du mot, au lieu de tomber sur la tonique ou finale, arrive sur la note immédiatement précédente et portant l'accord de dominante, d'où elle se coule sur la tonique. Un tel arrangement, qui pourtant peut à toute force s'expliquer, n'en est pas moins une chose fort étrange dans la langue italienne. Aussi cette innovation n'a-t-elle point été adoptée.

XII. Concerto madrigalesco a tre voci diverse dedicato all' Illustrissimo, e Eccellentissimo Principe Flavio Orsino duca di Bracciano, etc., d'Ercole Bernabei maestro di cappella in S. Luigi de' Francesci. — *In Roma, per Amadeo Belmonte. 1669. In-4°.*

On lit dans la dédicace : « Questo mio concerto *cadendo* ai piedi di V. E. ha rifrovato quella *cadenza* che nel mio cuore gran tempo fa impressero le *note* de' singolari favori e gratie con le quali V. E. si è sempre degnato benignamente riguardare le mie, se ben deboli opere. » A la suite, l'auteur s'adresse à ses amis auxquels il commu-nique des réflexions morales sur la propension qu'a chacun de croire à sa propre importance; il nous y fait connaître aussi que cet ouvrage était le premier qu'il publiait.

XIII. R. Floridus canonicus de Sylvestris a Barbano istas alias cantiones sacras ab excellentissimis musices auctoribus tribus diversis vocibus suavis-simis modulis concinnatas in lucem curavit edendas. — *Romæ. Typis Iacobi Fei Andr. F. 1668. A spese di Antonio Poggioli all' Insegna del Martello in Pa-rione.*

Dédié à Vincent Rospigliosi, bailli de sainte Euphémie. Le compi-lateur compare la moderne Rome à l'antique Thèbes : dirait-on, en effet, qu'elle a sucé les mamelles d'une louve, qu'elle a été fondée sous l'augure des vautours, cette ville où les pierres mêmes repro-duisent de charmants échos, où les vents ne se font entendre que par des soupirs harmonieux et où, par la magnifique piété des Papes, tout est ou or ou oreille? Voici les auteurs dont le recueil contient des mor-ceaux : Iacomo Carissimi, maestro di cap. in S. Apollinare, Horatio Benevoli m. in S. Pietro, Giuseppe Corsi, Mario Savioni musico del Papa, Nicolò Stamagna m. in S. Maria maggiore, Gio.-Baptista Giu-setti m. in S. Giovanni Laterano, Francesco Foggia m. in S. Lorenzo e Damaso, Giovanni Bicilli m. in Chiesa Nuova, D. Pompeo Natali, D. Pietro Cesi, Federico Mangiarotti m. in Albano, Bonifatio Gratiani già m. del Giesù e seminario Romano, Gio. Antonio Carpani, Silvestro Durante già m. di S. Maria in Trastevere, Antonio Foggia figlio di Francesco, D. Florido de Silvestris. Ce dernier qui est, comme on le voit, l'estimable chanoine éditeur du recueil, parle de lui-même fort modestement ; il a osé , dit-il , mettre une de ses productions parmi celles de ces cygnes enchanteurs , bien qu'il ne ressemble aux cygnes que par ses cheveux blancs.

XIV. Antiphonæ et Motecta festis omnibus propria et communia, juxta formam breviarii romani una cum plurimis quæ Dominicis per annum cantari possunt , binis , ternis , quaternisque vocibus concinenda. Auctore Iosepho Giamberto romano. — *Romæ apud Io. B. Roblettum.* Anno Jubilei 1650. In-4º.

Giamberti dédie son ouvrage « à la très-auguste Vierge, mère de Dieu » mais , ne s'arrêtant pas à une simple inscription comme ont fait plusieurs auteurs et plus récemment notre excellent Baini, Giamberti se croit tenu d'adresser une épître dédicatoire à la mère du Sauveur « .... Te... immortalium spirituum Reginam cur psallentium et modulantium quoque magistram merito non appellem ? Præsertim cum eximium illud canticum, canora cordis orisque voce exprompseris , quo Magnificans anima tua Dominum luculenter numeris omnibus absolutum hymnum cecinisti; ita ut D. Augustinus dignissimo Tympanistriæ nomine te commendet..... Cui igitur melius sacræ offerantur cantiones quam cœlestium cytharedorum imperatrici? etc. »

Ce recueil contient plus de deux cents pièces pour les Fêtes de chaque mois, pour les Fêtes mobiles et pour le Commun des Saints. Giamberti s'avisa, en publiant cet ouvrage, d'une chose alors fort rare en Italie pour les œuvres de musique; il obtint un privilége du Pape Innocent X, qui lui garantissait pour dix ans le droit de faire seul imprimer et vendre ses *Antiennes* et *Motets* avec menace d'excommunication, confiscation, amende, dommages et intérêts à l'égard des contrefacteurs. Pitoni (Not. de' contrapp. Ms.), et d'après lui Baini (1) ont donné quelques renseignements sur Giamberti et ses ouvrages.

XV. Antiphonarium proprium. | Nonnullaque quorumdam sanctorum noua officia. | Ac plures hymni locis suis notati. Et com | mune sanctorum secundum ordinem sancte Romane ecclesie. | Que singula quo sint folio tabula post tra | otatum musicalem posita manifestat. Nec | non toni numero in marginibus expresso | indicati. Ac totius anni invitatoria in fron | te notata. summa cum diligentia re | visa et ordinata per fratrem | Hieronymum Cribellum | or. mi. reg. obs. provin | ciæ S. Antonii.

J'ai indiqué les fins de lignes par des séparations. C'est une attention qu'il est toujours bon d'avoir pour les incunables et autres livres anciens auxquels, outre les qualités qu'ils peuvent avoir en eux-mêmes, la rareté donne de jour en jour plus d'importance.

Au-dessous de ce titre se voit la fleur de lys florentine adoptée pour marque par les Giunti (que l'on nomme en français les Juntes); au bas, sur la gauche, se trouve la lettre L, et, sur la droite, la lettre A, qui désignent celui de ces illustres imprimeurs qui s'appelait Luc Antoine. Cette marque est en encre rouge, ainsi que la première ligne du titre. A la fin du volume se lit, aussi en encre rouge : «Explicit volumen

(1) *Mem. della vit. di Palestrina*, t. II, p. 46, note 487.

Antiphonarij proprij et communis sanctorum. Una cum aliquibus
hymnis notatis summa cura : longissimisque vigiliis perfectum : Venetiis
impressum sumptibus nobilis viri Domini Luca Antonij de Giunta
florentini Anno incarnationis dominice 1523. Ydibus martii. »

Le volume dont je parle n'est qu'une seconde partie, la première
contenant le propre du temps. Cette édition de l'Antiphonaire est,
comme toutes celles des Giunti, fort recherchée des amateurs de
livres ; ce qui lui donne surtout du prix à leurs yeux, c'est la beauté des
lettres en bois qui servent d'initiales à certains offices, lettres employées
aussi dans d'autres livres sortis des mêmes presses. Cet antiphonaire n'est point cité par Antoine Renouard dans ses *Annales* des
Aldes où il a aussi donné celles des Giunti. M. Brunet qui en parle
d'après le catalogue d'une des ventes Reina, ne marque pas que l'ouvrage n'est pas complet en un volume. C'est cet exemplaire même
vendu comme complet à Paris en 1833 et acquis par M. Aristide
Farrenc au prix de 65 fr. 50 c., que j'examine ici.

Jérôme Cribelli dont le nom se trouve sur le frontispice n'a pas,
comme on pourrait le croire, revu tout le livre, mais seulement les
invitatoires qui, apparemment, n'avaient pas été donnés dans les éditions
précédentes ; on pourrait aussi croire que ces invitatoires et autres
pièces liminaires dont je vais parler ont été placés après coup en tête
d'exemplaires non vendus, si le registre de la fin ne démentait cette
supposition. Les feuillets qui les contiennent ne sont point cotés ; ils sont
seulement signés des chiffres 11, 22, 33. Les autres forment un total
de 226 cotés sur le recto, et assemblés par cahiers de deux feuilles sauf
le 33 qui devrait avoir un folio de plus, lequel manque dans l'exemplaire que j'examine.

La première des pièces liminaires se lit au verso même du frontispice
et nous donne le nom de celui qui a opéré le travail de révision : elle
consiste en une préface que le Frère François de Bruges, de l'ordre des
mineurs observantins de la province de Saint-Antoine, adresse aux
chantres. Je vais traduire les principaux traits de ce morceau dans
lequel une certaine élégance de style marque cet heureux moment de la
renaissance où l'on revient à la lecture et à l'étude des grands écrivains
de l'antiquité. En nous faisant connaître en quoi a consisté son travail,
François de Bruges nous instruit aussi de l'état où étaient les livres de
plain-chant à cette époque.

« C'était bien assez pour moi, chers frères, qui lisez cet antiphonaire, d'avoir au moyen de soins infinis et à la suite de bien longues
veilles, rempli les intentions de son imprimeur, c'est-à-dire d'avoir
corrigé les erreurs presque innombrables qui s'y rencontraient à l'égard
de la musique, sans à ce travail en joindre un autre non moins important, savoir, l'addition des petites notes intercalaires, *notulas subinfe-
rendas.....* J'ai trouvé à ceci deux raisons d'utilité. D'abord si quelqu'un
de vous rencontre dans mes corrections et additions quelque chose d'in-
solite ou d'irrégulier, il devra se demander s'il en peut être ainsi quand
je les ai empruntées à des hommes supérieurs, véritables nourrissons
de la musique. En second lieu, ceux de ce pays qui se réuniront pour

chanter dans ces volumes, comme les disciples devant le maître, représenté ici dans notre manière de noter, se montreront plus appliqués dans l'étude du chant. Nous ajouterons un troisième motif plus fort que les précédents : c'est que l'abrégé que nous mettons en tête, sera pour chacun un *introductoire* fort utile à la músique.

» Revenons à nos corrections : elles ont porté sur quatre points. 1° Nous avons tâché de faire disparaître les erreurs nées en partie de l'ignorance ou de la négligence des copistes, en partie de la diversité des esprits, erreurs qui abondent dans presque tous les graduels et antiphonaires. Chacun ayant ses idées, les uns ont ajouté, d'autres ont retranché, et l'on en est arrivé à la dépravation et à la corruption de presque toutes les cantilènes, en sorte qu'il est impossible de les mettre en rapport avec les anciennes neumes originaires. 2° Nous avons marqué les repos nécessaires et nous en avons supprimé beaucoup comme très-mal indiqués, ainsi que vous pourrez le reconnaître par ce que nous avons établi dans les chapitres de cet Abrégé qui traite des pauses et des progressions. Mais en ceci nous avons laissé subsister tout ce qui n'étant pas en contradiction avec les règles de l'art pouvait être supporté. 3° Partout où nous avons soupçonné quelque incertitude dans l'emploi du si ♭ ou du si ♮, soit pour éviter le triton, soit pour obtenir une meilleure consonnance [une meilleure mélodie], nous avons marqué ces signes. 4° Nous avons placé à dessein le ♭ partout là où l'effet en existe, quoique non marqué dans les anciens livres, afin d'éviter toute discordance.

» Très-chers frères, vous êtes nombreux et je suis seul; vos idées diffèrent de même que les provinces où vous vivez et les idiomes que vous parlez; si notre travail ne semble pas suffisant à chacun de vous, usez à notre égard de la même charité qui nous animait lorsque nous l'avons entrepris : songez qu'il m'a (1) fallu me rendre commun *(hominem communem)* : c'était au génie de toutes les nations, non d'une séule, qu'il fallait me conformer et m'efforcer de plaire autant que le permet la fragilité humaine. En effet nos Français, tous les habitants de l'Allemagne et ceux des pays circonvoisins aiment fort le ♮; tandis que les Italiens et les autres peuples d'en-deçà des monts sont plus séduits par le ♭. Et pour en donner un exemple, ceux-ci chantent les litanies jusqu'à *peccatores* avec le ♭, tandis que ceux-là y emploient le ♮, et il en est de même pour beaucoup d'autres chants. Nous avons donc usé de beaucoup de circonspection, ayant à satisfaire, comme dit l'Apôtre, et les Juifs et les Grecs. Si nous avons réussi, gloire à Dieu, à vous paix et joie, et pour nous quelque part dans vos prières; sinon ne nous refusez pas votre pardon. Adieu. »

A la suite de cette préface se lit un post-scriptum qui prouve qu'elle avait été faite pour une édition antérieure, puisque l'auteur parle des fautes qu'il a corrigées à la prière *récente* qui lui en a été faite et des perfectionnements qu'il a donnés au *Compendium* qui suit au recto suivant, précédé

(1) Je conserve la forme du texte latin qui dit tantôt *je*, tantôt *nous*.

2

de l'avertissement que voici, imprimé en encre rouge ainsi que les autres rubriques du livre :

« Hoc opusculum in quo duodecim sunt capitula una cum manu perfecta compilavit et apposuit ille frater qui hoc opus ab infinitis pene erroribus purgavit ad bene modulandum et ad componendas cantiones maxime necessarium. »

Voici les titres des douze chapitres :

« Capitulum primum in quo tractatur de tono in conjunctione ipsum scilicet diffiniendo et dividendo; et quid sit tonus quoad primum modum et quid sit semitonus minor et major. — Capitulum secundum in quo manus perfecta noticia tribus videlicet ordinibus composita, cum nonnullis valde necessariis ad hanc requisitis continentur. — Capitulum tertium in quo ponitur nostra manus perfecta cum declarationis ejus notandis et regulis. — Quartum capitulum in quo de reliquis speciebus sub brevitate tractatur et in quo quædam nostræ additiones continentur. — Capitulum quintum in quo de varietate ipsius diapasson et quot sunt tractatur. — Sextum capitulum in quo de octo specierum diapasson collocatione tractatur. — Capitulum VII quoad secundum modum, et quot toni hujus secundi modi sint et quo formentur, et qualiter cantari debeant, videlicet per ♭ molle vel per ♮ durum. — Capitulum VIII. De distinctionibus grammaticalibus quantum ad musicam, et de distinctionibus tantummodo musicalibus quas vulgo pausas nominamus. — Capitulum nonum. De tenore. — Capitulum X. De neumis tonorum. — Capitulum XI. De proprietatibus tonorum. — Capitulum XII. De qualitatibus communibus tonorum, prout sunt inductivæ diversorum effectuum, verbis tamen corrispondentium. »

Les matières annoncées dans ces douze chapitres sont traitées fort clairement et sans prolixité. Elles donnent une fort juste idée de la manière d'enseigner le plain-chant dans la seconde moitié du quinzième siècle et la première du seizième, alors que l'esprit humain, se réveillant d'un assoupissement prolongé, s'efforça de voir clair en toute chose et de préciser tout ce qui jusqu'alors s'était montré douteux ou confus. J'attache en ce sens une telle importance à cet opuscule que je n'hésiterais pas à le copier et à en proposer la réimpression, si je croyais trouver un nombre suffisant d'acquéreurs pour en couvrir les frais (1).

Tel qu'il se trouve en tête de l'antiphonaire qui nous occupe, il est fort difficile à lire en raison des continuelles abréviations qui fort souvent apparaissent d'une manière tout arbitraire et deviennent encore plus difficiles à deviner en raison du peu d'espace laissé entre les mots et quelquefois même de l'omission absolue de quadratins qui les séparent. Ainsi *drie* veut dire *differentiœ*, *smisidor* signifie *secundum Isidorum*, et il s'en présente de plus embarrassantes encore.

L'ouvrage est d'ailleurs parfaitement imprimé sur deux colonnes : les caractères sont dignes de la réputation des éditeurs; les rubriques des chapitres et les indications distinctives des alinéas, sont en encre rouge et tombent toujours parfaitement à leur place. Des notes spécifica-

(1) Il faudrait pour cela réunir au moins une centaine de souscriptions à 2 fr.; on ne tirerait qu'un petit nombre au-delà.

tives de la matière traitée dans chaque chapitre sont placées en manchette (1) sur les marges intérieure et extérieure.

A la suite du *Compendium* de François de Bruges se trouve une table du contenu de l'antiphonaire.

Les *Venite* mis après coup en tête du livre ne se présentent pas dans l'ordre des modes : celui du premier mode ne vient qu'après celui du quatrième et il est immédiatement suivi de celui du huitième. Le *Venite* du I commence par *mi* au lieu de commencer par *ré*; celui du IV porte un ♮ expressément marqué. Le *Venite* férial qui a sa teneur sur le *si* ♮ termine en *la* tous ses versets, y compris le dernier.

Commence ensuite le propre des saints sous cette rubrique « Proprium sanctorum per anni circulum secundum ritum sancte romane ecclesie : cum nouis aliquorum sanctorum officiis, hymnisque quam pluribus, locis suis notatis, tonorumque quotationibus feliciter incipit. »

La totalité des offices n'est pas notée; les vêpres et laudes et quelquefois le troisième nocturne ont seuls cette faveur. Au-devant de l'office de la Conception, on lit ce qui suit :

« Incipit officium immaculate conceptionis virginis marie : editum per reuerendum patrem dominum Leonardum nogarolum prothonotarium apostolicum artium ac sacre theologie doctorem famosissimum : quod confirmatum fuit et approbatum per sixtum papam quartum : cum illa indulgentia illud celebrantibus : que habetur per totam octavam corporis christi. »

Cette approbation n'a pas été, à ce qu'il paraît, confirmée par les papes suivants; du moins l'office composé par Nogaroli, n'a pas été admis dans le bréviaire romain où l'on se sert pour la Conception, du même office que pour la Nativité. On ne peut décider si Nogaroli avait composé le chant de cet office, de même qu'il avait disposé les paroles tirées presque entièrement de l'écriture sainte.

Quant à la composition musicale en elle-même, elle ne présente pas grande différence entre les antiennes des vêpres et les répons : les premières sont à peu de chose près, aussi chargées de notes que les seconds. On y remarque cette niaise obligation de suivre l'ordre modal dans la succession des morceaux et de faire la première antienne du 1er mode, la deuxième du second, etc., sans s'inquiéter le moins du monde des convenances de l'association du chant aux paroles.

Cet office présente pour les matières une singularité que je n'avais jusqu'à présent observée nulle part : celle d'antiennes accompagnées de versicules aux neuf psaumes des nocturnes.

Cette circonstance est indiquée par une rubrique ainsi conçue : «Nota quod in hac prima nocte tantum versiculi antiphonarum dicuntur in fine psalmorum», ce qui veut dire qu'il n'en était pas de même

(1) La typographie moderne a banni les *manchettes* que les travailleurs regrettent. Rien n'était plus commode pour les indications dont il est question ici, et leur usage était plus utile encore pour les citations d'auteurs, sur lesquelles l'œil se portait sans interrompre la lecture. On ne s'en sert plus que bien rarement et seulement dans certains livres historiques pour indiquer les dates ou faits principaux.

durant l'octave. Des morceaux de ce genre sont fréquents dans le rite mozarabique, où on les désigne sous différents noms. L'antienne doit évidemment être répétée après le versicule, qui sans cela ne terminerait pas dans le mode. Voici pour exemple la première antienne du troisième nocturne accompagnée de son psaume; à la suite se trouve le versicule:

Quæ est i-sta quæ procedit per desertum sicut virgula fumi ex aromatibus myrrhæ et thuris et universi pulveris pigmenta- ri-i.

Al-le-luia. Cantate.

℣. Laudabant eam in portis, opera e-jus.

Ce versicule se chante, comme on le voit, sur le chant même du psaume : maintenant se chantait-il immédiatement à la suite du *Gloria Patri*, ou bien après celui-ci, chantait-on l'antienne, puis le versicule? rien ne l'indique ici, mais en supposant ce cas, il est certain que l'antienne devait être répétée, car on ne pouvait finir par un versicule toutes les fois que le psaume avait, comme ci-dessus, une terminaison incomplète. L'antienne de chaque psaume aurait été ainsi dite trois fois : avant le psaume, après le *sicut erat*, après le versicule; c'est là ce qu'en France on appelait *triompher* l'antienne, mais je ne sache pas qu'on y ait jamais fait usage de versicules : on disait à certaines fêtes l'antienne avant le psaume, avant le *Gloria Patri* et après le *sicut erat*. Cet usage s'est conservé pour les *O* de l'avent.

Les modes, comme nous l'a promis la rubrique du commencement, sont indiqués à la marge, de telle manière que l'étrange habitude de composer les antiennes dans l'ordre que je signalais il y a un instant, est aussitôt aperçue du lecteur; quelquefois on ne commence pas la première antienne par le premier mode, car à ce compte on n'aurait jamais que les six premiers dans les vêpres, puisque ceux-ci n'offrent que six antiennes; mais en commençant par le second ou le troisième, on trouve à employer les deux derniers.

Au reste, aucun des offices qui datent d'une époque éloignée, ne sont dans ce cas; on ne le rencontre que dans d'autres, dont les plus anciens ont été composés au treizième siècle. Ces derniers sont fréquents dans l'antiphonaire des Giunti. Ainsi l'on trouve des offices propres pour la Conception, saint Joseph, l'archange Gabriel, saint Antoine de Padoue, et surtout pour saint François qui a toute une octave propre sans préjudice de la fête des Stigmates, ce qui prouve que l'éditeur franciscain avait disposé l'antiphonaire principalement en vue des usages de son ordre. On remarque aussi certains offices dont les paroles et le chant ont depuis été changés : par exemple Sainte Marie-Magdeleine, Notre-Dame-des-Neiges et autres, ont des propres dont on ne se sert plus.

Des différences se remarquent surtout dans les hymnes dont, jusqu'à la fin du seizième siècle, ni le chant ni les paroles ne furent nulle part bien fixés. Les innombrables variantes que cette partie de l'office offre dans les manuscrits et dans les anciennes éditions, s'expliquent par la liberté que l'autorité ecclésiastique laissa toujours à l'égard des hymnes, jusqu'à ce qu'elles fussent définitivement admises comme parties intégrantes de l'antiphonaire dans lequel je ne crois pas qu'on les rencontre avant le douzième ou même le treizième siècle. Elles avaient formé jusqu'alors des recueils séparés, appelés *hymnaires*. Remarquez même qu'à l'époque où Giunta imprime son antiphonaire, il croit utile d'annoncer dans la première rubrique, que son édition contient un grand nombre d'hymnes notées en leur lieu, *hymnis quam pluribus locis suis notatis*.

Ces hymnes parmi lesquelles il s'en rencontre plusieurs dont l'usage n'est pas général, pourraient être l'objet d'un assez grand nombre d'observations ; je me contenterai d'en présenter quelques-unes, me réservant dans une autre occasion de traiter des hymnes d'une manière plus spéciale et plus étendue.

La première remarque concerne le texte musical de ces pièces dans lequel il me semble que François de Bruges n'a pas toujours tenu ce qu'il avait promis dans son avertissement, savoir : de placer les bémols toutes les fois que besoin serait. Ainsi pour en citer un exemple, l'hymne suivante qui se présente plusieurs fois dans le cours du livre et notamment aux vêpres de saint Joseph, de saint Antoine de Padoue et de saint François d'Assise, porte à chaque fois une notation différente et ce n'est qu'à la dernière, que le réviseur semble bien décidé pour la version qu'il adopte.

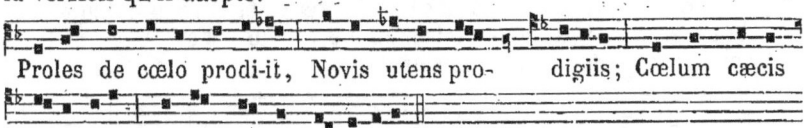

Proles de cœlo prodi-it, Novis utens pro-   digiis ; Cœlum cæcis

a-peruit, Siccis mare ve-stigiis.

Pour admettre la régularité de cette hymne notée comme on vient de le voir, il faut supposer qu'elle est des treizième et quatorzième modes transposés dans les échelles des cinquième et sixième ; mais ailleurs elle est donnée sans bémol sur le *mi* ni même sur le *si*, en sorte que cette dernière note n'aurait besoin d'être altérée qu'à partir du mot *prodigiis* où les rapports de triton exigent son abaissement. Je pense que telle est sa forme primitive. Observez en tout cas combien ce morceau, par son étendue et sa tournure, diffère de la restriction et de la simplicité des hymnes vraiment anciennes, et par conséquent combien au XIIIe siècle l'antique chant liturgique était déjà déformé.

La seconde remarque regarde les mauvaises mélodies qui paraissent également dater de cette époque. On en jugera par l'hymne des vêpres de sainte Marie-Madeleine.

Nar-di Ma-ri-a   pi- stici Sumpsit libram, mox optimi   Un-xit bea-

tos Domini Pedes rigando lacrymis.

Le mauvais goût du chant égale ici la platitude des paroles que les papes ont depuis avec raison bannies du bréviaire.

Une troisième observation aura pour objet le chant purement syllabique de quelques hymnes, telles que celle des laudes de la Transfiguration :

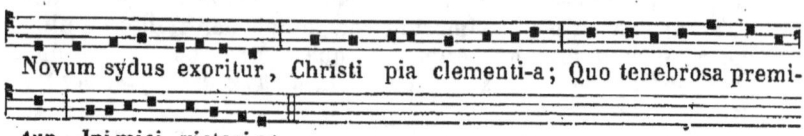

Novum sydus exoritur, Christi pia clementi-a; Quo tenebrosa premi-tur Ini-mici victori-a.

Chacun sait combien la surcharge de notes inutiles qui ne font qu'encombrer la voie naturelle de la mélodie est désagréable et nauséabonde dans certaines pièces de plain-chant, et bien que l'effet contraire ait moins d'inconvénients, on ne peut dissimuler que, poussé à l'excès, il n'imprime à la cantilène un caractère de sécheresse qui lui ôte beaucoup de son prix. Il paraît cependant qu'à l'époque où fut composée l'hymne précédente, les longueurs de l'ancien plain-chant qui n'avait pas encore partout subi les sages éliminations que l'on était en droit de réclamer, dégoûtaient tellement les plainchantistes, qu'ils étaient tombés dans l'excès opposé, et qu'en adaptant d'anciens chants à des paroles nouvelles, ils avaient amoindri la mélodie au point sinon de la rendre méconnaissable, du moins de lui ôter tout son charme. Voici par exemple l'hymne des matines de la Pentecôte qui m'a toujours paru d'une grande beauté en raison d'une certaine pompe de style qui se comprend plutôt qu'elle ne s'explique :

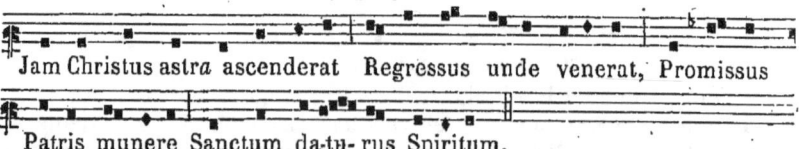

Jam Christus astra ascenderat Regressus unde venerat, Promissus Patris munere Sanctum da-tu-rus Spiritum.

Voici maintenant comment ce beau chant est, dans l'édition que j'examine, appliqué à l'hymne des premières vêpres de saint Joseph :

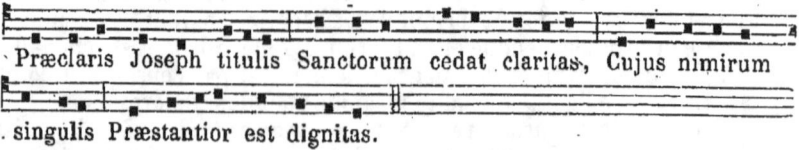

Præclaris Joseph titulis Sanctorum cedat claritas, Cujus nimirum singulis Præstantior est dignitas.

De tels retranchements ne peuvent s'excuser qu'en supposant le parti pris d'une manière absolue de n'avoir que des chants syllabiques.

En quatrième lieu, je remarquerai que l'antiphonaire de Giunta nous prouve que les hymnes mesurées pour lesquelles on prit en France un goût si vif dans le siècle passé, étaient déjà en usage au commencement du xvie, comme le démontre l'hymne ci-dessous qui appartient aux premières vêpres de l'archange Gabriel.

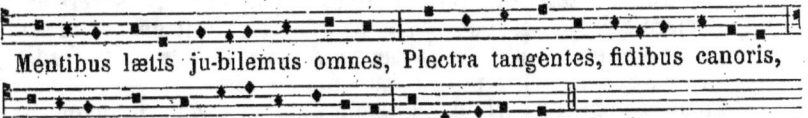

Mentibus lætis ju-bilemus omnes, Plectra tangentes, fidibus canoris,

Inclytus quando Gabri-el ab alto Fulget olympo.

Ma dernière observation aura pour objet les variantes que fournit l'édition dont je parle pour certaines hymnes connues. Ainsi rien de plus répandu que le chant du *Pange lingua*, tel qu'il est usité en France et dans plusieurs parties de l'Italie; or voici comment, dans l'édition de 1523, il est appliqué aux paroles de l'hymne des vêpres de la Transfiguration.

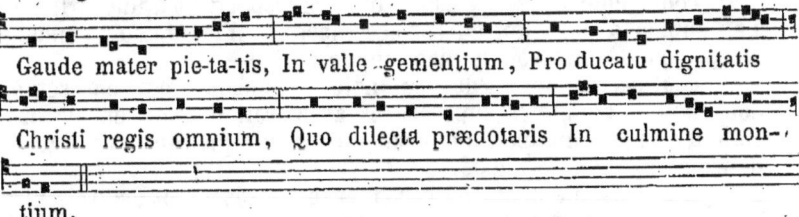

Gaude mater pie-ta-tis, In valle gementium, Pro ducatu dignitatis

Christi regis omnium, Quo dilecta prædotaris In culmine mon-

tium.

Cet antiphonaire nous indique encore une particularité de rite fort peu connue concernant les grandes antiennes à la Vierge, qui se chantent après complies. Ces antiennes sont ici au nombre de cinq au lieu de quatre; la cinquième se chantait depuis la Nativité de la sainte Vierge jusqu'à l'avent. Ce n'est pas tout : trois autres de ces antiennes, savoir *Alma*, *Regina* et *Salve*, sont accompagnées de versets disposés comme dans les répons, c'est-à-dire après lesquels on reprend des fragments de l'antienne qui vont toujours en décroissant d'étendue; ainsi, après le premier verset appartenant à l'*Alma*, on reprend depuis *Tu quæ genuisti*, après le second, on revient à *Virgo prius*; enfin après le troisième, on n'a plus à reprendre que *Sumens illud ave*. Autre particularité : chacun de ces versets est réellement une strophe de prose, comme le prouve le texte ci-dessous qui est le premier verset de l'*Alma* :

> Mariæ Virginis
> Fœcundat viscera
> Vis sacri flaminis,
> Non carnis opera;
> Carens originis
> Labe puerpera,
> Dei et hominis
> Dans nova fœdera.

J'ignore si cette rubrique est encore usitée quelque part; il est possible qu'elle n'ait appartenu qu'à certains ordres religieux dans lesquels il est encore d'usage de se rendre après complies à quelque autel privilégié et d'y réciter les litanies de la Vierge ou autres prières.

En s'avançant processionnellement, on chante l'antienne du temps ; or il est possible qu'en quelques localités la longueur de celle-ci ne se soit pas trouvée suffisante pour l'espace à parcourir, des versets auraient alors été ajoutés pour y suppléer. Il resterait encore une difficulté à expliquer : celle de l'absence de ces versets pour l'antienne *Ave Regina* qui n'est pas plus longue que l'*Alma*.

Je n'ai pas encore parlé de la manière dont est noté le plain-chant ; je vais l'exposer en peu de mots. Les portées sont en encre rouge et les notes en encre noire, mais telle était la force et la qualité du papier que l'opération du double tirage n'a produit aucun retrait, en sorte que les notes tombent précisément sur les lignes qu'elles doivent occuper, ce qui ne se montre pas communément dans les livres établis d'après ce procédé. Les figures des notes sont celles des plus anciens livres imprimés en Italie :

1° Toute note isolée, c'est-à-dire correspondant à une syllabe qui n'en supporte pas d'autre, est accompagnée d'une queue pendante à droite, quelle que soit sa place sur la portée ⌐.

2° Tout accouplement de deux notes ascendantes est représenté par deux notes communes superposées avec trait d'union sur la droite, celle d'en haut plus petite que celle d'en bas, quel que soit l'intervalle déterminé par la portée ⌐.

3° Les accouplements descendants se représentent de trois manières : d'abord par deux figures carrées se succédant, rapprochées l'une de l'autre, sur les lignes ou interlignes voulues ; la première porte alors la queue pendante à gauche ⌐. Ensuite par la note oblique, ou comme disaient les anciens, *composée*, dont les extrémités seules représentent les notes à chanter ; elle porte ainsi que la précédente la queue pendante à gauche ◣. Enfin la même figure se présente aussi sans queue ◥.

4° La losange est employée comme d'ordinaire dans certains passages, le plus souvent descendant diatoniquement ◆◆◆.

5° La note double formée de l'accouplement de deux carrées sur le même degré offre ceci de particulier que la première est liée avec la seconde à la partie supérieure par une espèce de demi-cercle ◠▪.

6° Le bécarre est figuré comme il aurait toujours dû l'être, par un véritable *b carré* (1), c'est-à-dire à peu près comme notre bécarre actuel (♮), mais sans queue pendante à droite.

7° La clef d'*ut* sur la quatrième ligne est toujours employée de pré-

---

(1) Puisque l'occasion s'en présente, il ne sera pas inutile d'indiquer ici pourquoi ce changement de forme a eu lieu ; c'est, dit-on, en vue d'éviter la ressemblance avec la note carrée portant la queue droite sur la gauche. Cette raison est fort mauvaise, d'abord elle n'est applicable qu'à la musique figurée en notation blanche ; elle ne l'est ni au plain-chant ni à la notation noire. En second lieu la figure ♭ employée comme signe de notation, ne peut jamais se montrer seule, on ne s'en sert que par accouplement ♭▪ ; la queue indique dans ce cas, que les deux notes figurées comme des *brèves* n'ont que la valeur des *semibrèves*. [Supposez ici que ces trois dernières notes sont vides ou blanches].

férence à la clef de *fa* sur la deuxième qui a la même signification. Lorsqu'un accident est à l'armure de la clef, il n'est point répété aux portées suivantes, quoique son effet se prolonge.

Une singularité typographique du livre consiste dans l'usage constant de rogner les caractères musicaux, lorsque dépassant le bas de la portée, ils viendraient gêner la composition des paroles : c'est ainsi que pas une des notes d'en bas n'a conservé sa queue, et que souvent le corps même de la note s'est trouvé entamé, en sorte que de beaucoup d'entre elles il n'est resté que la moitié..

Cette particularité vient de ce qu'entre les types des notes et ceux des lettres, l'espace voulu n'avait pas été laissé; ce qui prouve que dans la composition l'on n'avait point fait usage d'*interlignes*.

XVI. Antonii Mariæ Abbatini Tiphernatis in sacro sancta Lateranensi Basilica Musicæ Magistri Missa sexdecim vocibus concinenda nunc primum prodit in lucem. — *Romæ apud Paulum Masottum*, 1627, in-4º.

Dans sa dédicace au chapitre et aux chanoines de Saint-Jean-de-Latran, Abbatini a soin d'avertir que les compositeurs de musique sacrée ne ressemblent pas aux sirènes qui voulaient charmer Ulysse pour empêcher son retour dans sa patrie; tout au contraire ils facilitent le voyage d'ici-bas et favorisent le retour vers la patrie céleste. Abbatini qui était, comme on le voit, fort sur la mythologie « se trouvera plus heureux qu'Orphée s'il peut attirer à lui, non pas les bêtes, mais les chanoines de Saint-Jean, dont il espère par ses travaux, se concilier la bienveillance. »

La messe qu'il leur adresse est brève telle qu'il est toujours avantageux de traiter une messe à quatre chœurs. Baini qui, d'après Pitoni (Notizia de' Contrappuntisti e compositori di Musica dagli anni dell' era cristiana 1000 fino al 1700 Ms.) cite plusieurs autres ouvrages d'Abbatini (1) n'a point eu, non plus que l'auteur d'après lequel il écrivait, connaissance de celui-ci; dont le titre nous apprend qu'il était né à Tipherne, aujourd'hui Città di Castello, où il se retira et finit ses jours en 1677, âgé d'environ 82 ans.

Musicien de haut mérite, Abbatini dont j'ai cité plus haut (2) un trait de modestie qui prouve en même temps sa capacité et son bon goût, a composé des *Discorsi accademici* dans lesquels il traite de la *Méthode particulière à l'École romaine*. Ces discours, prononcés à l'Académie des Arcades dans les années 1663, 1666, 1667 et 1668, sont demeurés manuscrits, mais le père Martini avait eu occasion d'en prendre connaissance : voyez sa *Difesa della risoluzione del Canone a cinque voci di G. Animuccia*, opuscule inédit dont je parle ailleurs (3). Abbatini a été aussi l'un des collaborateurs du Père Kir-

---

(1) *Memorie della vita e delle opere di Giov. Pierluigi da Palestrina*, t. II, p. 39.

(2) Voyez ci-dessus, p. 6.

(3) *Essais de Diphthérographie musicale*, p. 372.

cher pour la composition de sa *Musurgia universalis* : Kircher en parle dans sa préface comme d'un musicien également profond en pratique et en théorie, et qui connaît les secrets les plus cachés de son art. Enfin il est auteur d'un ouvrage dramatique intitulé *Dal bene il male posto in musica dall' Abbatini e dal Merazzoli recitato con l'occasione delle nozze de' signori principi di Palestrina e di Olimpia Giustiniani : e di nuovo piu velte alla presenza della Regina di Svezia nell' istesso palazzo, con apparati e scene superbissime.* L'auteur d'où je tire ce renseignement renvoie à la *Dramaturgia* de Léon Allacci, p. 610, où il ne se trouve rien de pareil, du moins dans l'édition de 1755 que j'ai sous les yeux.

XVII. Missæ tres Iacobo Arcadet regio musico et illustriss. Cardinalis a Lothoringia sacello præfecto auctore, nunc primum in lucem æditæ, cum quatuor et quinque vocibus, ad imitationem modulorum : Noe Noe 4 Io. Mouton, Ave regina cœlorum 5 And. de Silva, Missa vulgaris beatæ virginis. — *Lutetiæ apud Adrianum Le Roy et Robertum Ballard, Regis typographos in vico sancti Ioannis Bellovacensis, sub intersignio divæ Genovefes* 1557. In-folio.

Forme 44 pages non compris le frontispice. Adrien Le Roy dédie cette édition au cardinal de Lorraine qui, dans une occasion semblable, l'avait précédemment appuyé auprès du roi Louis XIII. Dans cette dédicace, Arcadet est appelé Arcadel, orthographe que donnent à son nom plusieurs autres auteurs : la véritable manière de l'écrire paraît cependant avoir été *Arcadelt*.

On sait que ce compositeur fut l'un des plus illustres successeurs de Josquin des Prez, mais aucun de ces biographes n'a parlé de son séjour à Florence, où cependant il résida quelque temps et soutint après Verdelot la gloire de l'école gallo-belge. Sa présence dans la ville des Médicis, et sans doute à leur cour, nous est attestée par Bartoli (1); deux interlocuteurs qu'il met en scène déclarent avoir personnellement connu Arcadelt.

XVIII. Canto, Alto, Tenore etc. del secondo libro de' madrigali a cinque voci di Domenico Dal Pane romano Dedicati all' Eminentissimo e reverendissimo Sig. il Signor Card. Felice Rospigliosi protettore della Cappella pontificia. Opera quarta. — *In Roma nella stamperia del successor' all Mascardi,* 1678, in-4o.

Il y a une basse continue *se piace*. Dans les pièces qui composent ce second livre des Madrigaux de Dal Pane, les cases de mesures sont divisées à la manière moderne, usage qui commençait à devenir commun au temps de l'auteur. Considérés quant aux paroles, on peut en distinguer trois espèces, madrigaux *amoureux, moraux* et *spirituels*, les paroles amoureuses sont du reste fort décentes et pouvaient sans inconvénient être dédiées à un cardinal.

(1) *Ragionamenti accademici sopra alcuni luoghi difficili di Dante,* lib. III, p. 36.

Dal Pane était l'un des soprani de la chapelle pontificale où il était entré par la protection d'Innocent X qui l'employa aussi comme musicien de chambre. Pour la composition, il était élève d'Abbatini qu'il appelle *oracle de la science musicale* : celui-ci donnait à Rome des concerts publics et c'est à l'occasion de ces concerts que furent composés les Madrigaux de Dal Pane sur le désir qu'en témoigna le pape Clément IX, qui était aussi un Rospigliosi, oncle de celui à qui l'auteur dédie l'ouvrage dont on vient de lire le titre. L'épître dédicatoire est fort convenable et débute par un juste éloge du genre madrigalesque fort bien caractérisé par notre auteur.

« Fra tutti li musicali concerti, dit-il, sempre quello de' Madrigali al tavolino ha occupato i primi luoghi nelle Accademie per esser di tutti gli altri il più sublime, ritrovandosi in esso l'estratto dell' armonia unendo insieme un perfettissimo studio, una incomparabile vaghezza di melodia, esprimendosi al vivo i sensi più proprj della poesia a segno di muovere e rimuovere gl' affetti di chi gl' ascolta. Quindi è che i Musici Compositori più celebri in ogni tempo a concorrenza si sono applicati a tal eccellenza di compositione e con somma lor lode ne hanno riempito l'Europa tutta per mezzo delle stampe. »

Sur Dal Pane ou Del Pane, l'on peut consulter Adami de Bolsena(1) et Baini (2). Il a été l'éditeur des antiennes à vingt-quatre voix (douze tenors et douze basses) de son maître Abbatini.

XIX. Laurentii Ratti in collegio germanico musicæ præfecti sacræ modulationes nunc primum in lucem editæ. Pars prima una cum basso ad organum. — *Venetiis Apud Alexandrum Vincentium* 1628, in-4°.

— **Laurentii Ratti, etc. Pars secunda.**
— **Laurentii Ratti, etc. Pars tertia.**

La première partie contient le propre du temps depuis le premier dimanche de l'Avent jusqu'au quatrième dimanche de Carême; la seconde depuis le jour de Pâques jusqu'au dimanche dans l'octave du Saint-Sacrement, et la troisième les dimanches après la Pentecôte. Ratti a composé pour chacun de ces jours trois motets, savoir : le Graduel, l'Offertoire et un morceau pour l'Elévation. Les Graduels sont à cinq parties, les Offertoires à huit, les motets d'Elévation varient d'une à douze voix. Ce recueil contient plusieurs morceaux de haute valeur et tout-à-fait dignes dans leur genre de ceux qui feront partie de la *Diphthérographie musicale*. Sur cet excellent compositeur on trouvera dans Baini (3) une Notice rédigée d'après celle de Pitoni, où l'on voit qu'il mourut à la fleur de l'âge, ce qui étonne en raison des nombreux ouvrages qu'il a composés.

XX. Airs à quatre parties de différents auteurs recueillis et mis ensemble. — *Paris*, 1613, in-8° oblong.

Ce recueil qui paraît avoir été formé par l'imprimeur Pierre Ballard

(1) *Osservazioni per ben regolare il coro della cappella Pontificia*, p. 204.
(2) *Mem. della vita di Pal.*, t. II, p. 47, note 290.
(3) *Mem.* t. II, p. 53, note 499.

contient des airs de Bataille, de Vincent, de Grandrue, de Sauvage, de Charbonière (je crois qu'il faut lire Chambonière) et de Baïf. Ce dernier auteur qui fut, comme l'on sait, poëte et grand amateur de musique et dans la maison duquel eurent lieu les premiers essais de l'Opéra français, à fourni trois airs de ballet fort courts, mais accompagnés de paroles et intitulés : *Airs pour l'entrée à cheval de Monseigneur le duc de Vendôme.* Parmi les airs de Bataille, l'on en trouve un avec des paroles espagnoles,

> Si sufro per ti, Morena,
> Mucho me plaze mi pena
> Pues van tus ojos mirando
> Al mismo sol admirando.

Il se rencontre dans ce recueil quelques pièces fort singulières et que l'on s'étonnerait fort aujourd'hui de voir circuler dans les salons. C'est qu'alors on ne se blessait pas de certaines expressions qui ne disent assurément rien de plus que ce que l'on exprime aujourd'hui d'une autre manière. On connaissait en ce temps la vraie pudeur, aujourd'hui l'on connaît la vraie pruderie.

Dans les extraits de privilége placés à la suite de ces airs, on reconnaît tout d'abord les manœuvres pratiquées dès l'origine par les Ballard pour se constituer les *seuls imprimeurs de musique* en France, prétention qui, toute mal fondée qu'elle était, porta un préjudice notable non-seulement à l'art mais encore à l'industrie musicale.

Pierre Guédron avait obtenu, le 28 avril 1608, des lettres-patentes dont l'extrait porte que « Il est permis au sieur Guédron, maître et compositeur de la musique de la chambre du Roi, faire imprimer, exposer en ventes toutes et chacunes ses œuvres sçavoir Motets, Faux bourdons, Chansons et Airs, par Pierre Ballard, imprimeur de la musique de Sa Majesté. Faisant défenses expresses à tous libraires, imprimeurs ou autres de quelque qualité ou condition qu'ils soient d'imprimer, faire imprimer, réimprimer ni exposer en vente les dites œuvres autres que de l'impression du dit Ballard, ni en extraire les paroles ou lettres soit sur des vieilles ou nouvelles copies, ni usurper le titre d'Airs de cour comme jà quelques-uns se sont émancipés de faire, etc. »

En 1611, Ballard obtient un autre privilége pour le second livre des Airs du même Guédron, et il parvient à y faire introduire déjà quelques expressions ambiguës susceptibles de jeter des doutes sur l'étendue et la portée du dit privilége. On y lit : « Il est permis à Pierrre Ballard, imprimeur de musique de Sa Majesté, d'imprimer, faire imprimer, vendre et distribuer toute sorte de musique tant vocale qu'instrumentale de quelque auteur que ce soit, nommément de Pierre Guedron, fesant défenses.... de vendre ni distribuer en général ne particulier, les livres de Musique imprimés et à imprimer par le dit Ballard sans son congé et permission, etc. »

Arrivé à la publication des *Airs à quatre parties de divers auteurs* qui sont l'objet de cet article, Ballard obtient un nouveau privilége où l'on ne trouve plus que des expressions générales dont la signification, selon les règles de la grammaire et du bon sens, n'a réellement aucun sens quant au droit prétendu d'être l'*unique imprimeur de musique*; mais avec lesquelles il était très-facile de faire peur aux imprimeurs qui ne pesaient pas les termes et ne lisaient pas la pièce jusqu'à la fin.

« Il est permis à Pierre Ballard, imprimeur de musique de Sa Majesté d'imprimer, faire imprimer, vendre et distribuer toute sorte de livres de musique tant vocale qu'instrumentale de quelque auteur que ce soit. Faisant défenses etc., de vendre etc., les livres de musique imprimés ou à imprimer par le dit Ballard sans son congé et sa permission. »

J'ai cité ces passages pour donner un exemple de la manière dont s'introduisent *incognito* les plus criants abus. Voyez au surplus dans la nouvelle édition de la *Biographie universelle* publiée par Thoisnier-Desplaces, l'article que j'ai consacré à la famille Ballard (1) et surtout l'ouvrage de Pierre-Simon Fournier intitulé *Traité historique et critique sur l'origine et les progrès des caractères de fonte pour l'impression de la musique, avec des épreuves de nouveaux caractères, présentés aux imprimeurs de France par M. Fournier le jeune; 1765 in-4° (2)*.

XXI. Mottetti a due e tre voci con una messa breve nel fine di Gio. Antonio Rigatti dedicati al molto illustre et Reverendissimo signor Frà Bernardo Vitte prothonotario apostolico, amministratore della Chiesa priorale di San Gio : Gerosolimitano in Praga. — *In Venetia Appresso Alessandro Vincenti*, 1647, in-4°.

Contient dix motets à deux voix et autant à trois voix. Dans sa dédicace datée de Venise 9 décembre 1647, Rigatti écrit au père Vitte cette phrase singulière : « Come musico sono amico delle *Note*, come persona che conosco il dovuto aborisco le *note* d'ingratitudine. A quest' oggeto con un *tenore* continuato di viverle servitore affettuoso, farò contrappunto al *soprano* delle grazie che V. S. Reverendissima s'è compiaciuta di farmi. »

XXII. Salmi concertati a due voci con violini e senza, opera undecima di D. Natale Monferrato Vice Maestro della serenissima Republica di Venetia. Dedicati agl' illustrissimi et eccellentissimi sig. sig. Patroni collendissimi li signori Matteo, Giorgio, et Sebastiano Baffo. — *In Venetia* 1676. *Apresso Giuseppe Sala.*

Contient trois *Confitebor*, *Beatus*, deux *Laudate*, *Lœtatus sum*, *Nisi Dominus*, *Lauda Hierusalem*. Les mesures sont divisées comme dans la musique moderne, mais lorsqu'il se présente des pauses, quel qu'en soit

---

(1) T. II, p. 681.
(2) On a imprimé pour cet ouvrage deux titres qui portent tous les deux la date sus-indiquée; ils ne se distinguent que par l'adresse placée au bas du frontispice. L'un porte *A Paris, des nouveaux caractères de Fournier le jeune*, sur l'autre on lit *à Berne et se trouve à Paris chez Barbou, imprimeur libraire, rue et vis-à-vis la grille des Mathurins*. Evidemment *Berne* avait été indiqué ici pour mettre l'ouvrage à l'abri des persécutions de la famille Ballard.

le nombre, elles sont toutes écrites non plus en mesures séparées mais en cette manière avec le chiffre du total au-dessous :

15

A l'exemple de Rigatti (V. l'art. précédent) et de plusieurs autres, Monferrato joue dans sa dédicace sur les noms des voix : « Anco facendo il *soprano*, è bene unire all' *alto* del decoro il *basso* dell' affabilità per conservare il *tenore* del buon governo etc. » Il fait ensuite de grands éloges de l'invincible république de Venise, qu'il présente au monde entier comme règle infaillible du meilleur gouvernement : *Norma infallibile d'ogni ottimo governo al mondo tutto ;* puis il passe à ceux de la famille Baffo, à la célébrité de laquelle un poëte du siècle passé Giorgio Baffo a peut-être trop contribué par la publication de poésies en dialecte vénitien, dans lesquelles il n'a pas su répandre assez d'esprit et de grâces pour en faire goûter ou pardonner la licence.

XXIII. Missa ad imitationem moduli (Le temps qui court) Auctore Petro Certon cum quatuor vocibus, nunc primum in lucem ædita. — *Lutetiæ, apud Adrianum Le Roy et Robertum Ballard Regis Typographos, in vico sancti Joannis Bellovacensis sub intersignio Divæ Genovefes,* 1558 ; in-folio.

Huit feuillets cotés sur le recto.

XXIV. Missæ tres Petro Certon pueris simphoniacis sancti sacelli Parisiensis auctore, nunc primum in lucem ædite, cum quatuor vocibus ad imitationem modulorum SUS LE PONT D'AVIGNON, ADJUVA ME, REGNUM MUNDI. — *Lutetiæ, etc.,* 1558 ; in-folio.

Trente feuillets cotés sur le recto.

XXV. Missa pro defunctis auctore Petro Certon : cum quatuor vocibus, nunc primum in lucem ædita. — *Lutetiæ, etc.,* 1559, in-fol.

Huit feuillets cotés sur le recto. Cette messe est sans prose. A la fin est attachée une feuille contenant un motet à quatre parties sur les paroles suivantes : « O bone, o pie, o Jesu dulcissime pro solita tua bonitate regem nostrum Carolum cunctamque Valesianam familiam rege, eosque tua gratia protege pulchraque et optata prole perpetuo adauge. » On a plus tard effacé à la plume *Carolum* qui était Charles IX pour lui substituer *Henricum,* c'est-à-dire Henri III qui a été le dernier des Valois ; la prière n'a donc point été exaucée. Le livre se termine par deux *Deo gratias* à quatre parties, le premier pour l'*Ite missa est,* l'autre pour le *Benedicamus Domino.*

Le n° XXIV dont l'intitulé est fort mal construit, nous fait connaître que Pierre Certon a été maître des enfants de chœur de la Sainte-Chapelle à Paris, en 1558. Comment ce titre n'est-il pas répété sur le n° XXIII imprimé la même année et sur le n° XXVI publié l'année suivante? Peut-être avait-il quitté ses fonctions dans le courant de l'année 1558.

**XXVI. Il primo libro de Madrigali a due e tre voci amorosi e morali di
Gio. Battista Mazzaferrata, maestro di cappella dell' illustrissima Acca-
demia della Morte di Ferrara. Opera seconda.** — *In Bologna-*1675 *per Giacomo Monti,* in-4°.

Le frontispice porte la devise adoptée, par l'éditeur Jacques Monti
inscrite à l'entour d'un écusson dont le champ supporte un violoncelle.

UT RElevet MIserum FAtum SOLitosque LAbores.

Ce recueil, contenant quatre madrigaux à deux voix et six à trois voix,
est du petit nombre de ceux qui exigent moins de quatre voix pour
l'exécution. L'ouvrage ne contient ni préface ni dédicace.

Ottavio Pitoni dans ses *Notizie de' Contrappuntisti,* Ms. dit que Mazzaferrata était né à Côme et ajoute qu'il existe de lui sept œuvres imprimées à Bologne, mais il n'en cite pas les titres.

**XXVII. Compieta concertata a cinque con violini obligati. Dedicata alla
Molt' illustra Communità di s. Gio. in Persiceto da Fra Francesco Passarini
da Bologna minor conventuale maestro di capella della medema. Opera
terza.** — *In Bologna per Giacomo Monti,* 1672, in-4°.

Le Père Passarini ayant été élu à son grand étonnement, dit-il dans
sa dédicace, maître d'une Société qui a coutume de ne choisir que des
compositeurs d'un mérite éprouvé, il s'est efforcé d'en témoigner sa reconnaissance par l'offre de cet ouvrage. L'usage de chanter les complies en musique n'a jamais été connu en France, mais pendant
quelque temps il n'a pas été fort rare en Italie où par suite de certaines circonstances de lieux ou de convenances, cette partie de l'office
acquérait une importance qu'on ne lui donne pas d'ordinaire. Les
complies en musique se composent communément des quatre psaumes,
de l'hymne et du *Nunc dimittis;* celles que le Père Passarini écrivit
pour la communauté de Saint-Jean *in Persiceto* ont cela de particulier,
qu'il a mis en musique toutes les paroles de l'office, même celles qui
se disent toujours à voix basse. On y trouve revêtu de musique le *Jube
Domne benedicere* et la bénédiction *Noctem quietam,* etc., le capitule *Fra-
tres sobrii estote,* l'*Adjutorium,* le *Confiteor,* puis le *Converte nos,* les
quatre psaumes, l'hymne, le *Tu autem Domine* suivi de l'*In manus* et
enfin le cantique de Siméon. Le Père Passarini était au reste un habile
compositeur; il avait été maître de Saint-François à Bologne en 1657
et avait cessé ses fonctions et quitté sa ville natale en 1670; il y fut
rappelé en 1680 avec 50 écus romains d'appointements et conserva son
emploi jusqu'en 1698, année de sa mort. Une partie de ses ouvrages
manuscrits se conserve dans la bibliothèque des Franciscains de cette
ville.

**XXVIII. Sacri concentus quatuor vocibus ac tribus instrumentis modu-
landi celsissimo Domino Domino Eugenio Alexandro principi de Turri
Tassis et sacri romani imperii, comiti de Valsassino, Baroni d'Impden, To-
parchæ in Braine-le-Château, Haut-ltter, Wolverthem, Rossem, Mense-
gen, Leerbecq, etc.; Comitatus Hannoniæ hereditario mareschallo, Aurei
velleris equiti et hereditario magistro generali postarum per romanum**

imperium, Burgundiam et Belgium etc. etc. etc. auctore Joanne Josepho Fiocco, Bruxellensi. Opus primum. — *A Amsterdam aux depens d'Estienne Roger, marchand libraire, chez qui l'on trouve un assortiment général de toute sorte de musique, in-4º.*

Si le grand personnage qui avait accepté la dédicace de l'ouvrage de Fiocco n'a pas été content de ce frontispice il était bien difficile. C'est sans doute cette accumulation de titres qui a fait oublier la date de l'impression; il faut remarquer toutefois que dès la première moitié du xviiiᵉ siècle, époque à laquelle paraît appartenir le présent livre, les éditeurs tâchaient déjà de tromper le public sur l'âge des œuvres de musique et vendaient quand ils pouvaient du vieux pour du neuf. Cette habitude a fini par faire loi, et l'on se moquerait aujourd'hui d'un marchand qui marquerait sur le titre d'un ouvrage le millésime de la publication.

La dédicace nous fait connaître que l'auteur était fils de Pierre Antoine Fiocco, maître de chapelle de Notre-Dame du Sablon à Bruxelles, et que celui-ci avait aussi dédié des ouvrages au prince de la Tour Taxis. Il semblerait que Jean-Joseph lui avait succédé, mais alors il est étonnant que rien ne l'annonce à la suite de son nom. Les motets contenus dans le recueil sont au nombre de douze. Les trois instruments d'accompagnement sont deux violons et une basse de viole; il y a de plus une basse continue pour l'orgue. L'errata est fort étendu et je dirai à ce sujet un mot du procédé que l'on suivait à cet égard pour la musique typographiée. On imprimait les corrections de telle façon qu'en les découpant elles s'adaptassent et se collassent ensuite à l'endroit même où se trouvait la faute; fort souvent les éditeurs faisaient eux-mêmes cette opération, en sorte que l'ouvrage sortait tout corrigé de leurs presses, et de fait, l'errata n'existait plus.

Dans sa *Biographie universelle des Musiciens* (t. IV, p. 124) M. Fétis cite un Joseph-Hector Fiocco, fils de Jean-Antoine, qui pourraient bien être les mêmes que les précédents. Il y a eu aussi un Dominique Fiocco dont on possède à la bibliothèque nationale une messe du cinquième mode et des psaumes; toute cette musique est manuscrite et paraît antérieure même à celle de Fiocco père qui ainsi n'aurait pas été le premier compositeur de ce nom.

XXIX. Responsoria omnia quintæ ac sextæ feriæ sabbhatique majoris Hebdomadæ, Paribus vocibus a Francisco Corticcio Florentino, musices sereniss. Cosmi Medicis Magni Etruriæ D. Præfecto, juxta Breviarij romani formam restituti, una cum cantico Zachariæ et psalmo Davidis quinquages. Ipsis feriis accommodata, nunc nuper edita. — *Venetiis apud Filios Antonij Gardani,* 1570, *in-4º.*

On trouve cet auteur cité aussi sous les noms de Corteccio et Corteccia. L'épître dédicatoire à Côme Medici expose qu'il avait songé d'abord à publier un recueil de ses motets avant celui qui contient les répons de la Semaine Sainte. C'est l'absence seule de pièces en ce genre qui lui a donné idée de les composer; en effet on ne possédait alors à Florence que les répons d'un certain Arnolphe, l'un des plus anciens compositeurs de l'école florentine « præter illa Arnolphi cujusdam vetustissima quæ eamdem pene vocum similitudinem perpetuare non desinunt, atque ob id despicata ducuntur; cum omnibus in rebus similitudo sit satietatis mater. Illaque item quæ Bernardus Pisanus inter musicos, ut temporibus illis, primi certe nominis edidit, quæ alicubi cunctantia nimis, alicubi vero cantantibus incommoda nimis etiam habentur, licet simul ac primum in vulgus emanarunt vehementer probarentur. Adhuc tamen adolescens permultos audivi, qui dicerent Bernardum ipsum in illiusmodi opere obeundo, cantorum paucitate quorumdam vocibus morigerari coactum fuisse. Ego vero quoad potui in hisce meis brevitati et cantantium commoditati servire studui ; quod quantum ipse præstiterim, illorum qui Musicæ rationis ignari minus habentur sit judicium. »

Ces répons sont écrits à quatre voix d'hommes; ils ne sont pas toujours si commodes à chanter (à moins de les transposer) que semble l'annoncer Corticcio; par exemple le dernier répons *Sepulto Domino* est écrit pour deux barytons, basse et contrebasse, et cette dernière partie, ici comme ailleurs, descend jusqu'au *mi* bémol. Le *Benedictus* offre plusieurs canons ou énigmes à deviner, par exemple au verset *Ad faciendam*, on lit *ubi arsis, ibi thesis* et la résolution se trouve en renversant le livre. Au verset *Et tu puer* autre canon : *Qui mecum est præibit ante me, et ego ante illum præibo parare vias ejus.* Voici comment on l'explique : la *résolution* entre deux mesures avant la *guide*, ce qui se rapporte aux mots *præibit ante me*, puis à la fin de la première période la partie de *résolution* compte trois pauses, après lesquelles vient son entrée où elle reproduit la *guide* en suivant ainsi jusqu'à la fin, *et ego ante illum præibo*. Dans cette édition les dièses et bémols sont marqués devant tous les degrés qui doivent subir ces sortes d'altérations et on les trouve même répétés sur les notes de même ton qui se suivent immédiatement. J'ai retrouvé à Florence dans la bibliothèque Magliabechiane les répons de Bernard de Pise dont parle ici Corticcio; ils existent dans un in-folio manuscrit qui servait à la chapelle ducale. J'en ai mis quelques-uns en partition et j'en reproduirai un échantillon dans les planches de la *Diphthérographie*. La composition de ces pièces pourra donner lieu à quelques réflexions importantes pour l'histoire de la musique. Quant à Corticcio, je donne à la fin du présent *Extrait*, n⁰ˢ 2 et 3, une antienne de sa composition et le répons *Sepulto Domino* cité il y a un instant.

XXX. Ad S. D. N. Paulum V. Pont. opt. max. sacrarum cantionum quæ binis ternis, quaternis, quinis, senis, septenis, octonis vocibus concinuntur cum basso ad organum. Ab Octavio Catalano siculo Ennense IIIᵐᵒ ac Ecc.ᵐᵒ D. M. Antonio Burghesio Pauli V sum. Pont. fratris filio Sulmonis principi a musicis modulationib. Liber primus. — *Romæ apud Bartholomeum Zanettum*, 1616, in-4⁰.

Ce recueil contient onze motets à deux voix, six à trois, quatre à quatre, cinq à cinq, un à six, un à sept et deux à huit. Je ne comprends pas bien ce que veut dire à la fin du titre *a musicis modulationib*.

Ottavio Catalano, né à Castro-Giovanni en Sicile, s'établit à Rome
où il devint en 1603 maître de Saint-Apollinaire et remplit cette charge
pendant vingt ans. Il quitta le collége germanique pour la place de maître
et virtuose du prince de Sulmone, Marc-Antoine Borghese, neveu du
pape Paul V. Ayant ensuite été gratifié d'une abbaye il retourna dans
son pays, y fut maître de la cathédrale de Castro-Giovanni et ter-
mina ses jours en laissant ses compositions à l'établissement. Francesco Severi en parle dans le premier livre de ses *Salmi passaggiati*, et
Ottavio Pitoni, dans ses notices manuscrites, a donné sur lui quelques
lignes dont celles-ci sont tirées. Il ne paraît pas que la publication
des motets dont je viens d'offrir le titre ait été plus loin que ce
Liber primus.

**XXXI. Missæ quatuor vocibus concinendæ Eminentissimo ac Reverendiss.
principi D. Petro Ottobono S. R. E. Card. ac Vicecancellario dicatæ. Auctore Adm. R. D. Philippo Bursio, romano, congregationis reformatæ S.
Bernardi Ordinis Cisterciensis Monaco et provinciæ romanæ Visitatore generali. — *Romæ apud Mascardum*, 1698. — L'autore l'hà corrette di tutti gl'
errori occorsi nella stampa e per segno della correttione, vi trovaranno nella
parte del basso 4 righe stampate in rame. In-4°.**

Ces dernières lignes imprimées sur le frontispice sont une idée fort
singulière et une preuve que l'auteur tenait fort à ce que l'on sut qu'il
avait fait avec soin ses corrections. Dans ce livre Bursio a repris l'usage
abandonné à cette époque de donner des noms spéciaux aux messes et
de les composer sur des mélodies préfixées. Voici les titres des quatre
que contient ce recueil. 1° *Jubilate deo*, 2° *Già l'alba messaggiera*, 3° *Amorosi fioretti*, toutes les trois à quatre parties et concertées, 4° *Missa
brevis*, note infilzate a quattro piena da cantarsi con l'organo e senza
organo, or mancando qualche parte pur che non manchi il basso si
può cantare a due e a tre. On sait que le célèbre Agostino Stefani a
composé une messe du genre de cette dernière qu'il a intitulée *Uno
avulso non deficit alter;* la basse elle-même peut y être supprimée. Le
bon cistercien de Sainte-Marie-des-Anges n'a pas eu la même habileté.
Par compensation il a eu celle d'épuiser dans sa dédicace toutes les
formules laudatives et admiratives à l'égard du cardinal Ottoboni; il le
compare au soleil qui parcourant le zodiaque ne dévie jamais de la
ligne de l'écliptique, il espère avoir réussi à composer des messes *ecclésiastiques;* et de fait, elles sont d'un style bref et facile quoique parfois
mal à propos chargé de notes.

**XXXII. Missæ quinque, sex, octo, decem et duodecim vocum, cum
basso continuo ad organum authore Guilielmo Messaus parochialis ecclesiæ S. Walburgis Antuerpiæ phonasco. Quibus inserta sunt moteta aliquot
10 ac 12 vocum. — *Antuerpiæ, apud Hæredes Petri Phalesii, typographi
musices*, 1633, in-4°.**

La dédicace de ce recueil adressée à Jean-Chrysostome Van der
Sterre, abbé des chanoines Prémontrés de S.-Michel d'Anvers, ne
nous apprend rien sur l'auteur; elle est d'ailleurs fort modeste et se

termine par une phrase assez singulière à propos d'une collection de messes : « Comme l'on voit briller de.toute part en vous, dit Messaus à l'abbé des Prémontrés, quelque chose de céleste et de divin ; vous imiterez en l'occasion présente les dieux qui n'exigent pas toujours de magnifiques holocaustes, mais permettent qu'un peu de lait suffise à leur culte et les rende propices. » Cette dédicace est datée d'Anvers 1633.

Les messes sont au nombre de treize ; il y en a une à cinq, deux à six, cinq à huit, deux à dix, et trois à douze voix. Elles sont suivies de trois motets, l'un à dix et les deux autres à douze voix. On y remarque cette particularité que plusieurs d'entre elles sont traitées sur des motifs de chansons, usage qui n'était pas encore perdu à cette époque. Voici les timbres des pièces qui ont servi de thème : *Sonno scendisti in terra; Sù, sù, sù non più dormir; J'ay vu le cerf du bois saillir; Ecco nunzio di gioia; Deggio dunque partire; Dall' Arcadia fecunda.*

Les motets placés à la fin du livre ne sont pas les mêmes que l'on trouve sous le nom de Messaus dans le *Pratum musicum* imprimé à Anvers en 1634, in-4°.

On ignore du reste la date de la naissance et de la mort de ce compositeur ; tout ce que l'on sait de lui c'est qu'il faisait partie du chœur de S. Walburge, et qu'en conséquence il habitait Anvers. C'est par inadvertance que M. Fétis (1) lui donne le nom de George que l'intitulé transcrit ci-dessus ne permet pas de lui attribuer.

XXXIII. Le gioie madrigali a cinque voci di diversi eccellentissimi musici delle compagnie di Roma nouamente posti in luce. Libro primo. — *In Venetia 1589. Appresso Ricciardo Amadino,* in-4°.

Felice Anerio a été l'éditeur de cette collection qu'il dédie à Mons. Don Pietro Orsino, évêque de Spolette, auquel, dit-il, il a dû l'honneur d'être choisi pour maître de la célèbre compagnie des Maîtres de Rome. Les auteurs dont il a recueilli les ouvrages sont : Giov. Mar. Nanino, Giov. Pierluigi Palestina (sic), Felice Anerio, Luca Marenzio, Annibale Stabile, Oratio Griffi, Ruggiero Giovanelli, Giovanni de Macque, Arcangelo Crivelli, Paolo Quagliati, Annibal Zoilo, Gio. Trojano, Giov. And. Dragone, Paolo Belasio, Cristofano Malvezzi, Bartolomeo Roi, Bernadino Nanino, Giov. Battista Lucatelli, Francesco Soriano. Tous ces maîtres faisaient en effet partie de la compagnie de sainte Cécile dès 1583, ainsi que le prouvent les registres du temps conservés dans les archives de cette confrérie.

XXXIV. Psalmodia vespertina una cum *Miserere* novem vocibus in duobus choris certatim concinentibus ad organi sonum accommodata. Modulabatur Ginus Angelus Capponius. Liber primus. — *Romæ ex typographia Vitalis Mascardi, Anno Jubilei* 1650, in-4°.

Ce recueil contient quatorze psaumes offrant les vêpres des doubles et semidoubles ; l'auteur a écarté ceux qu'en raison de leur longueur

_____
(1) *Biographie univ. des Musiciens*, t. VI, p. 389.

il est d'usage à l'église de chanter expéditivement et ceux qui ne se disent qu'une fois dans l'année. Dans son avis au lecteur, Capponi fait une observation qui n'a pas cessé d'être fondée en se plaignant que les compositeurs du jour font un tel cas de leurs propres productions qu'ils méprisent toutes les autres, et dans les établissements par eux dirigés, ne mettent en avant autre chose que ce qui leur appartient, ensevelissant dans l'obscurité les travaux du reste des musiciens, quelle que soit leur célébrité. « Plerumque hujus ævi modulatores ita sua diligunt ut aliena despiciant, et ubi præsunt, propria tantum exhibent, delitescentibus in tenebris laboribus cæterorum, quanquam præclaris. »

Le chevalier Gino Capponi, né à Florence et appartenant à l'une des plus célèbres familles de cette ville, passa la plus grande partie de sa vie à Rome où il mourut en 1687 ou 1688. Crescimbeni (1) en a parlé avec éloge. Outre l'ouvrage sus-indiqué, on connaît de lui : 1° Il primo libro di Madrigali a cinque voci, Roma 1640; 2° Salmi a cinque cités dans la table de Franzini. Ottavio Pitoni dit quelques mots de ce noble amateur dans sa Notizia de' contrappuntisti mss.

XXXV. Julii Belli Longianensis ecclesiæ magnæ domus Venetiarum olim musices magistri psalmi ad vesperas in totius anni solemnitatibus octo voc. Duoque cantica Beatæ virginis. Tertia impressione. — Stampa del Gardano in Venetia, 1615, in-4°.

Ce recueil contient les seize psaumes adoptés par le bréviaire romain pour les vêpres de l'année, et, en outre, le Deus in adjutorium et deux Magnificat. Ces psaumes sont rapportés aux tons du plainchant et quelques-uns se trouvent coupés par des versets en fauxbourdon. A la fin se trouvent trois formules de faux-bourdons proprement dits.

Jules Belli, né à Longiano, fut d'abord maître de la cathédrale d'Imola, puis de S. Antoine de Padoue, et enfin de S. Marc à Venise. On a de lui : 1° les psaumes sus-indiqués imprimés pour la première fois à Venise en 1596 par Gardano; 2° Il primo libro delle Messe a cinque, Venezia 1603; 3° Compieta, Falsibordoni, Motti e Litanie a sei dont l'édition de Venise 1607 par Raverio est une réimpression; 4° Motti a due e tre, Venezia 1613 : c'est encore une réimpression. Le catalogue de Vincenti indique en outre : 5° Madrigali a quattro e otto; 6° Offertorj a quattro, cinque, sei, otto. Franzini cite de lui : 7° Compieta a otto; 8° Canzonette a quattro : enfin, le catalogue des Giunti mentionne : 9° Vesperi a cinque; 10° Canzonette a tre; 11° Libro primo delle Messe a quattro et 12° Libro di Messe a otto. Je tire cette liste de la Notizia de' contrappuntisti d'Ottavio Pitoni, manuscrit précieux et des plus utiles à consulter en ce qui touche les musiciens des XVe, XVIe et XVIIe siècles.

XXXVI. Sacræ et divinæ cantiones binis, ac ternis vocibus ad organum decantandæ, ex pluribus excellentissimis musicis per fratrem Zaccariam Zanettum de Bononia Carmelitam Selectæ, cum numquam quiescente

(1) Commentarj della volgar poesia, lib. III.

basso ad organicorum commodum noviter in lucem editæ. **Dicatæ Reve-**
rendo admodum patri Theodoro Canbio Mantuano sacræ thœologiæ magi-
stro et doctori. — *Venetiis apud Alexandrum Vincentium,* 1619, in-4°.

Les excellentissimes auteurs auxquels le père Zanetti a emprunté
les pièces de son recueil ne sont pas tous des plus connus. A la vérité
l'on y trouve quelque chose de Grégoire Allegri, compositeur de haute
renommée, mais qu'est-ce que le père carmélite Jules Antoine?
qu'est-ce que Jean-Bernard Colombi? que le père Bona? qu'Ignace
Donati? que le père Tonolini, etc.? Zanetti était, à ce qu'il paraît,
un grand dispensateur de célébrité; il semble qu'il eût dû rattacher la
sienne à quelque chose de plus solide.

XXXVII. Duo di Cristoforo Caresana, organista della real cappella.
Opera seconda. Dedicati all' illustriss. et excellentiss. signore D. Luigi
Emanuele Pinto-Capece-Bozzuto. — *In Napoli* M. DC. XCIII. *Per il Bonis*
Stampatore arcivescovale, in-4°.

XXXVIII. Duo di Cristoforo Caresana etc. Ridotti alla notazione mo-
derna e messi in partitura dal maestro Adriano de la Fage. — *Napoli* 1834.
Manoscritto.

La dédicace n'offre rien de particulier; Caresana se contente d'y
mettre son ouvrage sous la protection du prince auquel il le dédie, ce
qui, selon lui, doit le mettre à l'abri de toute critique. L'avis au
lecteur a une toute autre importance, aussi vais-je le reproduire dans
son entier et avec une traduction à cause de certains termes qui, en
France, où tout le monde a, comme de raison, la prétention de savoir
l'italien, ne seraient point compris ou pourraient l'être à contre-séns.

Lettore amorevole,	Lecteur bienveillant,
Il gradimento dimostrato dei duo che diedi alle stampe, l'anno 1680 m'hà dato motivo di pubblicare il secondo; in questo vi troverai varie frascherie; corrispondenti al tempo che corre, balletti, arie, tarantelle, saltarelli e simili, bastanti a sodisfare il genio depravato di questo secolo. Io sono cosi alieno dalle medesime, che se queste fossero atte à sentirsi fuori delle scole, e delle cammere non m'haverei mai applicato a scriverle, in oltre che, non avendole prese che per soggetto (come anno fatto autori gravi) potrai scusare il trascorso della penna, sapendo molto bene, che simili frottolerie, che corrono hoggi sulle carte musicali, sono più capaci di derisione che d'applauso. Sono però accompagnate da gravi e sostenuti, perchè nella varietà habbi campo di sodisfarti. Gl' ultimi sono	L'accueil fait au livre de duos que je fis imprimer en 1680, m'a décidé à en publier un second. Tu trouveras dans ce dernier diverses frivolités convenables au temps actuel: danses, airs, tarentelles, sauteuses et autres pièces semblables bonnes à contenter le goût dépravé de ce siècle. Elles sont si peu du mien que si elles étaient de nature à être entendues hors des écoles et des chambres d'étude, jamais je ne me serais appliqué à les écrire. En outre, ne les ayant jamais prises que pour sujet (ainsi que l'ont fait des auteurs graves), tu pourras excuser l'erreur de ma plume, sachant fort bien que de pareilles billevesées qui garnissent aujourd'hui le papier de musique méritent plutôt la risée que les applaudissements. Au reste, elles sont accompagnées d'autres pièces graves et soutenues; ainsi tu

un poco ostrusi, si ponno facilitare con allargarli di battuta fatti à posta per spratticare quelli di fiacca intonazione 8 in numero, l'uno consecutivo all' altro, e sono gl' ultimi. Ho voluto terminare l'opera con alcune cantilene a trè e à quattro facili a cantare, non sgradevoli a sentire. Generalmente poi; mi son dilettato de' rivolti delle parti il di cui artificio vedo particolarmente pratticato da Autori Spagnuoli, che (à mio credere) si ponno più ammirarè che imitare. Compatisci le mie debolezze, accetta la volontà di compiacerti, con gradirla cortese, e stà sano.

trouveras à te satisfaire dans cette variété. Les derniers morceaux sont un peu compliqués; en élargissant le mouvement òn les rend plus faciles. Ils ont été composés à dessein pour détourner de ceux d'intonation flasque; ils sont au nombre de huit et viennent au dernier rang. J'ai terminé par quelques pièces à trois et à quatre, faciles à chanter et dont l'audition n'est pas désagréable. Du reste je me suis plu en général aux renversements des parties, artifice pratiqué surtout par les auteurs espagnols qu'il est, selon moi, plus aisé d'admirer que d'imiter. Pardonne mes faiblesses, agrée courtoisement l'intention que j'ai de te plairé et porte-toi bien.

Comme je viens de le dire, plusieurs particularités de cette pièce me paraissent dignes d'attention.

1° L'auteur avait composé et publié en 1680 (1) un premier recueil de solféges qui avait été bien reçu du public et qui assurément méritait bien cet accueil. C'est celui que Choron a mis en partition et publié en 1818 et non en 1808, comme le disent par erreur Bertini (2) et M. Fétis (3). Il forme deux parties dont la première contient des solféges à deux parties travaillés sur des thèmes d'hymnes ecclésiastiques; la seconde, des pièces de même style, mais composées sur des thèmes de fantaisie. Il ne paraît pas qu'avant cette époque on eût publié des solféges proprement dits : on s'exerçait communément sur des pièces de musique d'église écrites *a cappella*. Ces pièces n'offraient presque aucune difficulté d'intonation, mais avaient l'inconvénient de manquer de destination spéciale.

2° Quoique ayant été bien accueilli du public, il paraîtrait que le premier livre des solféges de Caresana aurait aussi produit quelques critiques, et que notamment l'on aurait reproché à ce compositeur la sévérité des thèmes par lui choisis; alors il se serait décidé à se conformer au *goût dépravé* du siècle.

3° Caresana est étranger à ce genre de composition frivole, et jamais il n'eût composé de telles pièces sans leur destination spéciale qui est de servir à l'instruction des enfants dans les écoles et chez les particuliers.

(1) L'imprimé porte le millésime de 1681, désignant sans doute l'époque à laquelle l'impression fut achevée.
(2) *Dizionario storico-critico degli scrittori di musica*, t. II, p. 19. Bertini appelle notre auteur *Cristaforo Caresani*. Au reste, ce nom de Cristoforo est un de ceux qui, en italien, offrent le plus de variétés et pour la prononciation et pour l'orthographe.
(3) *Biographie universelle des Musiciens*, t. III. Toutefois il faut dire qu'en 1808 ou 1809 Choron avait publié dans les *Principes des Ecoles d'Italie*, les trios de Caresana sur l'échelle et sur les intervalles.

4° Il a pris ces bagatelles seulement pour thème et il a soin de s'en excuser par l'exemple des grands auteurs qui, comme chacun le sait, en ont souvent agi de la sorte, écrivant des messes entières sur le texte musical d'une chanson populaire. Les *frottolerie* proprement dites dont Caresana applique le nom aux compositions légères de son temps, étaient de courtes pièces à trois ou à quatre voix souvent fort agréables. Comme elles n'avaient pas le développement des madrigaux, quoique au fond elles en eussent le style, ces bagatelles, que nous trouverions cependant aujourd'hui fort savantes, devaient obtenir beaucoup de succès en raison de leur facilité et de leur brièveté.

5° Malgré le soin qu'a eu Caresana de n'employer ces motifs frivoles que comme thèmes, il en rougit presque; c'est *une distraction de sa plume*, car, ajoute-il, elles sont dignes de moquerie plutôt que d'éloge. Il était vraiment bien sévère.

6° Enfin, et cet article est vraiment fort important, notre compositeur s'est plu à faire grand usage des *renversements*, parce qu'il en a trouvé surtout l'emploi *dans les auteurs espagnols qu'il est, selon lui, plus aisé d'admirer que d'imiter*. On sait qu'alors le royaume de Naples était sous la domination espagnole, mais quels étaient les auteurs dont parle Caresana? comment leurs noms et leurs compositions sont-ils totalement oubliés? comment n'en reste-t-il aucune trace dans les archives et les annales napolitaines? que l'Espagne possedât alors et depuis longtemps des maîtres distingués, cela ne fait pas doute, surtout depuis que M. Eslava nous a fait jouir de leurs œuvres dans sa belle collection intitulée *Lira sacro-hispana*, mais comment se fait-il que l'on n'ait absolument aucun renseignement sur ceux qui avaient pu s'établir dans les Deux-Siciles? D'un autre côté, comment, ayant aux portes des États napolitains tous les grands compositeurs romains du XVIᵉ siècle, Caresana propose-t-il comme des modèles inimitables les musiciens espagnols? J'avoue ne pouvoir m'expliquer son opinion, d'autant plus que lui-même était, ainsi qu'on le verra bientôt, né dans les États-Pontificaux et que les didacticiens de son époque n'ont jamais pris leurs exemples en Espagne, mais en Italie. Ce qui rend la chose plus embarrassante, c'est qu'il paraît peu croyable que Caresana ait désigné ici les auteurs espagnols antérieurs à Palestrina, tels que Cristoforo Moralès, Bartolomeo Escovedo et quelques autres qui, de leur temps, étaient vraiment sur la première ligne, et que la grande école de Pierluigi n'a pu même faire oublier; mais après ceux-ci les grands musiciens d'Espagne restent dans leur pays. De plus habiles que moi chercheront la solution de cette difficulté.

Caresana était complétement inconnu en France avant que Choron eut mis en partition et fait graver le premier livre de ses solfèges. Cet excellent maître avait dès 1808 publié les trios de notre auteur dans le second livre des *Principes de composition des écoles d'Italie*. Au moment où il venait d'ouvrir sa première école de chant, il voulut avoir pour l'étude de la solmisation un livre d'exercices destinés non à des amateurs, mais à des artistes, et le premier œuvre de Caresana, dont il existait un exemplaire à la bibliothèque nationale, lui parut éminemment propre à l'objet qu'il se proposait. De l'œuvre second il n'y avait qu'un volume, c'est-à-dire une partie séparée; il fallut donc renoncer à sa publication. Mais lorsqu'à la fin de 1833 je retournai en Italie, mon cher maître et ami que je ne devais plus revoir me recommanda fort de tout faire pour trouver à Naples le second œuvre complet. Je le rencontrai en effet dans la bibliothèque du Collége de musique où ce que l'on possède de Caresana se trouvait indiqué sous le titre unique de *cinq livres* de solféges, ce qui me donna une fausse joie, car je reconnus bientôt que ces *cinq livres* étaient cinq tomes de parties séparées; deux formaient le premier livre, deux le second; le cinquième faisait double emploi.

Aussitôt je me mis à copier l'œuvre second en partition en le disposant à la manière moderne, et ce travail qui n'eut pour moi d'autre ennui que de me paraître un peu long, fut terminé le 1er février 1834 dans les bâtiments mêmes de l'ancien Conservatoire de musique appelé *la Pietà de' Turchini all' incoronata* où j'habitais. Je n'ai jamais regretté le temps passé à mettre de la musique en partition, car s'ils sont faits avec jugement, rien de plus profitable que les travaux de ce genre.

Personne plus que Caresana n'est habile à tirer parti d'un motif, à le faire passer d'une partie à l'autre, à en serrer et en renverser les imitations; personne ne se joue mieux de toutes les difficultés de cette nature; qui que ce soit ne s'entend mieux à tirer tout le parti possible de l'harmonie à deux voix. Ces morceaux sont au nombre de quarante, et un grand nombre est tiré d'airs du temps et de motifs de danse, tels que chaconnes, barrières, courantes, planelles, farentelles, etc. On y trouve la tarentelle primitive et le célèbre air désigné sous le nom des *Folies d'Espagne* avec ses premières variations connues et portant le simple titre de *balletto*. Je ne vois jamais tous ces vieux airs si caractérisés que je ne me reporte aussitôt au temps de leur composition, et que je ne me les représente exécutés par les personnes, avec les costumes, dans les appartements et sur les instruments de l'époque, tels en un mot qu'on les entendit pour la première fois. Les six trios et les quatre quatuors qui viennent à la suite n'offrent pas moins d'intérêt.

A ce propos je ferai remarquer que les solféges de Caresana sont appelés *duo, trj, quarti* et non pas *duetti, terzetti, quartetti*. Cette dénomination est fort exacte, puisqu'elle caractérise essentiellement la musique scholastique écrite en style sévère et spécialement destinée à l'étude.

Si le pauvre Choron eût vécu quelques années de plus, la partition du second livre de Caresana eût été gravée. Aujourd'hui tout porte à croire qu'elle ne le sera jamais. Elle eût cependant pu, comme la première, servir utilement pour apprendre à lire les différentes clefs; c'est en effet à ce point de vue surtout que nous en faisions usage à l'école, car ces solféges sont, comme on le pense bien, écrits sur toutes les clefs, mais chacun sait aussi que maintenant il est d'usage de n'en plus connaître qu'une ou deux.

Caresana était un de ces maîtres consommés en fait de contrepoint, que jadis on trouvait en grand nombre dans l'Italie et que l'on y rencontrait encore quelquefois en ces derniers temps. Simples, modestes, retirés, réguliers, contents d'une position médiocre qui leur donnait de quoi vivre, leur existence n'offre rien de remarquable que la composition de leurs ouvrages trop souvent, hélas! perdus après leur mort. Chose fort singulière, il n'est pas rare que deux ou trois faits de leur vie supposés connus, se trouvent être des erreurs quand on vient à les vérifier. Caresana en est un exemple.

L'article que lui a consacré M. Fétis dans sa *Biographie universelle des Musiciens*, ouvrage si important et si utile dont il nous fait espérer bientôt une seconde édition, est une traduction modifiée de celui de Bertini qui, lui-même, avait traduit l'article de Choron dans le Dictionnaire de Fayolle. Seulement M. Fétis ajoute que Caresana était né à Tarente en 1669, renseignement pris, sans doute, dans quelque auteur qui m'est inconnu. La date de naissance est certainement inexacte, puisque Caresana publiait son premier livre de duos en 1680; il n'aurait alors eu que onze ans, et quand, à pareil âge, une publication de ce genre faite à Naples en ce temps, ne serait pas par elle-même impossible, l'ouvrage annonce un contrepointiste achevé, tel que l'on ne devient que par suite d'une longue pratique. En second lieu, Caresana ne peut être né à Tarente, puisque de son vivant on l'appelait le verulien, *il veruliano*, parce qu'il était né à Veroli dans les Etats romains. En lui supposant vingt-cinq à trente ans lors de la publication de son premier recueil, il devait avoir vu le jour vers 1650 et peut-être en 1655 comme le veut Janvier Grossi (1) qui le fait naître à Naples. Il fut organiste de la chapelle royale et passa la plus grande partie de sa vie dans le couvent de Monte Oliveto à Naples, appartenant aux Bénédictins blancs; il y mourut dans un âge avancé vers 1730. Peut-être avait-il préféré ce couvent à tout autre, parce que l'on y conservait parmi les reliques une côte de son patron saint Christophe. Quoi qu'il en soit, il jouit de son vivant d'une grande estime, non seulement comme savant musicien, mais encore à cause de la pureté de sa vie (2).

(1) Biografia degli nomini illustri del regno di Napoli, probole. Napoli 1819, in-4°. Ce volume n'a pas de pagination.

(2) Je tire ces renseignements de la *Nuova guida per Napoli* de Dominique-Antoine Parrino, qui s'exprime ainsi : « In esso (convento) vi abbitò lungo tempo, finche visse, essendo morto gl' anni passati, quel celebre Maestro di Cappella D. Cristoforo Caresana della patria detto il Verudiano (sic), per la scienza del comporre, e per la politezza del vivere molto stimato. » Voici le titre de l'ouvrage dans sa partie importante : *Nuova Guida de' forastieri per osservare, e godere la* (sic) *curiosità più vagge, e più rare della Fedelissima gran Napoli... Opera di Domenic' Antonio Parrino Accresciuta con moderne notizie da Niccolò suo figlio.* In Napoli MDCCLI. Quoique rien n'indique ici qu'il s'agisse d'une nouvelle édition, il ne serait pas impossible qu'une ou plusieurs autres aient paru du vivant de Dominique-Antoine, puisque son fils Nicolas y a fait des additions sans doute après sa mort. En tout cas les renseignements fournis n'en seraient pas infirmés et il n'y aurait qu'à fixer approximativement la date de la mort de Caresana d'après le millésime de la première édition où se lirait le passage cité.

Villarosa (1), ou plus exactement Sigismondi, véritable auteur du livre publié sous le nom du premier, appelle notre compositeur *Caresano* et le fait napolitain.

On connaît de lui, outre ses deux livres de duos et trios : 1° trois messes des morts à huit parties; 2° un *Salve Regina*; 3° un *Veni sancte Spiritus*; 4° *La Felicità della fede*, oratorio; 5° *Santa Lucia*, oratorio. Ces morceaux furent composés pour l'église des Philippins de Naples et se sont conservés dans leur couvent.

Martini (2) trouve dans les duos de Caresana un exemple excellent pour les élèves de toutes les ressources du contrepoint à deux voix, et il y admire la grande quantité d'artifices et la variété de disposition telle que l'ont pratiquée les grands maîtres. « Ses exercices à trois voix sur les intervalles de l'échelle doivent être, dit Choron (3), dans tous les conservatoires et les écoles de chant. » Martini admire dans le premier de ces trios, traité sur l'échelle diatonique, une fugue à trois voix conduite avec toute la perfection de l'art et dans la véritable nature de ce style (4). C'est apparemment pour cela qu'Adolphe Miné, plagiaire qui en France a joui quelques années d'une certaine réputation, l'a insérée dans un *Livre d'orgue* (5) comme son propre ouvrage; il était sûr que Caresana ne ferait pas de réclamations.

Quoique cet article soit déjà étendu, je ne veux pas le terminer sans relever quelques particularités de notation et de composition qui caractérisent les habitudes de l'époque à laquelle écrivait Caresana.

Dans les mesures ternaires, il suit l'usage ancien qui consiste à noircir les brèves ou carrées, lorsqu'elles ne doivent former que les deux tiers de la mesure au lieu de la remplir tout entière; dans les mesure à 3/2, la semibrève ou ronde jouit du même privilége. Le silence correspondant à la brève représente celle-ci tant dans son état de perfection que dans son état d'imperfection. La longue vaut toujours deux brèves parfaites ou imparfaites.

Quand il se rencontre des chutes de quinte mineure (vulgairement *fausse-quinte*), le bécarre est toujours placé devant la note inférieure; pour le saut de triton ascendant, on emploie encore le bécarre que l'on place alors devant la note supérieure. En tout autre cas, la quarte doit se faire mineure ou juste, quoique le bémol ne soit pas marqué.

Observez que pour avoir, à propos du couvent des Olivetins, mentionné Caresana qui était un simple artiste, il faut que Parrino ait eu avec lui de son vivant des relations particulières, autrement il n'en eût pas plus parlé que de tant d'autres compositeurs dont la réputation était alors dans sa plus brillante fraîcheur et desquels il n'a nommé pas un seul. Le *d* au lieu du *l* dans le mot *veruliano* est évidemment une faute d'impression; quant à la substitution de l'*u* à l'*o* (on dit *veroliano*), c'est une habitude du dialecte napolitain.

(1) *Memorie dei compositori di musica del regno di Napoli*, p. 28.
(2) *Saggio fondamentale di contrappunto*, t. II, p. 6.
(3) *Dictionnaire historique des Musiciens*, art. Caresana.
(4) *Saggio fondamentale*, t. II, p. 31.
(5) A la page 138. Voyez au surplus le *Cours complet de plain-chant* de l'auteur de cet article, p. 760, n° 211.

Quand, dans les modes mineurs, ou si l'on veut dans le premier mode du plain-chant, on rencontre le *si* en descendant, il doit toujours être bémol, à moins qu'il n'ait devant lui le bécarre; ceci s'applique au *mi*, si le premier mode est transposé en *sol*.

À l'égard des bémols dont la clef est armée, les notes qu'ils altèrent ne reprennent leur position naturelle qu'autant qu'elles sont précédées non du bécarre, mais du dièse. Caresana emploie les passages chromatiques, et fait, je crois, une seule fois usage de la tierce diminuée dont l'emploi était alors une nouveauté.

XXXIX. Missa ad imitationem missæ Virginis Mariæ auctore Io. Maillard cum quinque vocibus nunc primum in lucem ædita. — *Lutetiæ, apud Adrianum Le Roy et Robertum Ballard, Regis typographos in vico sancti Ioannis Bellovacensis, sub intersignio divæ Genovefes*, 1557, in-fol. de 16 feuillets.

XL. Patrem a Io. Maillard cum octo vocibus, nunc primum in lucem æditum. — *Lutetiæ*, etc., de 8 feuillets.

XLI. Missa ad imitationem moduli (M'amie un jour) auctore Ioanne Maillard. Cum quatuor vocibus nunc primum in lucem ædita. — *Lutetiæ*, etc., in-fol. de 10 feuillets.

Les feuillets ne sont cotés que sur le recto. L'extrait des lettres patentes accordées à Adrien Le Roy et à Robert Ballard porte qu'il est défendu de contrefaire les «caractères, lettres grises, et autres inventions des dessusdicts, de dix ans prochainement venans.»

XLII. Di Pomponio Nenna cavalier di Cesare il sesto libro de' Madrigali a cinque voci. — *In Napoli, Nella Stamperia di Gio. Battista Sottile. Per Scipione Bonino*, 1607, in-4°.

La dédicace porte tout au long la suscription cérémonieuse encore en usage chez les Italiens qui tiennent à ne pas changer : *All' illustrissima et eccellentissima signora mia signora et padrona colendissima la signora Diana Vittorio Carrafa, marchese di Castelvetere*. Nenna voulait d'abord dédier son livre au marquis de Castelvetere, mais celui-ci qui était fort jeune s'étant marié, c'est à sa femme qu'il l'adresse. Recevez, lui dit-il, cette œuvrette (*operina*) « comme une jeune fille simplement vêtue qui, pour toute splendeur et pour tout agrément, porte au front, ainsi qu'une pierre précieuse, le nom de votre Excellence. » C'est à Naples, le 1er septembre 1607, que Nenna écrivait ces compliments à la marquise de Castelvetere.

XLIII. Psalmodia vespertina volans octo plenis vocibus concinenda sereniss. ac potentiss. Principi Domino D. Ferdinando Mariæ utriusque Bavariæ; ac Palatinatus superioris Duci, comiti palatino Rheni, Landgravio Leichtenbergensi, S. R. J. Archidapifero et electori, etc., nec non serenissimæ Henriettæ Adelaidi ex regia Sabaudiæ stirpe natæ, ejusdem serenissimi Electoris uxori meritissimæ, etc., dicata ab Augustino Steffano Eo-

rund : sereniss : **Principum musico-organista. Anno sal. 1674 , Ætatis suæ 19.** — *Romæ, ex typographia Io. Angeli Mutij*, in-4º.

Contient les psaumes dominicaux et ceux des apôtres, des martyrs, des confesseurs et des vierges. La dédicace datée de Rome , 1ᵉʳ janvier 1674 , est un témoignage de reconnaissance de l'auteur aux protecteurs de sa jeunesse. Un avis placé à la suite se termine par ces mots : « Cape igitur volantem hanc psalmodiam, velocitate volantis temporis volanti calamo perfectam, quam non auribus, nec arti, sed brevitati et commoditati attemperavi. » Il serait mal à propos de reprocher à un compositeur de dix-neuf ans , devenu plus tard fort habile, d'avoir souffert que l'on plaçât en tête de son premier ouvrage quatre pitoyables distiques formant un double anagramme sur les mots *Augustino Stefano*, le premier tiré des initiales de chaque vers et le second de la première lettre de chaque mot final. Deux beaux esprits du temps s'étaient réunis pour la confection de ce chef-d'œuvre. J'ai fait cette remarque uniquement pour rappeler qu'en 1674 cet étrange usage de publier des vers ou autres pièces à sa propre louange n'était pas encore passé, surtout en Italie. Molière, en France, s'en était moqué dans la préface de son premier ouvrage imprimé d'abord sans son aveu : « Si l'on m'avait donné du temps, j'aurais pu songer à moi, et j'aurais pris toutes les précautions que MM. les auteurs, à présent mes confrères , ont coutume de prendre en semblables occasions.…. J'aurais parlé aussi à mes amis, qui, pour la recommandation de ma pièce , ne m'auraient pas refusé ou des vers français ou des vers latins. J'en ai même qui m'auraient loué en grec ; et l'on n'ignore pas qu'une louange en grec est d'une merveilleuse efficace à la tête d'un livre. Mais on me met au jour sans me donner le temps de me reconnaître , etc. (1). »

Cet usage tombé par son excessif ridicule , s'est rencontré de nos jours sous diverses formes qui, toutes ont sur l'ancienne méthode, la supériorité d'hypocrisie habituelle à notre temps. L'hypocrisie, quoique se trompant souvent dans ses calculs, fait encore bien des dupes. Aujourd'hui l'on n'imprime plus en tête de ses ouvrages des vers à sa propre louange., mais on charge un ami d'en faire la préface, et l'on écrit soi-même les articles de journaux destinés à faire *mousser* le livre, en les signant d'un nom plus ou moins connu.

XLIV. Delectus sacrarum cantionum binis, ternis, quaternis quinisque vocibus concinendus eminentissimo et reverendissimo principi Cæsari cardinali d'Estreo dicatus, auctore Alexandro Melano pistoriensi in ecclesia sancti Ludovici nationis Gallorum musicæ præfecto. Liber secundus. — *Romæ, typis Mascardi*, 1673, in-4º.

Contient sept motets à deux voix, cinq à trois, un à quatre et deux à cinq. D'après le titre on pourrait croire qu'il s'agit d'un choix, d'un spicilège fait dans les auteurs du temps, mais il n'en est point ainsi, et

_____

(1) *Les Précieuses Ridicules*, préface de 1660.

l'ouvrage appartient en propre à Melani qui a fait son choix dans ses propres productions.

XLV. Dixit Dominus a 5 : tre canti alto e tenore con violini del sig. Aless. Melani.

Manuscrit en partition. C'est sans doute l'original. Il y a au bas une réduction pour alto, tenor et basse.

Melani, compositeur médiocre, paraît s'être arrangé de manière à obtenir de son vivant une assez profitable réputation. J'ai vu dans la bibliothèque de mon bon et respectable ami l'abbé Santini une pièce autographe d'Ianacconi, où ce grand compositeur avait daigné prendre la peine de mettre en partition le commencement d'un morceau à seize voix dudit Melani dont il avait noté les innombrables fautes ; il n'était pas de mesure qui n'en renfermât plusieurs. Au commencement et à la fin Ianacconi avait écrit : *Evviva l'impostura.*

Alexandre Mélani ne doit pas être confondu avec Dominique Mélani, castrat célèbre, mort en 1693, mais peut-être était-il son parent. J'ai donné quelques renseignements sur ce dernier à la page 490 des *Essais de diphthérographie musicale* (1).

XLVI. Sacræ cantiones singulis, binis, ternis, quaternis, quinisque vocibus, cum basso ad organum decantandæ auctore Dominico Massentio, collegiatæ ecclesiæ ronciglionensis canonico D. Jo. Bernardini Nanini discipulo. Liber primus. — *Romæ, apud Bartholomæum Zannettum,* 1612, in-4°.

Contient deux motets à une voix, seize à deux, huit à trois, cinq à quatre et deux à cinq. La dédicace au cardinal Edouard Farnèse n'offre rien qui mérite d'être relevé.

XLVII. Psalmodia vespertina tam de dominicis quam de apostolis cum Regina cœli, Salve Regina et duplici Magnificat, octonis vocibus cum basso ad organum concinenda, auctore Dominico Massentio ronciglionensi, opus novum. — *Romæ, apud Paulum Masottum,* 1631, in-4°.

Dans sa dédicace à François Peretti, l'auteur dit que ses compositions ne sont que des ruisseaux dérivés du grand fleuve appelé Bernardino Nanini dont, comme on l'a vu au titre de l'article précédent, Massenzio était élève. Ce même titre nous fait connaître qu'il était chanoine de la collégiale de Ronciglione, lieu de sa naissance.

Outre les deux ouvrages précités, on connaît de lui : 3° Motti à 2, 3, 4, 5 con l'organo libro secundo, Roma 1614 ; 4° Motti libro terzo, Ronciglione 1616 ; il y prend le titre de maître de la confrérie des nobles dans l'église du Jésus ; 5° Motti libro quarto, Roma 1618 ; 6° Salmi a 4 e 5, Roma 1618 ; 7° Motti à 2, 3, 4, 5, Roma 1624 ; 8° Salmi a 4 libro primo, Roma 1627 ; 9° Compieta a 8 con l'organo, Roma 1630 ; 10° Motti a due e più voci libro quinto, Roma 1631 ; 11° Salmi a due cori libro quarto, Roma 1634 ; 12° Salmi a quattro,

(1) Ouvrage imprimé depuis longtemps, mais dont la publication, retardée par les frais de gravure et d'impression des planches, ne commence que dans les premiers mois de 1857.

Roma 1636 ; 13° Salmi a quattro libro settimo, Roma 1643 ; Massenzio y prend le titre de doyen bénéficier de Santa Maria in via lata; 14° Salmi a cinque ; 15° Motti e litanie a più voci libro secundo ; 16° Motti a voce sola. Ces trois derniers sont cités dans le catalogue de Franzini.

XLVIII. Premier livre d'airs à quatre et cinq parties par feu M. Boesset, maître de la musique de la chambre du Roy, seconde édition. — *A Paris, par Cristophe Ballard, seul imprimeur du Roy pour la musique*, 1689, petit in-8° oblóng.

— Second livre. . . . . . . 1685.
— Troisiesme livre. . . . . sans date.
— Quatriesme livre. . . . . sans date. .
— Cinquiesme livre. . . . . sans date.
— Sixiesme livre. . . . . . sans date.
— Septiesme livre. . . . . . sans date.
— Huitiesme livre. . . . . . sans date.
— Neufième (sic) livre. . . . sans date.

Cette seconde édition de pièces qui, dans leur nouveauté avaient obtenu beaucoup de vogue, reproduit toute la collection des airs de Boesset. Dans un *Avis au lecteur pour les airs de feu M. Boesset*, où la grossièreté du style fait assez reconnaître la plume de Christophe Ballard, cet imprimeur prévient que chacun des neuf livres ne se vendra pas séparément. En effet, leur pagination forme une seule série ; les feuillets ne sont cotés que sur le recto.

Néanmoins, à la fin de chaque livre, Christophe Ballard a grand soin de faire imprimer un *Extrait du privilége* où son usurpation est subrepticement consommée (1). Ce Christophe est celui des Ballard qui eut un procès avec son frère Pierre pour le titre d'*imprimeur du Roi*.

Les priviléges, quelle qu'en soit la nature, sont toujours un mal, mais les priviléges renouvelés et perpétués de père en fils se montraient sous l'ancienne monarchie les plus préjudiciables de tous. En effet, rien n'était plus facile au moment de la mort d'un privilégié que d'ajouter quelque nouvelle clause à l'ancien texte des lettres patentes, tout en paraissant réclamer simplement le maintien d'un état de choses subsistant. Les autorisations qui constituaient le droit prétendu des Ballard en sont une preuve évidente.

D'abord on accorde à Guedron de faire imprimer ses ouvrages par Pierre Ballard, et l'on défend toute contrefaçon, ce qui était fort naturel ; ensuite à chaque renouvellement on trouve quelque empiètement nouveau ; le mal est arrivé à son comble en 1673, année dans laquelle Louis XIV signe le 11 mai un privilége que le parlement n'enregistre que cinq ans plus tard. Ce privilége étend les prétentions de l'impétrant dans la proportion la plus exorbitante, car l'on y lit qu'il est « fait défense à toutes autres personnes, de quelque condition et qualité qu'elles soient, d'entreprendre ou faire entreprendre ladite im-

(1) Voyez plus haut, p. 28.

pression de musique ni autre chose concernant icelle en aucun lieu de ce royaume, terres et seigneuries de son obéissance, nonobstant toutes lettres à ce contraires ; *ni même de tailler ni fondre aucuns caractères de musique* sans le congé et permission dudit Ballard, à peine de *confiscation des dits caractères* et de *six mille livres* d'amende, etc. »

Ainsi voilà le privilége qui atteignait et anéantissait pour la branche musicale l'industrie des graveurs et fondeurs de caractère !

Il reste à expliquer la singularité d'un *premier livre* daté de 1689, tandis que le *second* porte le millésime 1685. Pour s'en rendre compte, il faut supposer que Ballard n'avait fait qu'employer le reste d'une édition plus ancienne des livres deuxième et suivants, après avoir réimprimé page pour page le premier livre en lui donnant la date réelle de sa mise en vente. Il y aurait encore de cette particularité une autre explication à donner, c'est que les réimpressions chez Ballard se faisaient avec une extrême négligence, et qu'au second livre on ne prit pas la peine de changer le millésime de l'édition qui servait de copie ; on s'en serait aperçu plus tard et l'on aurait supprimé la date pour les livres suivants. Ces gaucheries, ainsi que les fautes de tout genre qui abondent dans les éditions des Ballard, n'avaient aucun inconvénient pour une maison *privilégiée*. Tout privilége constitue essentiellement le droit de mal faire.

XLIX. Mottetti a due, tre, quattro e cinque voci con le litanie della Beata Vergine a 4 in fine di Francesco della Porta organista e maestro di capella nella Madonna presso S. Celso in Milano. Libro primo opera seconda dedicata all' illustrissimo e patron colendissimo il sig. Cristofolo Centurione da Genova. — *In Venetia, appresso Alessandro Vincenti,* 1645, in-4°.

Contient trois motets à deux voix, deux à trois, cinq à quatre, un à cinq, et les litanies à quatre.

Dans sa dédicace, Della Porta, dont on a quelquefois écrit le nom De la Porta et qui, de même que pour l'article suivant, signe seulement Francesco Porta, nous apprend qu'il avait précédemment exercé la charge de maître de chapelle à Saint-Ambroise-le-Majeur à Milan. Il était né à Monza, à peu de distance de cette ville, et fut successeur de Turato à S.-Celso ; il cessa de vivre en janvier 1666 (1).

L. Motetti a due, tre, quattro e cinque voci con un Magnificat, Litanie della beata Vergine a quattro e cinque si placet di Francesco della Porta organista etc.. Libro secondo opera terza dedicata alli illustrissimi signori Deputati alla veneranda fabrica della Madonna di S. Celso. — *In Venetia, appresso Alessandro Vincenti,* 1648, in-4°.

Contient sept motets à deux voix, trois à trois, trois à quatre et à cinq.

La dédicace aux Marguilliers de la Madonna di S. Celso est précédée d'une pièce de vers adressée aux mêmes marguilliers par le préfet de cette église, et accompagnée d'une liste de leurs noms devenus aujourd'hui fort obscurs.

(1) Voyez PICINELLI, *Atti de' Letterati Milanesi,* p. 219.

Outre les deux ouvrages ci-dessus, on connaît de Porta : 3° Motteti libro terzo con messe e salmi a 2, 3, 4, 5; 4° Salmi a 2, 3, 4; 5° Ricercari a 4, imprimés à Milan.

LI. Cantiones sacræ II, III, IV, V, VIII vocum. Item Missa una 4 vocum auctore **Alexandro Grandi,** magistro capellæ in S. Maria maiore Bergomi, denuò accuratè recognitæ. Liber primus. — *Antuerpiæ, apud Hæredes Petri Phalesii typographi Musices,* 1538, in-4°.

Il faut lire 1638. Contient six motets à 2, six à 3, sept à 4, un à 5 et un à 8, plus la messe indiquée sur le titre. La première édition avait paru à Palerme en 1619.

LII. Cantiones sacræ una, duabus, quatuor, quinque vocibus et duobus violinis cum basso continuo ad organum. Auctore **Alexandro Grandi,** magistro capellæ in S. Maria Bergomi. Liber tertius.— *Antuerpiæ, apud Hæredes Petri Phalesii typographi Musices,* 1639, in-4°.

Ne contient qu'un petit nombre de motets parmi lesquels s'en trouve un à deux voix avec des violons et de plus des trombonnes. Cette addition de trombonnes n'était pas rare à cette époque : je possède un motet du célèbre Claudio Monteverde écrit de cette manière. La première édition des *Cantiones* de Grandi avait été publiée à Palerme en 1620.

LIII. Quarto libro de Motetti a due, tre, quattro et sette voci con il basso continuo per sonar nell' organo di **Alessandro Grandi.** Nuovamente in questa quinta impressione con ogni diligenza coretti et ristampati. Con licenza de' superiori et privilegio. — *In Venetia, appresso Alessandro Vincenti,* 1628, in-4°.

Il est aisé de voir que j'ai placé cet article après les précédents malgré sa date plus ancienne, en raison du rang qu'il occupait dans l'œuvre de notre auteur. — Parmi les motets qu'il contient il s'en trouve à sept parties et non pas à sept voix comme on pourrait le croire. Ces parties sont les quatre voix ordinaires, deux violons et une grande guitare *Chitarrone*. On voit en conséquence que ce dernier instrument a été quelquefois employé à l'église, ce qui étonne au premier aspect. La première édition avait paru à Palerme en 1620, comme celle du livre précédent, et non en 1621, comme l'a cru M. Fétis (1); l'édition de 1621 est la première de Venise, et l'on voit que le débit en fut considérable, puisque la cinquième paraissait en 1628.

LIV. Liber sextus Motettorum duabus, tribus et quatuor vocibus cantandorum cum basso continuo, authore **Alexandro Grandi** in S. Mariæ maiori Berganis capellæ magistro. Opus vigesimum et quod iterum typis subiiceretur dignissimum. — *Antuerpiæ, apud Hæredes Petri Phalesii, typographi Musices,* 1640, in-4°.

Quoique le titre n'en dise rien, il y a dans ce recueil un motet à cinq voix qui est le dernier.

(1) *Biog. univ. des Musiciens,* t. IV, p. 392.

Alessandro Grandi ou Grande était né en Sicile, et a été l'un des compositeurs les plus en vogue de son temps. Le père d'Avella en parle avec de grands éloges, l'appelant *Alessandro veramente Grande nelli suoi primi mottetti* (1). M. Fétis s'étonne que Boisgelou, dans le catalogue musical de notre grande bibliothèque, ait distingué deux musiciens différents du nom d'Alexandre Grandi. Cette opinion cependant paraît fondée, car Pitoni (Not. ms. de' compos.) nomme le nôtre, qui était son contemporain, *il seniore;* il y avait donc un compositeur de même nom plus jeune que lui. Je parlerai dans un instant d'un autre musicien du nom de Grandi, mais ayant le prénom de Vincent.

Pour ce qui concerne Grandi l'ancien, j'ajouterai qu'il fut maître de la seigneurie de Venise. Il se trouvait dans cette ville en 1636, comme on le reconnaît par la troisième édition de son troisième livre de motets à deux, trois et quatre voix. Il remplit aussi les fonctions de maître à Sainte-Marie-Majeure de Bergame, au Saint-Esprit de Ferrare où il entra en 1640, et enfin il se peut qu'il ait été aussi maître de chapelle à Rimini. Pour compléter la liste de ses ouvrages il faut ajouter : 5° Le second livre des Motets, Palermo 1620; 6° Le cinquième livre de Motets, Palermo 1620, réimprimé en 1640; 7° Motets à cinq voix, Venezia, Angelo Gardano 1620; 8° Messe a otto voci con l'organo, Venezia 1637 : cet œuvre est à la bibliothèque nationale; 9° Salmi a tre con Messa; 10° Motti a voce sola con due violini lib. primo; 11° Id. libro secondo; 12° Motti a una e due voci con sinfonia a beneplacito libro primo; 13° Id. libro secondo; 14° Madrigali concertati, Venezia, pel Vincenti, 1614; 15° Libro quinto de' concerti a 1, 2, 3, 4, réimprimé à Venise en 1625, ce qui suppose quatre autres livres qui avaient précédé celui-ci et avaient été imprimés d'abord soit à Palerme soit ailleurs. Ce sont donc quatre autres articles; 20° Celesti fiori ad una, due, tre e quattro voci, Venezia, pel Gardano, 1656; 21° et 22° Laudi spirituali a due, tre e quattro voci lib. 1° et 2°; 23° Arie a due e tre voci con sinfonie di violini; 24°, 25°, 26° Arie, trois autres livres; 27°, 28° Arie con il chitarrone a voce sola, deux livres; 29° Amorosa guerra cioè Arie ad una e due voci; 30° Messa a quattro pari; ce dernier article est peut-être manuscrit ou bien appartient à quelque recueil. Celui que Dunfrid a publié sous le titre de *Corolla missarum* en renferme qui appartiennent à Grandi.

Alexandre Grandi le jeune a publié au moins un ouvrage que possède la bibliothèque nationale : Messe a tre e quattro voci con strumenti, Bologna, 1693.

A l'égard de Vincenzo De-Grandis, voici comment M. Fétis s'exprime : « Il y a un Grandi (Vincent), chantre de la chapelle pontificale qui a fait imprimer des antiennes à 5 et à 8, en 1601, et des psaumes à 8 voix imprimés en partition par les soins de Philippe Kespeol. Ce musicien était né à Monte Albotto le 28 octobre 1605. » Il y a nécessairement ici une erreur, car, à ce compte, De-Grandis aurait publié

(1) *Regole di Musica,* Roma 1657, trattato secondo, p. 72.

des antiennes quatre ans avant sa naissance ; le même passage en contient encore d'autres, ainsi qu'on va le voir. La date du 28 octobre 1605 appartient non à la naissance de De-Grandis, mais à sa réception dans le collége des chapelains-chantres où il était entré en qualité de contralto, bien qu'il fût castrat, par dérogation à la règle qui n'admettait ceux-ci que pour la partie de soprano. Il avait fait imprimer un *Primo libro di Motti a due, tre, quattro e cinque voci*, Roma, Luca Antonio Soldi, 1620. C'est là, sans doute, le livre que M. Fétis a désigné sous le nom d'*Antiennes*. Son second ouvrage *Salmi e motti a otto* fut publié en 1624 chez le même éditeur en parties séparées, ainsi que toute la musique qui s'imprimait alors. Au commencement de l'année suivante, le 24 janvier, parut à Venise chez Gardano, la partition de ce livre faite non dans un but d'étude, mais par vengeance ou méchanceté. Un grand nombre de fautes y sont relevées; le texte qui accompagne la partition est une véritable satyre présentée sous forme de requête au collége des chapelains-chantres. Pour que l'affront fût plus complet, le critique fit en sorte que l'édition de Venise fût distribuée à tous les chantres dans l'exercice même de leurs fonctions et en l'année même où De-Grandis remplissait pour le moment les fonctions de *maître* ou *prince*. Il dut ainsi subir l'affront public de recevoir son exemplaire en main propre, et de remercier, tant au nom de ses collègues qu'au sien propre, celui qui le lui présentait. Pitoni (Not. ms. de' compos. di Mus.) croit que le nom de Filippo Kesperle et non Kespeol est un pseudonyme.

LV. Mottetti e offertorii a due, tre, quattro e cinque voci del signor Francesco Foggia, romano maestro di cappella nella insigne basilica di S. Lorenzo in Damaso dati in luce da Gio. Battista Caifabri dedicati al medesimo autore. Opera XVI. — *In Roma, per il success. al Mascardi*, 1673, in-4°.

Baini qui a donné d'après Pitoni une notice sur cet excellent musicien (1), s'est trompé en citant le présent recueil sous le titre de *Messe et Offertorii*. Il omet aussi une particularité assez remarquable concernant François Foggia, c'est que dans son enfance, il était entré au collége germanique de Rome comme soprano, et que par la suite il devint chanteur fort habile et fut autant considéré pour ce talent que pour celui de compositeur. Il ne jouait d'ailleurs d'aucun instrument.

Les *Mottetti* se composent de sept morceaux à deux voix et de quatre à trois voix, tous fort développés. Des cinq *Offertorii* qui suivent trois sont à quatre voix et deux à cinq.

Caifabri, éditeur de quelques autres ouvrages de compositeurs célèbres, avait fait imprimer celui-ci à l'insu de Foggia; il ne trouve d'autre moyen de s'en excuser que de le lui offrir : sa dédicace est si singulière que je la transcrirais en entier si elle n'était un peu longue. Il n'y faut pas chercher des renseignements utiles, c'est uniquement comme pièce curieuse que j'entends en parler ici. Voici

(1) *Mém. della vit. di Pal.*, t. II, p. 45.

comment il débute : « Chiudetevi per non più aprirvi, bocche d'inferno, che negando dell' anima l'immortalità, vi rendete affatto simili a gl' animali più vili. E non vi pare sofficiente argomento (se pure non chiudete nel seno cuore di macigno) per confessare che l'anima sia eterna, quel naturale istinto, quell' innato desiderio, quell' interna ansietà che ha ciascheduno di lasciare al mondo di se nome, fama e gloria? » Là-dessus, exemple du navigateur qui s'expose à des périls sans nombre pour découvrir des terres nouvelles, du lettré dont l'application à l'étude a fait un cadavre vivant, etc. Vient ensuite un éloge de l'imprimerie : « Questa benche muta, eloquente oratrice sà ridire i gesti altrui; sorda si, ma render sà alle domande adequate le risposte; insensata si, ma saggia, mentre i più dotti bene ispesso con essa si consegliano; voce non ha, et è tromba sonora; non ha moto, e vola per l'universo; vita non ha, e ritoglie dalla morte chi deve morire. Questa è il nido dove la fama prende per volare i vanni. La stampa è il vero antidoto per le morsicature del tempo; questa in somma è il balsamo per conservarsi al mondo immortale. » En conséquence Caifabri croit échapper au blâme s'il a recueilli et publié diverses pièces de Foggia; elles doivent faire connaître qu'il réussit également dans tous les styles. Il sait bien que Francesco Foggia, *phénix des compositeurs*, n'a pas besoin de cette publication pour acquérir la célébrité et l'immortalité dont il jouit déjà. Voici comment conclut notre éditeur : « Errai nol niego in presumere con questa impressione inalzare il suo nome mentre già era arrivato al non plus ultra; questo errore però è condonabile : errai in haver procurato occultamente questi componimenti e senza sua saputa dati alla luce, e se questo pure vien giudicato furto, eccomi pronto alla restitutione mentre a V. S. li dedico e consacro; so certo li accoglierà benignamente essendo sui proprj parti e gli bagio le mani. »

LVI. Vespertina psalmodia, Missa et Litaniæ B. Mariæ Virginis tribus vocibus organo concinendæ. Possunt decantari sine cantis. Authore Tullio Cima Roncilionense romano musicæ compositore opus septimum. Ad eminentiss. et reverendiss. principem D. D. Ludovicum Fernandez Portocarrero S. R. E. card. Amplissimum. — *Romæ*, 1673, *typis et expensis Io. Angeli Mutii*, in-4°.

Contient les psaumes *Dixit, Confitebor, Beatus vir, Laudate pueri, Lœtatus sum* et *Magnificat*, plus, comme l'indique le titre, une Messe et des Litanies. A l'exception du *Beatus vir* écrit pour alto, tenor et basse, toutes ces pièces sont pour deux sopranes et basse. L'avertissement du frontispice répété en tête de l'ouvrage et indiquant que l'on peut exécuter tous les morceaux sans sopranes ne veut pas dire que ces parties puissent être supprimées, mais qu'il est loisible de les suppléer par les ténors.

On a pu remarquer en lisant le titre les mots *Roncilionense romano musicæ compositore;* il paraît que Cima tout en étant né à Ronciglione tenait à être *compositeur romain*. On cite de lui : 1° Salmi a due, tre e quattro libro primo, Roma 1621 ; 2° Salmi a quattro op. quinta,

Roma 1636; 3° Motti a due e tre libro quarto, Roma 1656; 4° Il quinto libro de' Motti, Roma 1656 : ici se placerait dans l'ordre chronologique le recueil objet du présent article; 5° Motti a due, tre, quattro e cinque, Roma 1675. On comprend que cette liste que je donne d'après Pitoni (*Notizia de' Contrappuntisti* ms.), n'est pas complète; il est aisé de la suppléer en supposant la publication de trois livres de Motets antérieurement à 1656, mais alors l'*Opus septimum* serait le huitième. La bibliographie des œuvres de musique est pleine de difficultés de ce genre.

La dédicace de l'œuvre septième qui est de Muzj ne nous apprend rien, mais cet éditeur a placé dans chaque partie un avis aux musiciens qui mérite d'être cité et même conservé en entier :

« Gio Angelo Mutii, romano stampatore in Borgo, alli signori Musici : L'affetto ch' io porto alla nobilissima virtù della Musica (per haverne havuto nell' età mia giovanile qualche intelligenza, e particolarmente di sonare la partitura e far contrappunti a 3) mi sprona, per quanto potrò con le mie deboli forze, di far qualche beneficio a prò de' Virtuosi e per l'esaltazione di essa. Onde vedendo io che molti Autori disanimati dal veder le stampe e caratteri degl' anni trascorsi molto logri e parendogli d'esser aggravati nelle spese, acciò i detti per queste cose non voglino far star sepolte le lor' Opre e fatiche, e lasciare in eterna oblivione, ho pensato di far li susseguenti piaceri a chi vorrà stampare di Musica nella mia stamperia : 1° Di far piacere ne' prezzi più che non abbia fatto verun altro stampatore per il passato; 2° Chi non vorrà far tutta la spesa, di entrar a parte con esso, e poi partir l'Opera con patti leciti et honesti; 3° Di stampare con caratteri novi, si di note come di parole, et ad elettione dell' Autori, havendone io più sorte; 4° Di vendere le mute (che si stamperanno e saranno stampate a mie totali spese) in mia stamperia, a buoni prezzi e non rigorosi. Dunque facendo riflessione le Sigg. Vostre a ciò che è di qualche considerazione, le prego a voler eternarsi come hanno fatto e fanno molti per mezo della stampa, et havendo Voi ad arrecar utilità per mezo di detta Virtù, porgerla a chi ne è affettionato e ne ha intelligenza, non senza spesa essendo stato ammaestrato nella Musica dalla buona memoria del sig. Girolamo Frescobaldi. E vivete felici. »

On voit par cet avis que l'estimable éditeur s'efforçait de faciliter aux musiciens la publication de leurs œuvres, qu'il avait fait fondre de nouveaux caractères de musique, et l'on peut reconnaître dans l'ouvrage même que je cite que ces caractères étaient supérieurs à ceux dont faisaient alors usage les autres imprimeurs de Rome; enfin l'on apprend qu'il avait lui-même étudié la musique. Ceux qui trouvent malice à tout ne manqueront pas de remarquer la petite phrase incidente où Muzj nous apprend que l'étude de la musique n'avait pas laissé que de lui être coûteuse en raison du maître qu'il avait choisi, et ils en concluront que si le célèbre Frescobaldi était un habile maître, il ne donnait pas ses leçons pour rien et que son élève ne l'avait pas oublié. Du reste je n'entends ici faire de reproches ni à l'un ni à l'autre.

LVII. Canzoni et sonate del signor Giovanni Gabrieli organista della serenissima Republica di Venetia in S. Marco a 3. 5. 6. 7. 8. 10. 12. 14. 15. et 22. voci per sonar con ogni sorte de instrumenti. Con il Basso per l'Organo. Dedicate al sereniss.ᵐᵒ dvca di Baviera Dal Reuerendo P. F. Thaddeo da Venetia Agostiniano. Con privilegio. — *Stampa del Gardano. In Venetia* MDCXV. *Appresso Bartholomeo Magni*, in-4º.

Albert, duc de Bavière, faisait un grand cas de la musique de Jean Gabrieli; c'est ce qui a déterminé le P. Thadée à lui dédier cette collection : « Quare illius a me manes iure suo videbantur exigere, ut eiusdem, que apud me essent; Συμφωνίας quod viueas (vivens) mihi significarat, iam tandem editurus, preclarissimo isto Nomine prodeuntes insignirem. »

J'ai compris le titre de cet ouvrage dans le présent Extrait, surtout afin de faire connaître qu'à cette époque on exécutait de la musique instrumentale quelquefois à un très-grand nombre de parties comme ici où il se trouve un morceau qui en exige jusqu'à *vingt-deux*. Les pièces de ce genre étaient alors traitées comme l'on faisait d'ordinaire par les voix, c'est-à-dire partagées en plusieurs chœurs. Une autre remarque à faire, c'est que l'association des instruments ne se réglait pas essentiellement par la nature des timbres, mais seulement d'après l'étendue. Enfin il ne faut pas s'imaginer que l'on y rencontre les traits de vélocité que l'on trouve dans les *toccades* pour clavecin ou orgue composées par le même auteur. Le recueil renferme en tout vingt-et-un morceaux.

M. Fétis (1) croit que l'ouvrage de Jean Gabrieli, publié en 1615, est une nouvelle édition du second livre des *Sacræ Symphoniæ* dont la deuxième s'imprimait en 1597. L'inspection et la comparaison des deux titres, ainsi que le texte de la dédicace du père Thadée semble prouver que la publication de 1615 est entièrement composée de pièces inédites indiquées à ce religieux par Gabrieli lui-même, *quod mihi significarat*, comme méritant d'être publiées après sa mort.

LVIII. Madrigali a cinque di Gio. Bernardino Nanini, libro terzo. — *In Roma, appresso Bartholomeo Zanetti*, 1612, in-4º.

Une dédicace fort louangeuse au cardinal de Mont' Alto datée de Rome, 1ᵉʳ janvier 1612, n'offre rien d'important à recueillir.

LIX. Salmi vespertini a quattro per le domeniche, solemnità della Madonna et apostoli con doi Magnificat, uno a quattro e l'altro a otto. Con il Basso per l'organo se piace Del sig. Gio. Bernardino Nanini. Raccolti dal Reverendo D. Giulio Subissati da Fossombrone. — *In Roma, appresso Gio. Battista Robletti*, 1620, in-4º.

Ce recueil contient les psaumes *Dixit, Confitebor, Beatus vir, Laudate pueri, Credidi, Lætatus, In convertendo, Lauda Hierusalem* et *Magnificat* à quatre parties, *Nisi Dominus* à cinq, et enfin un second *Magnificat* à huit. Ce dernier morceau est de Jean-Marie, frère aîné

---

(1) *Biographie universelle des Musiciens*, art. GABRIELI.

de Bernardin; il est fort court et le seul qui ne soit pas traité à *Versi spezzati*, à versets détachés, le chœur des musiciens chantant en musique tous les versets impairs, traités de manière à dialoguer avec le mode du plain-chant dont au premier verset l'intonation s'est d'abord fait entendre jusqu'à la médiation. Bernardin Nanini est un des plus anciens compositeurs qui aient écrit des pièces de ce genre, et aussi l'un des premiers qui aient ajouté à leurs compositions une basse continue pour l'orgue. Les *Notices* manuscrites d'Ottavio Pitoni nous apprennent que Jean-Bernard Nanino ou Nanini, frère puîné de Jean-Marie et son élève, était né à Vallerano, et qu'il y mourut après avoir été à Rome maître de S.-Louis-des-Français et de S.-Lorenzo-in-Damaso. Pitoni donne ensuite une liste de ses œuvres que l'on trouvera dans Baini avec des additions (1).

Ainsi que l'indique leur titre, les psaumes ci-dessus n'ont point été publiés par Nanini, mais recueillis par Jules Subissati qui, dans une épître dédicatoire à sainte Cécile, nous apprend qu'il les avait rassemblés pendant le temps qu'il était au service de la Sainte, c'est-à-dire sans doute maître de Santa Cecilia-in-Trastevere. Déjà, en 1612, le troisième livre des Motets de Bernard Nanini avait été recueilli par l'éditeur Margarino : mais cette publication ne pouvait être posthume, puisque nous venons de voir à l'article précédent Bernard Nanini publier aussi ce même livre de madrigaux. De plus, un quatrième livre de Motets a paru en 1618, et Baini, qui seul en a parlé jusqu'ici, ne dit pas qu'il ait été recueilli par un compilateur.

LX. Chansons d'André Pevernage tant spirituelles que prophanes à cinq parties nouvellement recueillies et réduites en un livre. — *En Anvers, de l'imprimerie de Pierre Phalese*, 1606, in-4°.

Parmi les chansons profanes, il en est dont le tour ne manque pas d'esprit ; celle-ci par exemple :

> Si mon cœur a fait offense
> De s'être à vous attaché
> Amour a fait le peché ;
> Et j'en fais la pénitence ;
> Un peché selon les lois
> Ne doit se punir deux fois.

Et cette autre :

> Chanson va-t-en où je t'addresse
> Dans la chambre de ma maitresse ;
> Dis lui, baisant sa blanche main,
> Que pour ma santé remettre
> Il lui faut si non permettre
> Que tu te caches dans son sein (2).

Ce recueil que n'indiquent point les biographies musicales a été publié vingt-sept ans après la mort de Pévernage, arrivée le 30 juillet

(1) *Mem. della vit. di Palestrina*, t. II, p. 29.
(2) Ces vers ne sont-ils pas de Clément Marot ?

1689; il était né à Courtray en 1741. M. Fétis (1) s'étonne qu'il ait quitté sa ville natale où il était maître de chapelle de la collégiale, pour passer à la cathédrale d'Anvers comme *simple musicien*. Je crois que M. Fétis a été trompé par l'épitaphe placée sur son tombeau :

M. Andreæ Pevernagio
Musico excellenti
Hujus ecclesiæ phonasco.

Si le mot *phonascus*, en grec Φωνασκός a été employé dans sa véritable signification, il doit correspondre au titre de maître ou directeur du chant. D'ailleurs il se peut que la place secondaire d'Anvers fût plus avantageuse que la maîtrise de Courtray, et enfin, sans penser à mal, nous ignorons si Pévernage quitta de son plein gré la place qu'il occupait.

LXI. Thomæ Ludovici a Victoria Abulensis Missarum Libri duo quæ partim quaternis, partim quinis, partim senis concinuntur vocibus. — *Romæ, ex typographia Dominici Basæ*, 1583, in-fol. magno de 295 pages.

Contient *Quam pulchri sunt, O quam gloriosum, Simile est regnum cœlorum, Ave maris stella, Pro defunctis* à quatre; *Surge propera, De beata Virgine* à cinq; *Dum complerentur, Gaudeamus* à six; en tout neuf messes. A la fin se trouve l'adresse d'Alexandre Gardani et la date de 1583.

De tous les contemporains de Palestrina, Victoria est peut-être celui de tous qui a le plus approché de la perfection de son style, et cette opinion peut même s'entendre d'une manière beaucoup plus étendue que ne le veut Baini (2). Plusieurs de ses productions se chantent encore aujourd'hui à la chapelle pontificale, et rivalisent avec celles du grand maître de l'école romaine. Qu'on me pardonne de dire ici que je suis le premier qui ait cité son nom en France : lorsque je séjournai une première fois à Rome en 1828 et 1829, j'avais pour mon instruction mis en partition la messe *O quam gloriosum*, seconde du recueil objet de cet article ; à mon retour je la montrai à Choron qui la fit aussitôt graver. Cette édition contenait malheureusement beaucoup de fautes qui, par la suite, n'ont pas toutes été corrigées. On a depuis exécuté dans diverses églises de Paris, les tourbes des Passions selon S. Matthieu et selon S. Jean, connues sous le nom de *Turba passionis*. Ces morceaux qui comptent parmi les plus remarquables de l'auteur, ont été publiés à Rome en ces dernières années par M. l'abbé Alfieri. Voyez au surplus dans Baini une liste des ouvrages de Victoria (3) ; relisez les élégants articles de M. R. J. Pottier sur la collection de musique religieuse publiée à Madrid sous la direction de D. Hilarion Eslava (4), et arrêtez-vous sur celui où il traite plus spécialement du grand maître qui a jeté un si vif éclat sur l'école de musique sacrée en

(1) *Biog. univ. des Musiciens*, art. PEVERNAGE.
(2) *Mem. della vit. di Palestrina*, t. I, p. 361.
(3) Là même, p. 362.
(4) *Revue de Musique ancienne et moderne*, p. 40.

Espagne (1). La collection dirigée par le savant maître de la chapelle
royale de Madrid contient, quant à présent, les pièces suivantes de
Victoria : 1° *Misa a cuatro voces*, Ave maris stella ; 2° *Cinco motetes*,
tous d'une grande beauté et de la plus délicieuse simplicité, savoir :
Vere languores nostros, Jesu dulcis memoria et *O quam gloriosum* à
quatre voix, *O Domine* à six, et *Laudate Dominum in sanctis* à huit ;
3° *Misa de Requiem* sobre canto llano, sans prose, mais avec le répons
Libera me. On trouve aussi dans les exemples de l'*Histoire de la Musique en Espagne* de M. Soriano Fuertes (2) le *Sanctus* de la messe *De
beata Virgine* que j'ai mis en partition à sa demande.

Il s'est glissé une faute de gravure fort singulière dans la petite
notice mise par M. Eslava en tête de la Lira sacro-hispana ; d'après
son indication, Victoria serait né en 1570 et entré comme maître au
collége germanique en 1573 : il faut sans doute lire pour la première
date 1540. M. Nisard (3) a relevé une erreur d'un autre genre dans la
Biographie des Musiciens de M. Fétis, qui a donné l'existence à un
compositeur imaginaire qu'il nomme d'Avila (Thomas-Louis-Vit-
toria) (4). Ce musicien n'est autre que notre Victoria, en effet natif
d'Avila, ville d'Espagne dans la Vieille-Castille.

**LXII. Di Paolo Aretino li Madrigali a V, VI, VII, VIII, novamente
dati in luce e da lui proprio hauti (avuti) et da li suoi exemplari coretti et
stampati con la tavola posta nel fine.** — *In Vinegia, appresso Girolamo
Scotto*, 1558, in-8° oblong.

La pagination est en chiffres romains. L'ouvrage est dédié à François Medici, prince de Florence, auquel le compositeur avait auparavant adressé une chasse qui avait été fort goûtée ; une chasse (*caccia*)
était ce que nous nommons aujourd'hui un *canon*. Cette dédicace est
datée d'Arezzo, mais sans indication de mois ni d'année. Paul était
maître de chapelle de la cathédrale de cette ville.

On connaît encore de lui : 2° *Responsorj di natale e della settimana
santa* à quatre, Venezia 1549 ; 3° *Lamentazioni e Passj* à cinque, Venezia 1563 ; 4° *Altro libro di Madrigali* ; 5° *Lamentazioni* à due. Nous ne
possédons d'ailleurs aucun renseignement sur la vie de ce compositeur
qui, peut-être, la passa tout entière dans la ville où il était né.

**LXIII. R. Floridus Canonicus de Silvestris a Barbarano sacras musica-
les cantiones octo vocibus et pro processionibus, auctore R. Bernardino
Vannino cathedralis Viterbiensis, olim musices præfecto, in lucem edendas
curavit.** — *Romæ, ex typographia Amadei Belmotij*, 1666, in-4°.

Contient douze motets publiés après la mort de l'auteur, qui dédie

(1) Page 219. — La collection publiée par D. Hilarion Eslava est intitulée : *Lira sacro-hispana. Gran coleccion de obras de Musica religiosa
compuesta por los mas acreditados maestros espanoles tanto antiguos como
modernos*. Il en a paru jusqu'à ce jour (juillet 1857) soixante livraisons.
(2) *Historia de la Musica espanola desde la venida de los Fenicios hasta
el ano de 1850*, por Mariano Soriano Fuertes, t. II, pl. 23.
(3) *Revue de Musique ancienne et moderne*, année 1856, p. 704.
(4) Art. AVILA.

cet ouvrage à ses neveux. On cite encore de l'abbé Vannini : Motti a cinque, Romæ 1660. Tout ce que l'on sait de lui c'est qu'il était né à Barbarano, bourg du royaume Lombardo-Vénitien, au sud de Vicence et par conséquent qu'il était compatriote du chanoine De-Silvestri que j'ai précédemment cité comme éditeur d'un autre ouvrage (1). Il ne faut pas reprocher à notre chanoine d'avoir, ici comme plus haut, donné à son nom la place la plus apparente ; et plût à Dieu qu'en procurant à leur vanité cette petite satisfaction, un grand nombre de chanoines ou autres dignitaires ecclésiastiques ou civils, nous eussent ainsi conservé par l'impression tant d'ouvrages de grands artistes à jamais perdus pour la postérité.

Florido De-Silvestri était à Rome chanteur dans les églises de San-Spirito-in-Sassia et de Saint-Jacques-de-l'Hôpital ; il mourut en 1674 et fut enterré dans cette dernière église, où se trouve une courte épitaphe annonçant qu'il repose dans le même tombeau que Jeanne sa mère. Outre ce recueil et celui que j'ai indiqué sous le n° XIII, De-Silvestri a publié : 3° Raccolta di Motti a due, tre, quattro a spese di Poggioli pel Grignani, 1643 ; 4° Motti di diversi a due, tre, quattro, Roma pel Fei, 1647 ; 5° Florida verba Motti a due, tre, quattro pel Robletti, Roma 1647 ; 6° Raccolta di Motti a due, tre, quattro, Roma pel Grignani, 1649 ; 7° Motti di diversi eccellentissimi autori a due, tre, quattro, Roma pel Grignani, 1650 ; 8° Messe quattro di diversi, Roma pel Collini, 1651 ; 9° Florido concerto di Madrigali a tre con la parte da suonare 1ª e 2ª parte, 1653 e 1654, Roma pel Mascardi ; 10° Salmi a tre, Roma pel Cazzati, 1662 ; 11° Motti a due di diversi autori, Roma pel Magi, 1672 ; 12° Florido concerto di Madrigali a tre con la parte da suonare, parte terza, Roma pel Magi, 1673.

Dans tous ces recueils on trouve toujours quelque pièce appartenant en propre à De-Silvestri.

LXIV. Cantus ecclesiasticus passionis Domini nostri Jesu Christi secundum Matthæum, Marcum, Lucam et Ioannem. Iuxta ritum capellæ S. D. N. Papæ ac sacrosanctæ basilicæ Vaticanæ. A Ioanne Guidetto Bononiensi eiusdem basilicæ clerico beneficiato in tres libros divisus, et diligenti adhibita castigatione, pro aliarum Ecclesiarum commoditate typis datus. — *Romæ, apud Alexandrum Gardanum*, 1586, in-4° gr.

LXV. Cantus, etc..... typis datus. Et Urbani VIII auctoritate recognitus. — *Romæ, ex typographia Andreæ Phæi*, 1637. *Sumptibus Io. Dominici Franzini sub signu (sic) fontis*, in-4° gr.

Comme il arrive trop souvent dans les réimpressions de certains ouvrages, l'on a dans la nouvelle édition de celui-ci retranché plusieurs choses utiles qui existaient dans l'édition originale. On n'y trouve plus le privilège de Sixte V, la dédicace de Guidetti à Guillaume, comte palatin, et duc de Bavière, non plus que les *Annotationes quædam*

(1) Voyez page 14. En reproduisant le titre on a par erreur imprimé *Barbano* au lieu de *Barbarano*.

circa usum præsentis operis beaucoup plus importantes que les deux autres pièces.

On sait que Guidetti s'unit à Palestrina pour publier une nouvelle édition du plain-chant romain, et l'on peut voir le détail de ce qui fut fait à ce sujet dans le second tome des *Mémoires sur la vie et les ouvrages de Palestrina* par Baini (1). Peut-être dans ce chapitre, d'ailleurs si instructif, Baini a-t-il un peu oublié d'examiner sur quel plan Palestrina et Guidetti avaient conçu leur travail. Dans la dédicace des *Passions*, on peut relever un passage fort remarquable à cet égard. Il y a, dit Guidetti, des parties de l'office qu'il est loisible aux compositeurs de changer et de renouveler à leur guise, mais il en est d'autres que l'usage de Rome astreint à une certaine mélodie et à un chant stable appelé chant *ferme* par cette raison; *sunt tamen nonnulli quos ad certos numeros stabilemque cantum quem idcirco firmum appellant romanus usus astrinxit.* Parmi ces morceaux dont le chant doit être invariablement conservé, se trouve sans contredit l'histoire de la Passion qui se chante dans la Semaine-Sainte : nul chant ne s'adapte mieux à ce saint temps, nul n'inspire de plus profonds sentiments de piété. Je publie pour la première fois ce chant des Passions, ajoute Guidetti, d'après les manuscrits de la chapelle pontificale et de la basilique du Vatican, restitué avec soin dans le sens musical et selon l'usage de notre temps : *Eum ego ex manu exaratis pontificij sacelli Vaticanæque basilicæ libris rescriptum, ac ad musicam rationem usumque nostrorum temporum diligentius restitutum nunc primum in lucem edo.*

Ni Palestrina ni Guidetti ne s'étaient donc proposé de remettre en vogue le plain-chant tel qu'on le suppose dans son origine, prétention ridicule affichée si mal à propos en ces derniers temps. Que l'on nous donne la leçon primitive de quelques anciens plains-chants : si tant est que l'on puisse réellement en déchiffrer la plus ancienne notation, cela supposera seulement que dans la métagraphie on se juge plus habile que Guido et les interprètes du xiᵉ siècle qui ont les premiers placé sur les portées les signes neumatiques et les ont ainsi rendus lisibles. Mais nous proposer l'adoption de semblables pièces pour l'office de l'église, en les exécutant telles qu'on l'a fait depuis que, n'étant plus chantées par de véritables virtuoses, elles ont perdu toute leur importance et tout leur caractère primitif, c'est prétendre substituer aux lois et mœurs des peuples civilisés les usages grossiers, les habitudes ignorantes, les institutions ferrugineuses des siècles de barbarie.

Revenons à Guidetti qui dans ses *Annotations,* a employé plusieurs signes nouveaux. D'abord la *losange* marque chez lui les syllabes brèves; il se sert de deux notes et même de trois sur le même degré pour faire connaître que la voyelle de la syllabe portant sur ces notes doit être reproduite avec une légère aspiration; il emploie le demi-cercle au-dessous des notes pour en indiquer la prolongation, et les barres verticales pour indiquer le lieu où l'on peut reprendre sa respiration; enfin, il a eu soin de désigner par un signe particulier les parties du

(1) Sezione terza, cap. III, t. II, p. 77.

texte évangélique qui doivent dans l'occasion être chantées par le chœur des musiciens qui réprésentent ce que l'on appelle *turba passionis*, c'est-à-dire les disciples de Jésus, les scribes et pharisiens, le peuple, etc.

Une autre annotation concerne le cérémonial usité à S.-Pierre du Vatican pour le chant des passions. Il paraît que ce cérémonial qui aujourd'hui est à peu près partout le même n'était pas alors bien établi, et c'est sans doute ce qui a décidé Guidetti à donner comme exemple les usages de la chapelle de S.-Pierre du Vatican dont il était l'un des clercs bénéficiers.

LXVI. Motecta quæ binis, ternis, quaternis vocibus concinuntur, auctore Antonio Cifra romano. Liber tertius. Una cum basso ad organum. — *Romæ* 1612. *Apud Io. Baptistam Roblectum*, in-4°.

Ce troisième livre de motets d'Antoine Cifra est adressé non par lui, mais par un de ses élèves nommé Luc-Antoine De-Soldis à une dame Fiammetta Soderini, et la dédicace est datée de Rome, 16 des ides de mai 1609. Il n'est donc pas douteux que l'édition de 1612 soit une réimpression; l'éditeur Robletti n'eût pas gardé si longtemps le manuscrit avant de le mettre sous presse, et d'ailleurs l'Extrait suivant nous offre l'œuvre quatrième de motets avec la date de 1609. Le troisième livre contient quatorze pièces à deux voix, cinq à trois et deux à quatre. Tout porte à croire que l'élève de Cifra est le même qui, devenu plus tard éditeur de musique, publia sous le nom de *Lucas-Antonius Soldus* un assez grand nombre d'ouvrages.

LXVII. Motecta quæ binis, etc..... Liber quartus. Opus octavum. — *Romæ, apud Io. Baptistam Roblettum*, 1609, in-4°.

Ce n'est point encore Cifra qui dédie ce quatrième livre au cardinal Michel-Ange Tonti; c'est son ami Camille Filippi. Il lui avait quelquefois fourni des paroles pour ses motets : *Ipse etiam nonnulla sacrorum vatum carmina ex animi mei sententia conjeci;* et l'a déterminé, de concert avec d'autres amis, à réunir ces pièces. La dédicace est datée des ides de septembre 1609, et ceci confirme ce que je disais il y a un instant relativement au troisième livre qui, à moins de supposer une faute d'impression sur le frontispice, doit être une seconde édition. Comment, en effet, le livre IV aurait-il été publié avant le livre III ? En admettant une telle interversion, ce dernier livre aurait dû porter un numéro d'œuvre dépassant nécessairement l'*Opus undecimum* publié en 1612 et qui va être bientôt cité; or cet *Opus undecimum* est le cinquième livre des motets.

Les morceaux contenus dans le livre IV sont précisément du même genre que ceux du livre précédent : il s'en trouve quinze à deux voix, quatre à trois et deux à quatre. Les morceaux à trois sont l'un pour trois contraltes, l'autre pour trois basses, le troisième pour trois sopranes, et le dernier pour trois ténors; les deux morceaux à quatre sont l'un pour deux sopranes, contralte et basse, et l'autre pour trois sopranes et basse. Ces particularités s'expliquent par la nature des voix que Cifra tenait à sa disposition dans la Santa Casa di Loreto.

LXVIII. Moteota quæ binis, ternis, quaternis vocibus concinenda una cum basso ad organum accommodata. Auctore Antonio Cifra romano in alma æde Lauretana musicæ præfecto. [Liber quintus]. Opus undecimum. — *Romæ, apud Jo. Baptistam Roblectum*, 1612, in-4º.

Les mots *liber quintus* ne se lisent pas sur le titre de la première partie qui est celle du soprano, mais on les trouve sur les autres. Ce recueil contient onze motets à deux voix, trois à trois et cinq à quatre; ils offrent, quant au choix des voix, les mêmes particularités que ceux des livres antérieurs. Dans sa dédicace à Martin Mastrizzi, datée du dernier jour d'octobre 1612, l'auteur émet une idée assez singulière. Comme ses compositions étaient d'abord chantées à Loreto, il dit que s'il ne craignait de se glorifier, il rappellerait qu'un seul fait suffit pour en prouver le mérite, c'est que la Vierge Mère de Dieu ait daigné les entendre. Tous les compositeurs de musique sacrée pourraient se targuer d'une pareille garantie: il n'y aurait, au reste, rien à dire s'ils possédaient le mérite d'Antoine Cifra.

J'ai vu cité le VIIIᵉ livre de cette suite de motets.

LXIX. Vesperæ et moteota octonis vocibus decantanda, autore Antonio Cifra romano in alma æde Lauretana musicæ præfecto cum basso ad organum. Opus nonum. — *Romæ, apud Bartholomæum Zanettum*, 1610.

L'auteur dédie cet ouvrage, le neuvième de ceux qu'il a publiés, à Rutilius Benzoni, évêque de Loreto et de Rieti, qui l'avait préféré à ses concurrents pour l'emploi de maître de chapelle de la Santa Casa de Loreto, et l'avait fait venir expressément de Rome. Les psaumes sont: *Dixit, Beatus vir, Laudate pueri, Lœtatus sum, In convertendo, De profundis* et *Magnificat*; ensuite, viennent huit motets parmi lesquels se trouvent trois des grandes antiennes à la Vierge; c'est l'*Ave Regina* qui n'a point été mis en musique.

LXX. Salmi septem qui in vesperis ad concentus varietatem interponuntur, quaternis vocibus cum basso ad organum, auctore Antonio Cifra romano in alma æde Lauretana musicæ præfecto. Opus decimum. — *Romæ, 1611, apud Io. Baptistam Roblectum.*

Les psaumes contenus dans ce recueil qui forme le second livre de psaumes d'Antoine Cifra, sont: *Dixit, Nisi Dominus, Laudate Dominum, De profundis, Lœtatus sum, Laudate pueri* et deux *Magnificat*. Ils sont écrits à versets détachés de manière à pouvoir alterner avec la psalmodie du chœur. L'auteur les a traités à quatre parties, mais pas toujours pour les quatre voix ordinaires; ainsi, plusieurs sont à deux sopranes, alto et basse, et il s'en trouve un à trois sopranes et basse.

LXXI. Moteota ex sacris cantionibus quæ binis, ternis, quaternisque vocibus concinuntur. Una cum basso ad organum accommodata, auctore Antonio Cifra romano in alma æde Lauretana musicæ præfecto. Nunc denuo impressa. — *Romæ, apud Lucam Antonium Soldum*, 1619, in-4º.

La dédicace au P. Bernardin Spada, référendaire de la signature, est datée de Rome 26 juin 1619. Ce recueil, imprimé pour la première fois quelques années auparavant, était tellement demandé que Soldi a cru devoir en faire une nouvelle édition. Le titre annonce, comme l'on voit, un ouvrage extrait des numéros precédents. Il renferme sept pièces à deux voix, six à trois et deux à quatre.

Sur Antoine Cifra, grand et fécond compositeur, consultez Baini (1) qui donne, d'après Pitoni, une notice sur sa vie et une liste de ses ouvrages.

LXXII. Di Giaches Wert il primo libro delle canzonette Villanelle a cinque voci novamente composte e date in luce, con privilegio. — *In Venetia, appresso Angelo Gardano*, 1589, in-4º.

Dédié à la duchesse de Mantoue et de Monferrato Léonore Medici Gonzaga, en date de Venise 20 janvier 1589. On ne sait pas encore bien si Jacques de Waert, de Waet ou plutôt Wert est le même que Jacques de Berchem, appelé aussi Jacques ou Jacquet de Mantoue, parce qu'il aurait été longtemps, ainsi que Jacques de Waert, au service du prince de cette ville. Le présent livre de Villanelles a échappé aux auteurs qui ont recueilli la liste des ouvrages de ces deux compositeurs. De Waert fait observer dans sa dédicace que ces pièces ne sont pas de son style ordinaire : « Queste mie note fuori de l'usato mio stile. » La publication du livre en 1589 et la dédicace à la duchesse de Mantoue, favorisent l'opinion de ceux qui font des deux Jacques un seul et même personnage, Jacques Waert de Berghem appelé ainsi du nom de son pays, Berchem près d'Anvers. Mais, d'un autre côté, elles ne permettraient guère d'admettre qu'il fût né à la fin du XVe ou même au commencement du XVIe siècle. Quoique le fait ne fût pas absolument impossible, cette publication des Villanelles en 1589 le rend peu probable, et si l'on ne veut qu'un seul Jacques, on doit supposer qu'il avait vu le jour beaucoup plus tard : alors son premier ouvrage aurait été publié en 1539 dans le *Fior de' Mottetti* imprimé à Venise, et son dernier cinquante ans plus tard : or, en lui supposant vingt ans lors de la première publication, il n'aurait eu que soixante-dix ans en 1589. Il faudrait, à plus forte raison, rejeter l'opinion de ceux qui croient que Jacotin, autre compositeur de ces temps, était encore un même individu que les deux Jacques : comment, en effet, se trouverait-il des motets de Jacotin dans le *Recueil de la couronne* imprimé par Petrucci en 1519, époque à laquelle chacun pensera que Jacques Wert (ainsi qu'il signe lui-même) eût été trop jeune pour voir ses ouvrages édités et publiés de la sorte ?

Toutes ces difficultés sont fort difficiles à éclaircir. Pitoni et après lui Baini (2) distinguent deux Jacquet.

Le premier du nom de Berchem avait d'ailleurs été cité par Pierre Aaron (3), par Louis Guicciardini (4), par Hippolyte Baccusi (5) et enfin

(1) *Mem. della vita di Palestrina*, t. II, p. 35.
(2) *Mem. della vit. di Pal.*, t. I, p. 18, 106; t. II, p. 202.
(3) Au dire de Pitoni, car je n'ai pas trouvé le passage.
(4) *Descrizione di tutt' i Paesi bassi*, p. 42.
(5) *Psalmorum qui a S. R. E. ut plurimum in vesperis decantantur, Lib. III.* — Veronæ, apud Franciscum Donnis, 1594, préface.

par Thomas Garzoni (1). Outre son motet à six parties inséré en 1539 dans le *Fior de' Mottetti*, on en trouve d'autres dans le *Libro primo di Motti a 5* d'Adrien Willaert (Venezia 1555 per lo Scoto) et dans le *Libro primo delle Muse a 5 voci*. *Madrigali di diversi autori* imprimé à Rome dans la même année 1555 par Antoine Barré qui, expulsé de la chapelle pontificale en même temps que Palestrina, et comme lui, parce qu'il était marié, se fit imprimeur, mais ne publia qu'un petit nombre d'ouvrages.

Guicciardini cite et *Giachetto di Berchem* et *Giaches di Waet* (2) parmi les auteurs vivants, mais ne dit pas les avoir connus : toutefois un tel rapprochement est d'un grands poids pour l'opinion de ceux qui admettent deux Jacquet. Waet est également loué par Cerone (3); Ange Berardi (4) parle de ses chansons françaises insérées dans un recueil en huit parties publié de 1545 à 1549. Le catalogue des Giunti indique de lui les *Libro primo e secondo di Motti a 5 e 6 voci*.

Il y a de plus un Jacques de Buus dont on peut voir l'article dans la *Biographie universelle des Musiciens* de M. Fétis où je crois que le laborieux écrivain se trouve en défaut lorsqu'il dit, d'après M. de Winterfeld (5), que cet artiste n'a point été organiste à S.-Marc : comment s'il ne l'eut été, Antoine-François Doni lui aurait-il dédié la dernière partie de sa *Libreria prima* en ces termes : « Al nobilissimo signor mio Jaches Buus *organista di S. Marco* » ? Aux ouvrages cités par M. Fétis il faut ajouter les *Chansons à six voix* imprimées à Venise *chez l'auteur mesme* et indiquées sans date dans la *Notizia* de Pitoni.

Quant à Jacotin, auquel M. Fétis a aussi consacré un article, on peut remarquer qu'outre le motet de lui, inséré dans la *Corona* de 1519, il s'en trouve d'autres dans un recueil publié à Paris en 1539. De plus un grand volume manuscrit appartenant à Saint-Pierre du Vatican en contient encore plusieurs; enfin Pierre Ponzio a cité ses *Magnificat* (6).

LXXIII. Psalmi Magnif. cum quatuor antiphonis ad vesperas octo vocib. una cum basso ad organum decantand. auctore Paulo Tardito romano in ecclesia SS. Jacobi et Illefonsi hispanicæ nationis musicæ moderatore; liber secundus. — *Romæ, apud Lucam Antonium Soldum*, 1620, in-4°.

Chacun aura compris que dans ce titre il faut lire *Ildefonsi*. Le recueil contient cinq psaumes et *Magnificat* avec ou sans orgue; puis neuf psaumes, *Magnificat* et les quatre antiennes, le tout concerté avec

(1) *Piazza universale di tutte le professioni del mundo.* — Venezia, 1585, p. 330.
(2) A l'endroit précité.
(3) *El Melopeo y Maestro*, p. 89.
(4) *Miscellanea musicale*, p. 40.
(5) *Mém. sur Gabrieli* (en allemand), 1re partie, p. 198. M. Aristide Farrenc à qui je communiquais ce passage m'a fait observer qu'à la vérité M. de Winterfeld ne cite pas Buus parmi les organistes de S.-Marc, mais qu'il cite fort bien Iaches qui est évidemment la même personne.
(6) *Ragionamenti*, p. 111.

orgue et instruments. Dans un avis aux lecteurs placé à la fin de l'ouvrage, car une dédicace insignifiante au cardinal Michel-Ange Tonti en occupe le commencement, Tarditi donne quelques explications sur la disposition de l'ouvrage. Les pièces qu'il contient ayant été composées en différentes occasions, portent l'empreinte des circonstances qui les ont fait naître : voilà pourquoi l'on y trouve des psaumes répétés, et c'est dans l'intention d'être utile au plus grand nombre que l'on y a inséré aussi des psaumes avec ou sans orgue pour la commodité des églises qui n'en ont pas. Ceci nous prouve qu'en 1620 il y avait encore un certain nombre d'églises dans les États romains qui n'avaient point adopté l'usage de l'orgue pour l'accompagnement de la musique. Quant aux psaumes concertés Tarditi a dù se conformer au goût de ceux qui les lui demandaient et aux moyens des chanteurs : c'est ce qui l'a fait quelquefois sortir de la route ordinaire. Voilà encore pourquoi il a introduit dans certains psaumes des instruments qui parfois ont une partie à eux propre, et d'autres fois ne servent que de remplissage.

On cite encore de lui : 2° Messa Hieronymi cardinalis Columnæ; Roma pel Masotti, 1630; 3° Motti a 2, 3, 4, 5, 6, cités dans le catalogue de Franzini. Le recueil de Fabio Costantini dont je parlerai plus loin contient un motet de Tarditi; son second livre de psaumes en suppose un premier qui, peut-être, aura été publié à Rome ou à Venise avant 1620. Tarditi devint maître de Sainte-Marie-Majeure et mourut dans une complète décrépitude; durant les dernières années de son existence, il avait pour coadjuteur Joseph Giamberti qui pourtant ne lui succéda pas.

LXXIV. Canzonette di Horatio Vecchi da Modona, libro primo a quattro voci novamente ristampato. Quinta impressione. — *In Venetia, appresso Angelo Gardano*, 1591.

LXXV. Canzonette di Horatio Vecchi da Modona, libro secondo a quattro voci novamente ristampate, con privilegio. Quarta impressione. — *In Venetia, appresso Angelo Gardano*, 1595.

LXXVI. Canzonette di Horatio Vecchi da Modona, libro terzo a quattro voci novamente ristampato, con privilegio. Seconda impressione. — *In Venetia, appresso Angelo Gardano*, 1593.

LXXVII. Canzonette di Horatio Vecchi da Modona, libro quarto a quattro voci novamente posto in luce, con privilegio. — *In Venetia, appresso Angelo Gardano*, 1590.

Les trois premiers livres sont, comme l'on voit, des réimpressions, le quatrième seul est l'édition originale. Au reste, contre la coutume des éditeurs vénitiens, celui de Vecchi a reproduit les dédicaces à chacun de ces trois premiers livres.

Celle du premier est datée de Venise 30 septembre 1581, et adressée au comte Mario Bevilacqua. Il y a plusieurs grandes familles de ce nom en Italie; c'est sans doute d'un Bevilacqua de Bologne qu'il s'agit ici. Vecchi voyant ses compositions courir l'Italie sous le nom de différents auteurs a voulu, en les faisant imprimer, prouver qu'elles étaient à lui. On les avait d'ailleurs mutilées et gâtées, il les a remises dans leur véritable état.

La dédicace du second livre est à l'adresse du Podestà de Bologne Camille Pellegrini, « avec les consonnances de la musique, Vecchi lui offre celles de tous ses sens. » Cette épître est de Venise 10 juin 1595, date falsifiée selon toute apparence par l'éditeur, car il n'est aucunement vraisemblable que Vecchi ait attendu à la quatrième édition de son livre pour le faire paraître sous un patronage qui pouvait lui être utile, et d'un autre côté, il ne l'est pas davantage que trois éditions de ce même livre aient été épuisées dans les six derniers mois de 1595, ce que supposerait la date du 10 juin, si elle était vraiment celle de la première édition.

Vecchi dédie son troisième livre à Camille et Thomas Rubini; c'est, dit-il, un don d'amitié, et de ce qu'il dit l'on doit conclure que, pour ce livre du moins il est l'auteur non seulement de la musique, mais des paroles : « Le dono dunque e le consacro queste mie rime », dit-il, après avoir remarqué que la langue de Cicéron ou l'épée de César ne suffiraient pas pour rendre bon un mauvais livre. L'épître est datée de Venise 30 novembre 1585.

Celle du quatrième est du 15 novembre 1590 et s'adresse au comte Camille d'Austria de Correggio. Horace s'y moque de ceux qui se croient quittes de toute gratitude envers leurs bienfaiteurs quand ils lui ont dédié trois ou quatre feuilles d'impression, comme s'ils lui eussent consacré l'Odyssée d'Homère ou l'Enéide de Virgile.

Je parlerai ailleurs d'Horace Vecchi en publiant deux scènes de son *Anfiparnaso*, celui de ses ouvrages qui a le mieux établi sa réputation.

LXXVIII. Sacra corona. Motetti a due e tre voci di diversi eccellentissimi autori moderni, novamente raccolti e dati in luce da Bartolomeo Marcesco, dedicati al molto ill.re signore signore e patron col.mo il sig. Federico Sculazzon. — *In Venetia*, 1656, *appresso Francesco Magni*, in-4°.

Contient onze motets à deux voix et douze à trois voix qui tous sont traités avec développement. Les auteurs dont Marcesco les a tirés sont Jean Rovetta, Noël Monferato, François Cavalli, Maximilien Neri, Jean-Baptiste Volpe, Pierre-André Ziani, Blaise Marini, Maurice Cazzati, Horace Tarditi, Etienne Filippini, Barbe Strozzi et Simon Vesi.

Plusieurs de ces compositeurs alors célèbres, surtout dans l'État de Venise, sont aujourd'hui assez peu connus; je vais en m'aidant de la *Notizia* de Pitoni dire un mot de quelques-uns.

Jean Rovetta était, en 1668, maître de Saint-Marc, où, dès 1639, il remplissait les fonctions de vice-maître. On cite de lui 1° *Salmi a cinque e sèi con motti e canzoni da suonare*; Venezia 1641, c'est son œuvre 1er, mais cette édition est évidemment une réimpression puisque son œuvre 5e est de 1639; 2° *Motti concertati a due e tre*, Venezia, 1639; 3° *Madrigali a due e tre, libro terzo*; 4° *Madrigali a due, tre, quattro, cinque, sei, sette ed otto, libro secondo*; 5° *Motti a due, tre,* quattro, avec des Messes et Litanies; 6° Motti a due e tre, libro terzo; 7° Motti a due, tre e quattro, libro quarto; 8° Messe e Salmi a cinque, sei, otto, con violini; 9° Salmi e Messa ad una, due, tre, quattro, con violini. L'œuvre cité sous le n° 6 étant le 15°, on voit que cette liste n'est point complète; on peut la suppléer au moyen des nombres de livres de *Motets* et de *Madrigaux* énoncés sous les n°ˢ 3, 4, 6 et 7. Les biographes en indiquent quelques autres.

François Cavalli, organiste de Saint-Marc à Venise à l'époque où Rovetta y était maître de chapelle, remplit ensuite les fonctions de celui-ci. Ses compositions théâtrales lui valurent une grande réputation et de magnifiques récompenses de Louis XIV, pour le mariage duquel il avait composé en 1660 son opéra de *Serse* (Xercès), représenté le 22 novembre de cette année dans la haute galerie du Louvre, et qui obtint peu de succès en raison de l'ignorance musicale de la cour. On en trouvera le titre dans les biographies et notamment dans celle des musiciens par M. Fétis. Ce savant écrivain n'y a pas admis *Arianna*, Napoli, 1652, citée par Allacci, et il fait deux ouvrages de *La Veremonda, l'amazzone* d'Aragona, Milano, 1653, qui, selon Allacci (1), n'est qu'une seule et même pièce. Dans un autre genre on cite de lui 1° Messe e Salmi concertati con istrumenti; 2° Inni, Antifone e Sonate a 2, 3, 4, 5, 6, 8, 10 e 12.

Je parle ailleurs de Monferato.

On connaît de Maximilien Neri, autre organiste de Saint-Marc, quelques pièces instrumentales publiées à Venise.

L'abbé Jean-Baptiste Volpe fut plus connu sous le nom de Rovetta, son oncle et son maître, et remplit les fonctions d'organiste sous sa direction, puis succéda en janvier 1664 à Maximilien Neri.

Pierre-André Ziani exerça les fonctions d'organiste et de maître de chapelle d'abord à Venise, puis à Naples. Il passa ensuite au service de l'impératrice Eléonore, s'établit à Vienne et y mourut en 1711. On cite de lui des Madrigaux à deux, trois et quatre voix, des pièces instrumentales et surtout un assez grand nombre d'opéras. Voyez la *Biographie* de M. Fétis.

Horace Tarditi, maître de chapelle à Faenza, et peut-être parent de Paolo Tarditi, a publié un grand nombre de compositions, puisque l'on cite son œuvre 41°. Il s'en faut qu'on en ait une liste complète. Voici celle que fournit Pitoni; elle ajoutera quelque chose à ce qui a été connu jusqu'à présent : 1° Il 18. concerto contenente musiche da chiesa a due, tre, quattro e cinque, Venezia pel Vincenti, 1641; 2° Motti a voce sola, libro terzo; 3° Motti a voce sola, op. 41, Bologna pel Monti, daté du 26 février 1670; 4° Messe con Salmi brevi a tre; 5° Madrigali a due, tre e quattro; 6° Motti a due, op. 35; 7° Canzonette amorose a due e tre con il basso, libro 1; 8° id. lib. 2; 9° id. lib. 3; 10° Motti a due, tre e quattro, lib. 3; 11° id. lib. 4; 12° Arie a voce sola, lib. 2; 13° id. lib. 4; 14° Scherzi recitativi a voce sola; 15° Litanie, Antifone,

(1) Allacci, dans la seconde édition de sa *Dramaturgia* (col. 110 et 111), cite deux *Arianne* de 1653 et omet le nom de Cavalli. A la col. 810 il cite une *Veremonda* de 1652 que son continuateur n'a pas vue.

Motti, *Te Deum* a due, tre, quattro e cinque, libro 2; 16° Motti con Salmi a due, tre, quattro e cinque, libro 2; 17° Motti a due e tre, op. 31; 18° Il concerto a una, due, tre, quattro, con Messe e Salmi, op. 33; 19° Le Messe a quattro con Salmi; 20° Le Messe a quattro e cinque con il *Te Deum*; 21° Le Messe e Salmi a cinque e a due, tre, quattro con istrumenti sé piace; 22° Messa a cinque e Salmi a due, tre, quattro con istrumenti e senza; 23° Salmi a tre, op. 34; 24° Salmi a otto; 25° Compieta a quattro con litanie a due, tre, quattro. Toute cette musique a été gravée, et sans aucun doute à Venise. J'ai laissé la liste de Pitoni dans l'ordre qu'il lui a donné, sans doute à mesure que les ouvrages lui passaient sous les yeux ou qu'il en trouvait l'indication dans les catalogues.

Le père Bacillier Etienne Filippini, moine Augustin, fut d'abord maître de chapelle de Saint-Jean-l'Evangéliste a Rimini, puis de Saint-Augustin à Rome. On trouve un motet de lui dans le recueil publié en cette ville par Florido en 1645. On l'avait surnommé l'Argentina, peut-être à cause du son métallique de sa voix ; Pitoni a cru mal-à-propos que son véritable nom était Argentini.

Barbe Strozzi, virtuose qui est du petit nombre de femmes qui ont composé de la musique d'église, a de plus publié des Madrigaux a deux, trois, quatre et cinq voix.

Blaise Marini, maître de la cathédrale de Vicence et plus tard attaché au duc de Parme comme compositeur et violoniste et créé chevalier par lui. Les catalogues citent ses ouvrages; mais vaguement et sans exactitude, à l'exception de celui qu'il avait intitulé « l'Ordine quarto delle musiche a 1, 2, 3, 4, 5, 6; Venezia, 1622. » Ses autres œuvres consistent en Madrigaux avec accompagnement de violons, en symphonies et en airs de danse.

Maurice Cazzati, prêtre et membre de l'académie des Philharmoniques de Bologne, était né non pas à Mantoue, comme le disent les biographes, mais à Zucera, terre de Guastalla dans le duché de Parme. Il fut successivement maître de Sainte-Marie-Majeure à Bergame, ensuite de l'église de la Mort à Ferrare, puis à Saint-Petronne de Bologne, où il fut en 1657 successeur d'Albert Bertelli, dont il occupa la place jusqu'en 1674, année où il passa au service de la duchesse de Mantoue à laquelle il laissa toutes ses compositions. Celles qui ont été imprimées s'élèvent au nombre de *soixante-six œuvres*. Pitoni a recueilli les titres d'un certain nombre d'entre elles, et je vais, ainsi que j'ai fait plus haut pour Tarditi, reproduire sa liste dans l'ordre où il la donne. 1° Motti a voce sola, libro 3 ; 2° Motti e Inni con violoni; 3° Motti a voce sola, lib. 4, op. 25; 4° Inni per l'anno a voce sola con doi violini, op. 29, avec cette indication : « 1662, mentre si stampavano; » 5° Salmi brevi a otto, op. 21, Bologna pel Monti, 1681 ; 6° Madrigali a due, tre e quattro con doi violini; 7° Sonate a uno, due, tre, quattro; 8° Sonate a due, tre, quattro, lib. 2; 9 Correnti, Gagliarde e Balletti, lib. 3, op. 15; 10° Trattenimenti da camera e Correnti è Balletti, op. 22; 11° Sonate a due, op. 46; 12° Motti a due; 13° Motti a due, tre, quattro, op. 23; 14° Salmi interi con Messa a cinque; 15° Salmi à otto per tutto l'anno, brevi per-cantare a coro o in due organi e senza se piace, op. 21; 16° Canzonette e Arie a voce sola, op. 27; 17° Messe e Salmi a cinque, op. 17; 18° Messe e Salmi a tre con ripieni e violini a bene-placito, op. 24; 19° Messe a otto brevi, con una a cappella e una a quattro con pifferi. Les *pifferi* sont des cornemuses en usage dans les montagnes des Etats romains; chaque année les *pifferari* viennent de-puis la fête de la Conception (8 décembre) jouer dans les villes devant les images de Madones; 20° Compiete e Litanie a quattro; 21° Messa e Salmi a quattro con ripieni e stromenti a beneplacito; 22° Messa e Salmi a tre (cité par Franzini dans son catalogue); 23° Salmi, Messe e Litanie a cinque con violini; 24° Aria a voce sola; 25° Motti a voce sola, libro 8°, Bologna pel Monti, 1678. On trouve des motets de lui dans une collection de Magni différente de celle-ci et publiée deux ans plus tard, en 1658. Allacci, dans sa Dramaturgie, col. 711, cite un oratorio de Maurice Cazzati, intitulé *Sisara,* et exécuté dans la grande chapelle du palais public de Bologne, le 17 mars 1667. Il y a peu d'années, les jours de dimanche et de fêtes, on exécutait encore à Florence aux vêpres de la Santissima Nunziata, des hymnes à quatre voix de Mau-rice Cazzati; ces pièces, d'un excellent style, tirées en partie du plain-chant, produisaient toujours le plus grand effet. J'espère bien que leur usage n'a pas été abandonné (1). J'ai eu sous les yeux l'œuvre 60 de Cazzati et je n'ai malheureusement pu retrouver la note que j'en avais prise, mais je remarquais à cette occasion (2) que M. Becker, auteur d'un ouvrage qui offre la liste des œuvres de musique imprimés avant 1700 (3) indique seulement 6 ouvrages de Cazzati, ce qui prouve com-bien au bout d'un certain nombre d'années les renseignements bibliogra-phiques deviennent difficiles à se procurer. Pitoni a cité deux fois l'op. 21.

Simon Vesi, né à Forli et maître de la cathédrale de Padoue, a pu-blié : 1° Salmi e Messa a 6 con due violini, Venezia, 1646; 2° Motti a voce sola; 3° Salmi a cinque.

LXXIX. Responsoria hebdomadis sanctæ una cum Benedictus, Mise-rere ac Antiphonis quatuor vocibus cum organo, auctore P. Mag. Fr. Michaele Angelo Falusi romano ord. min. convent. SS. Theologiæ Do-ctore ac in Basilica SS. XII Apostolorum de urbe capellæ magistro. Opus primum. Eminent.mo **et reverend.**mo **principi D. Fr. Laurentio Bran-cato S. R. E. titulo Sanctorum XII Apostolorum præsbitero cardinali de Laurea S. Sedis Bibliothecario ex ord. min. convent. Assumpto. —** *Romæ, apud Mascardum,* 1634, in-4°.

(1) Cet espoir est surtout fondé sur ce que les fonctions de maître de la Santissima Nunziata sont actuellement remplies par mon ami Ferdinand Ceccherini, maître de la cathédrale, ténor solo de la chapelle grand-ducale, et professeur de chant au lycée musical de Florence. Excellent chanteur et compositeur d'église, il a longtemps possédé une de ces fortes et belles voix de ténor que l'on rencontre aujourd'hui si rarement, et qui dans les églises produisaient un si puissant effet.

(2) *Diphthérographie musicale,* p. 235.

(3) *Die Tonwerke des XVI und XVII Jahrhunderts oder systematisch chronologische Zusammeustellung der in diesen zwei Jahrhunderten Ge-druckten musikalien von C. F. Becker,* Leipzig, 1847, in-4°.

On sait qu'un grand nombre de Franciscains ont cultivé avec succès la musique, et l'on en peut voir deux listes assez étendues dans le P. della Valle (1). Le nom de Michel-Ange Falusi ne s'y rencontre pas. J'ignore si ce religieux a publié quelque autre ouvrage.

LXXX. Joannis Animucciæ magistri cappellæ sacro-sanctæ Basilicæ Vaticanæ Missarum liber primus. *In-fol.*

A la fin du volume on lit : — *Romæ, apud hæredes Valerii et Aloysii Doricorum fratrum Brixiensium. Anno Domini* 1567.

Ce premier livre des messes d'Animuccia en contient six : quatre à quatre voix, *Ave, maris stella, Ad cœnam agni providi, Gaudent in cœlis, Conditor alme siderum;* une à cinq, *Christe Redemptor omnium,* et une à six, *Victimæ paschali laudes.* La dédicace aux chanoines de S.-Pierre du Vatican est fort digne d'attention :

« Etsi ex iis cantibus, quibus Ecclesia inter divina officia hodie utitur, plurimi sint qui singulare artificium præ se ferant, suaque suavitate eos qui audiunt mirabiliter delectent : tamen hoc unum in illis a quibus-dam desideratur, verba ut ipsa, quibus populi erga Deum pietas conti-netur, apertius audiantur : nam ut illi quidem sunt, non tam verba cantu exornari, quam flexionibus vocum obrui videntur. Quo circa ho-rum hominum judicio adductus, has preces et Dei laudes eo cantu ornare studui, qui verborum auditionem minus perturbaret; sed ita ut neque ab artificio plane vacuus esset et aurium voluptati paululum ser-viret. Quod quoniam ut mihi erat in animo non sum consecutus, con-venit iis qui me norunt et qui musicæ judicium facere possunt, rei difficultatem intueri et mearum virium imbecillitati ignoscere. Hoc ta-men quidquid est, victus eorum precibus quibus resistere non erat æquum, in lucem edidi; meaque sponte ac summa voluntate vobis di-cavi, nobilissimis atque ornatissimis viris, quorum humanitate multos jam annos cantoribus præsum. Accipite igitur munusculum hoc : quod vobis, ut spero, non erit injucundum, cum præstantissimi homines vel exiguo munere interdum soleant delectari. »

Avant de dire sur quels points cette dédicace me paraît susceptible de provoquer quelques remarques, je dois rappeler qu'en 1563, le concile de Trente avait clos ses séances après avoir décrété en ce qui concerne la musique que toute composition soit d'orgue soit de chant offrant quelque mélange licencieux ou impur devait être bannie des églises : *Ab ecclesiis vero musicas eas ubi sive organo, sive cantu lasci-vum aut impurum aliquid miscetur arceant (ordinarii locorum).* Une com-mission nommée par le pape avait été chargée de l'exécution des dé-crets du concile, et deux commissaires spéciaux avaient été chargés de la question musicale; ces commissaires étaient le cardinal Vitellozzi et le cardinal Charles Borromeo; ils avaient discuté les difficultés à ré-soudre avec une députation des chantres de la chapelle pontificale et avaient finalement arrêté les quatre articles suivants : 1° Les motets et messes à paroles mélangées seraient absolument exclus; 2° Il en se-

(1) *Memorie storiche del P. M. Giambattista Martini minor conventuale di Bologna, celebre maestro di cappella,* Napoli, 1785, in-8°, p. 5 et suiv.

rait de même des messes travaillées sur des sujets de chansons profanes et inconvenantes ; 3° On n'exécuterait plus les motets sur paroles
de fantaisie composées par des particuliers ; 4° Enfin les paroles de la
liturgie devaient toujours être entendues. Ce dernier point avait excité
de longues discussions qui ne s'étaient terminées qu'après l'audition
de trois messes de Pierluigi écrites expressément dans cette intention.

Quoique ces décisions ne regardassent précisément que la chapelle
pontificale, puisque le concile avait abandonné l'interprétation du décret *Ab ecclesiis*, etc., à la juridiction de l'ordinaire, toutes les églises,
surtout à Rome, devaient nécessairement se régler plus ou moins sur
la chapelle du Souverain Pontife. Saint-Pierre du Vatican, plus qu'aucun autre lieu, avait des raisons pour s'y conformer, et c'est évidemment dans ce but qu'Animuccia, maître de chapelle de ladite basilique,
avait écrit les messes dont je viens de donner les titres.

Passons maintenant aux remarques suggérées par la dédicace.

1° Observons d'abord que cette dédicace est de 1567, au moment où
s'imprimait le volume ; mais que les messes y contenues avaient certainement été composées quelque temps auparavant. Or la messe dite
du Pape Marcel fut imprimée pour la première fois en cette même
année, et par conséquent Animuccia n'avait pu la connaître que de réputation. Il n'avait connu les deux autres composées par Pierluigi dans
le sens des décrets du concile de Trente que de la même manière :
l'une d'elles (*Illumina oculos meos*) ne fut imprimée que bien plus
tard, et la troisième est encore inédite.

2° Les compositions dont l'église fait usage, dit Animuccia, sont
pleines d'artifices et plaisent merveilleusement à qui les entend ; toutefois
certaines personnes regrettent qu'on n'y distingue pas mieux les paroles faites pour exciter la piété du peuple. Il ne parle de ceci que
comme d'une opinion particulière de quelques individus, sans dire un
mot des décrets du concile.

3° Ces compositions offrent tant *d'inflexions*, c'est-à-dire de mouve-
ments vocaux dans chacune des parties, que le chant, loin d'embellir
les paroles, demeure lui-même écrasé sous la multitude d'inflexions.

4° C'est d'après l'avis des personnes qui pensent ainsi qu'il s'est
décidé à écrire ces nouvelles messes.

5° Il a voulu conserver assez d'artifices pour satisfaire l'oreille.

6° Il n'a pas réussi autant qu'il aurait voulu, et il se flatte qu'il
suffit d'être au courant des choses pour reconnaître combien la chose
était difficile.

7° Il ne publie ces messes que sur l'avis de gens auxquels il n'était
pas juste de résister.

8° Il les dédie aux chanoines de Saint-Pierre du Vatican et a soin de
leur rappeler qu'il est depuis longtemps au service de cette basilique.

9° Dans tout ceci il n'est pas le moins du monde question de Palestrina et de ses trois messes récemment écrites dans des intentions toutes
semblables à celles qui animaient le maître de chapelle de la basilique
vaticane.

D'après cet exposé, il y a tout lieu de croire qu'Animuccia fut, en
cette qualité, consulté soit en même temps que Pierluigi, soit même

peut-être avant lui, sur la question de savoir s'il était possible de composer des pièces d'église où les paroles fussent bien entendues, et qu'il travailla immédiatement en ce sens. Sans doute il avait l'espoir de faire entendre ses compositions à ceux qui étaient chargés de suivre l'exécution des décrets du concile, mais l'éclat qu'eut, dès son origine, la messe dite *du Pape Marcel*, troisième de celles que Pierluigi écrivit en cette occasion, fit oublier le pauvre Animuccia qui en fut inévitablement blessé et en publiant ces messes se soucia peu de mentionner son heureux rival. D'ailleurs, si l'on s'en rapporte à ce qu'il dit, dans sa dédicace, il ne s'était nullement aidé de la manière de Palestrina, il avait travaillé d'après son propre sentiment, et il parle modestement du résultat qui pourtant était des plus satisfaisants, comme j'ai pu m'en convaincre en mettant en partition quelques parties de ces messes. Observez qu'il s'était imposé une condition de plus que Palestrina, car celui-ci avait tiré de son inspiration les thèmes de ses messes, tandis qu'Animuccia les tirait des mélodies liturgiques. Celui-ci dut éprouver quelque découragement en voyant qu'on n'avait tenu aucun compte de ses peines ; il ne voulait point livrer son ouvrage au public et il fallut que ses amis l'y décidassent. Enfin il dédie le livre aux chanoines du Vatican comme s'il semblait craindre de ne point être jugé digne de continuer à remplir des fonctions qu'il occupe depuis longtemps, fonctions que Pierluigi avait remplies avant lui et qu'il reprit après la mort de notre compositeur.

On peut supposer que le motif qui fit en cette occasion tenir dans l'ombre le mérite incontestable de Jean Animuccia, c'est qu'il n'était pas né dans les Etats du pape, mais à Florence ; les musiciens de Rome auraient eu peine à voir un étranger tenir le haut bout en une aussi grave circonstance où malgré ce que sa modestie lui fait dire il n'était nullement resté au-dessous de sa tâche, non plus qu'au-dessous du grand maître de l'école romaine. Il est bien entendu que je ne compare les deux compositeurs qu'à l'égard de l'audition et de la distinction des paroles qui étaient ici la question à résoudre.

Baini a plus d'une fois parlé d'Animuccia (1), mais un peu trop prévenu et un peu trop outré dans son admiration pour Pierluigi, je doute que dans l'objet qui nous occupe il ait vu les choses à leur véritable point de vue, surtout lorsque prenant au pied de la lettre le passage de la dédicace ci-dessus, où Animuccia dit qu'il n'a point réussi tout-à-fait comme il l'aurait voulu, Baini croit y voir un aveu de son incapacité.

M. Louis Picchianti, compatriote d'Animuccia et professeur de contrepoint au lycée musical de Florence, est auteur d'une très-intéressante notice sur cet habile maître (2).

Il faut se garder de prendre au sérieux une plaisanterie publiée, il y a quelque temps, dans laquelle Animuccia est représenté comme ayant été fort malheureux en ménage (3). Tout au contraire, au dire de Pitoni,

(1) *Mem. della vita di Pal.* T. I, p. 364 et T. II, p. 6 et suiv.
(2) Elle se trouve dans la *Gazzetta musicale di Milano*, année 1843, p. 78.
(3) *Jean Animuccia ou le Danger des secondes noces*, Paris, 1855, in-8°.

sa femme qui lui survécut quelques années (il cessa de vivre en mars 1571), avait toujours comme son mari mené une vie exemplaire (1).

LXXXI. Gloria Christo Dno. Amen. | **Graduale sacrosancte Ro** | **mane Ecclesie integrum et com** | **pletum, tam de Tempore** | **quam de Sanctis Juxta ritum Missalis noui, ex decreto Sacro** | **sancti Concilii Tridentini restituti,** | **et Pii Quinti Pontificis Maximi jussu editi :** | **Nunc primum accuratissime impressum,** | **summaque diligentia tam in textu** | **quam in cantu emendatum.** | **Cum Kyriali modulationes omnes continente, quibus in** | **ipsis Hymno Angelico, ac Symbolo decantando** | **Romana utitur Ecclesia.** | **1579.** — *Venetiis. Ex officina Petri Liechtenstein : Latine : Lucidus Lapis : Patricii Agrippinensis*, in-folio.

A la fin du volume on lit encore : « Anno Christi Redemptoris. 1580. Venetiis. » Puis la marque de Liechtenstein dans la composition de laquelle entrent trois sphères célestes, deux noires et une rouge ; enfin la reproduction de son nom de même que ci-dessus.

Comme cette édition dont on a souvent parlé n'a été connue *de visu* que d'un fort petit nombre de personnes et qu'elle est réellement devenue si rare que Baini ne savait où il en existait d'autre exemplaire que le sien, acquis par hasard chez un libraire de Foligno (2), j'en vais dire ici quelque chose. A mon dernier séjour à Rome, je n'ai point retrouvé l'exemplaire de Baini à la bibliothèque de Santa Maria sopra Minerva dans laquelle celle du directeur de la chapelle pontificale est venue se fondre après sa mort (3); mais j'ai eu depuis l'occasion d'examiner à loisir un autre exemplaire acquis à très-haut prix par M. le cardinal Engelbert Sterckx, archevêque de Malines et primat de Belgique; il a bien voulu me confier ce volume ainsi que la fameuse édition Médici dont il possède aussi un magnifique exemplaire, bien complet et de parfaite conservation. Il eût été difficile que des livres si rares et si chers fissent partie de la *petite bibliothèque* à laquelle sont consacrées ces notices.

Le Graduel de Liechtenstein forme un total de 200 feuillets cotés sur le recto. Le papier est de la meilleure qualité, et comme il est fort épais, il a pu supporter sans peine et sans grand retrait l'opération du double tirage, de telle sorte qu'en général les notes tombent bien à leur place sur les portées. Le caractère des paroles est un beau semi-gothique. Quant aux caractères de la musique, ils sortent évidemment des mêmes matrices qui avaient servi pour les types de l'Antiphonaire de 1523 publié par les Giunti et dont j'ai parlé plus haut (4). Toutes les particularités que j'ai signalées relativement au système de notation se reproduisent ici sans aucune autre nouvelle circonstance.

Souvent, ainsi que dans les manuscrits, deux ou un plus grand

---

(1) « Finì di vivere il 1571 e lasciò la moglie di simil bontà di vita che morì dopo pochi anni. » *Notizia de' Contrapp.* ms.

(2) Voyez *Mem. della vit. di Pal.*, t. II, p. 98.

(3) Voyez *Diphthérographie musicale*, p. 42.

(4) Voyez p. 15.

nombre de notes courent sur une syllabe faible. La disposition des matières n'offre rien qui s'écarte des habitudes ordinaires.

On sait que ce Graduel est précieux surtout en ce qu'il offre un texte musical ancien et qui n'a point subi de larges éliminations ainsi que l'on pourra s'en assurer à l'article suivant où j'en cite un fragment. Il est en outre le premier où l'on ait introduit les réformes de paroles ordonnées après le concile de Trente.

Baini parle d'un Antiphonaire publié également par Liechtenstein dans la même année (1), mais il est à croire que son exemplaire n'avait point de frontispice, car en le citant il ne reproduit ni le titre, ni les autres détails typographiques qu'il n'a pas l'habitude d'omettre et qui étaient ici fort importants. Comme Baini parle de parties du livre où les notes correspondaient mal aux portées, il se pourrait bien que l'Antiphonaire qu'il supposait publié par Liechtenstein fût une édition postérieure faite à Venise et imprimée à deux couleurs, mais sur papier de qualité inférieure et tiré avec négligence, comme le sont les Antiphonaires du XVIIe siècle édités chez les successeurs des premiers Giunti. L'exemplaire du Graduel appartenant au cardinal-primat est aussi accompagné d'un Antiphonaire sans frontispice et défectueux à la fin, ce qui ne laisse aucune espèce de renseignement sur le lieu, la date et les circonstances de la publication : après en avoir fait l'examen le plus attentif, je crois pouvoir déclarer qu'il ne saurait être regardé comme faisant pendant au Graduel de Liechtenstein et que l'on n'y retrouve rien de ce qui fait le caractère de ce dernier. Les lettres, notes, portées, clefs et autres signes sont différents, l'encre n'est pas la même, non plus que le vermillon ; les lettres en bois n'ont aucun rapport ; le papier est d'une tout autre fabrication ; le foliotage est en chiffres romains. En un mot tout démontre que cette édition n'a pu avoir la même origine que celle du Graduel. En outre elle paraît plus spécialement faite pour l'usage des religieux franciscains et augustins, puisque l'on y trouve in extenso les offices propres de saint François, de saint Antoine de Padoue, de sainte Claire ; de saint Augustin, de sainte Monique, de saint Antoine abbé, de saint Nicolas de Tolentino. A cette occasion je remarquerai qu'en général on ne saurait être trop attentif lorsqu'il s'agit de caractériser une édition et que l'on est privé des moyens ordinaires de vérification et de contrôle.

L'existence d'un antiphonaire publié par Liechtenstein à la même époque que son graduel reste donc jusqu'à présent tout-à-fait problématique.

LXXXII. Graduale de Tempore. Iuxta ritum Sacrosanctae Romanae Ecclesiae. Cum cantu Pauli V. Pont. Max. iussu Reformato. Cum privilegio. — *Romæ, ex typographia Medicæa, anno* M. DC. XIIII.

— **Graduale de Sanctis. Iuxta, etc.** — *Anno* M. DC. XV.

Les derniers mots du titre sont répétés à la fin du premier volume qui est un grand in-folio de 310 feuillets cotés sur le recto ; trois

(1) *Mem. della vita di Pal.*, toujours à la page 98 du tome II.

feuillets placés en tête contiennent le titre, le bref du pape Paul V et l'*Index missarum de tempore*.

En tête du second volume le titre et le bref; puis six pages de table et 339 feuillets. Le *Kyriel* qui se trouve dans la première partie est intégralement reproduit dans la seconde.

Cette édition devenue rare, et dont il paraît que la plupart des exemplaires furent placés dès le moment de son apparition, mérite une attention particulière ; elle n'est pas mieux connue que celle de Liechtenstein qui fait l'objet du précédent article, et comme elle a une fort grande importance dans l'histoire et la bibliographie de la musique liturgique, on ne s'étonnera pas que j'en parle avec un certain détail, car beaucoup de gens l'ont citée sans l'avoir vue de leur vie. Je la connaissais dès longtemps et l'année dernière elle m'est restée sous les yeux autant qu'il m'a été utile, grâce à l'obligeante bonté de M. le cardinal-archevêque de Malines qui, comme je le marquais il y a un instant, en possède un magnifique exemplaire.

Un mot d'abord du bref de Paul V. Après avoir dit que tous ceux qui appliquent leurs travaux et leurs dépenses à l'utilité de la République chrétienne, méritent la protection et les faveurs du Saint-Siége, le pontife rappelle ce qui avait été fait à cet égard par Clément VIII son prédécesseur :

Un moine profès de l'ordre de Cîteaux, nommé Fulgence Valesio, en société de Léonard Parasoli, avaient imaginé un nouveau moyen de reproduire et d'imprimer, en grosses notes et avec les paroles au-dessous, les livres choraux, qui jusqu'alors n'existaient que manuscrits ou imprimés en petites notes : cette invention leur avait coûté bien des veilles, bien des travaux, bien des dépenses. Sylve Valesio, neveu de Fulgence et Léonard Parasoli avaient en conséquence obtenu de Clément VIII un *motu-proprio* donné le 16 septembre 1593, qui leur assurait pendant quinze ans la propriété de l'impression et de la vente des livres obtenus par leur système.

Soit impuissance, soit inhabileté, soit manque de fonds, soit enfin tout autre motif, les deux privilégiés n'avaient point achevé l'impression annoncée ; ils ne paraissaient pas en mesure de la finir jamais et les quinze années étaient au moment d'expirer. Alors Jean-Baptiste Raimondi de Cremone se rendit acquéreur des droits de Parasoli ; Raimondi lui-même avait de son côté imaginé un moyen d'imprimer le plain-chant comme il a été dit et d'une manière plus stable et plus certaine que celle qu'avaient proposée les susdits Fulgence et Léonard, car aux caractères de bois dont ils faisaient usage il substituait des caractères de métal dont la préparation fort ingénieuse avait demandé beaucoup de travail.

Ce Raimondi était depuis plusieurs années à la tête d'impressions en langues étrangères ; il s'était fort bien acquitté de cette charge et possédait une pleine connaissance de la matière : Paul V lui accorde en conséquence un nouveau privilége de quinze ans à partir du 16 septembre 1608. Il imprimera les livres de plain-chant grands, moyens ou petits pour l'usage des églises, monastères, établissements ecclésiastiques et réguliers, avec des caractères de bois, de métal ou de toute autre matière ; dans ces livres seront compris ceux qui seraient susceptibles de se publier sans plain-chant, tels par exemple que le psautier ; Raimondi seul ou ses ayant-droit pourront les imprimer et les vendre tant à Rome que dans l'Etat ecclésiastique et le reste de la chrétienté, *tam in urbe ac reliquo statu ecclesiastico.... quam alibi ubicumque in toto christiano orbe.* Mille ducats d'or d'amende aux contrevenants s'ils sont sujets pontificaux, excommunication *latæ sententiæ* s'ils sont étrangers. Ce bref est daté du 31 mai 1608.

Dans les détails que donne le privilége il y en a un fort remarquable, c'est que le droit de Raimondi est maintenu, même pour le cas où dans l'intervalle des quinze années le chant viendrait à être reformé, *Etiam si contingeret Apostolica auctoritate dictos libros et cantum firmum quovis tempore reformari.*

L'impression, les caractères et le papier employés par Raimondi sont également recommandables. Les deux tirages des portées rouges et des notes noires ont été faits avec le soin nécessaire pour arriver juste autant qu'il était possible, et l'excellente qualité du papier a favorisé la réussite de l'opération.

Voici quels sont les caractères employés :

$$\text{1} \quad \text{2} \quad \text{3} \quad \text{4} \quad \text{5} \quad \text{6} \quad \text{7} \quad \text{8}$$

1. S'emploie comme de coutume pour toutes les notes courantes.
2. Pour les passages descendant diatoniquement ou par saut de tierce. Ce caractère ne se trouve adapté qu'à deux ou à trois notes de suite, très-rarement à quatre.
3. Pour la seconde ascendante ; les deux notes sont un seul type.
4. Ne sert que pour la seconde ou la tierce descendante faisant partie d'un groupe, pourvu qu'elles ne soient pas initiales, car alors on se sert des nᵒˢ 6 ou 7.
5. Initiale d'un groupe.
6. Est un seul type destiné à la seconde descendante initiale du groupe.
7. A exactement la même destination.
8. A deux emplois : 1° pour la finale d'un groupe ; 2° pour marquer que la syllabe forte à laquelle il s'applique sera suivie d'une syllabe faible comme ci-dessous aux mots *Excita, Domine* et *potentiam* :

Excita Do- mine potentiam, etc.

Ainsi ce n'est pas la syllabe *faible* qui est indiquée par un signe particulier, c'est la précédente qui étant essentiellement *forte* porte toujours la queue pendante à droite, pour signaler celle qui la suit. Cette circonstance se présente de deux manières : sur des passages syllabiques, comme aux mots *excita* et *potentiam*, et sur un groupe, comme au mot *Domine*, l'emploi de la note à queue pendante à droite se combine en ce dernier cas avec son usage ordinaire à la fin des groupes.

Un autre caractère inusité dans le plain-chant a été emprunté à la musique par le reviseur de 1614 : c'est le signe de répétition appelé *ritornello* ou *barre de reprise :*

Ce signe, du reste, ne sert que pour les *Alleluia,* et M. Duval en a conservé l'usage dans ses éditions de Malines auxquelles l'édition Medicéenne a servi de base.

Le bémol n'est jamais placé à la clef et il n'est souvent point marqué dans le courant des morceaux, quoique sa nécessité soit incontestable : on a suivi en cela l'usage des anciens manuscrits et de la chapelle pontificale ; mais ce serait une très-grave erreur de supposer que le *si* ne doit pas être altéré dans les occasions ordinaires, c'est-à-dire lorsque se présente la relation de triton soit direct, soit par degrés, soit par sauts entre les deux termes extrêmes d'un groupe.

Tout ceci concerne le système typographique de l'édition ; donnons une idée du système mélodique adopté par le réviseur, et ne pouvant ici entrer dans un examen détaillé, signalons seulement quelques articles caractéristiques et généraux qui placeront le lecteur au vrai point de vue pour juger du mérite de l'édition médicéenne qui était alors une très-hardie innovation.

Le principal but de la nouvelle édition avait été surtout de bien établir les abréviations à faire dans le plain-chant, lesquelles en beaucoup de lieux, n'avaient d'autre loi que le caprice momentané du préfet de chœur. Si l'on examine ici le procédé suivi pour les éliminations, il semble que l'opérateur ait été conduit bien plutôt par le jugement de son oreille, par l'usage habituellement suivi en pareille circonstance et par certaines convenances ou commodités des chantres, que par des principes généraux posés à l'avance et basés sur la nature de chaque mode et sur le tour ordinaire de sa mélodie, bien qu'en examinant son travail, on reconnaisse qu'il est parfaitement instruit sur tous ces points.

Sous d'autres rapports, il s'astreint à de certaines règles, mais elles ne sont fondées que sur ses idées particulières. Ainsi on sait que dans le plain-chant un morceau peut commencer par plusieurs degrés de l'échelle du mode ; or, le correcteur de l'édition Medici change l'intonation toutes les fois qu'elle ne commence pas par la finale ou par la quinte de celle-ci. On ne peut assez s'étonner qu'il ait pris un tel parti, car il n'ignorait certainement pas que les modes du plain-chant ne suivent pas la règle des modes modernes dont la *dominante* est toujours la quinte, tandis que dans les autres, la *teneur* est la tierce pour les modes deuxième et sixième ; la quarte pour les modes quatrième et huitième, et la sixte pour le troisième. Ainsi, de gaîté de cœur, il se privait de certaines tournures originales et dépouillait le plain-chant de ce qui, à mes yeux, lui donne son plus grand prix, savoir de ce qui constitue principalement une de ses différences les plus marquées avec la musique moderne.

Il a eu, selon moi, grand tort de traiter ainsi les débuts des morceaux, mais du moins il a respecté les terminaisons finales et n'a pas même hésité à conserver la chute de tierce qui, dans les anciens manuscrits, se présente souvent sur la dernière syllabe des morceaux.

Dans les septième et huitième modes, il emploie presque toujours, au moment de terminer, le bémol sur le *si*, lors même que l'absence du *fa* ne le rend aucunement nécessaire.

Pour mieux faire comprendre dans quel sens avait été conçue la correction de l'ancien plain-chant, je vais reproduire un morceau d'abord d'après l'édition de Liechtenstein dont je parlais dans l'article précédent et que, sans aucun doute, le réviseur avait sous les yeux; puis je donnerai la même pièce telle qu'il l'a réformée en 1614.

Graduel du 1er Dimanche de l'Avent, Liechtenstein 1579.

Même Graduel, Medici 1614.

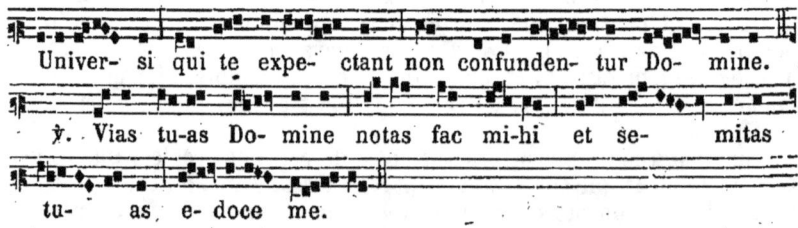

Le rapprochement de ces deux leçons du même graduel suffira pour faire comprendre la méthode adoptée par le réviseur.

Un des points auxquels il s'est le plus fortement attaché et qui parfois lui a fait faire des additions, au lieu de retranchements, est l'adaptation des paroles à la mélodie; en ceci, constamment attaché au système de la chapelle pontificale, il n'hésite pas sur un même passage mélodique à disposer les paroles différemment lorsque la syllabation y trouve son avantage. Il corrige la mélodie de façon que le triton ne s'y présente point et que, pour l'éviter, il n'y ait jamais besoin d'altérer la sous-finale au moyen du dièse; en outre, il renferme toujours les modes dans l'étendue de leur échelle. D'un autre côté, si cette édition est louable par tant de points, elle peut être critiquée en quelques autres, par exemple, en ce que dans des pièces où la mélodie doit essentiellement être la même en dépit de la différence des paroles, elle se montre gravement altérée. On va juger de ces particularités si l'on examine les fragments ci-dessous.

Prose du Saint-Sacrement, édition Medici.

Lauda, Sion, Salvatorem, Lauda ducem et pastorem, In hymnis
et canticis.

Laudis thema... Hodi-e proponitur.
Da-tum, etc.

Dies enim solemnis agitur, In qua mensæ prima recolitur Hujus
instituti-o.

Quod in cœna Christus gessit Faciendum hoc expressit In

Docti sa-cris insti-tutis Panem vivum in sa-lu-tis Con-

su-i memo-ri-am.

secramus hostiam.

Dogma datur Christi-anis... Et vinum in sanguinem.

Latent res e-xi-miæ. A sumente non concisus... Integer ac-

Sub utraque speci-e. Sumit unus, sumunt mille... Nec sum-

ci-pi-tur.

ptus consumitur.

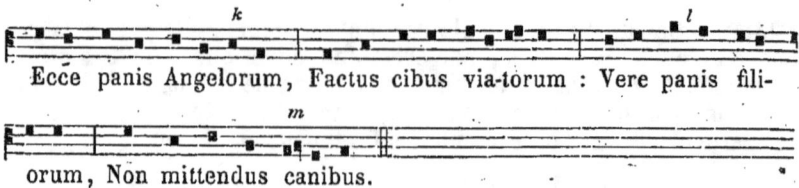

Ecce panis Angelorum, Factus cibus via-torum : Vere panis fili-

orum, Non mittendus canibus.

Voici quelques-unes des remarques que l'on peut faire sur cette pièce : elles correspondent aux lettrines italiques placées au-dessus des portées.

a. Dans les autres éditions cette première strophe commence par *mi-sol* ou *ré-sol*, mais sans le coulé sur la première syllabe; notre réviseur l'a voulu mettre ici pour éviter le saut de quarte sur une syllabe faible. Il entrait dans son plan d'adopter *ré-sol* et non *mi-sol*, puisqu'il commence toujours par la finale du mode ou la quinte de celle-ci.

b. Bémol employé pour éviter le triton descendant. Ceci prouve que le réviseur répudiait de la manière la plus absolue l'usage du dièse devant le *fa* sous-finale des septième et huitième modes.

c. Répétition du vers *In hymnis et canticis*, mais il eût fallu monter sur la pénultième syllabe de *hodie*, syllabe essentiellement faible; cet inconvénient est évité en faisant un coulé sur la syllabe forte pour doubler ensuite la note qui descend sur la syllabe faible.

d. En cet endroit les éditions ordinaires descendent diatoniquement jusqu'à l'*ut*; le réviseur a retranché cette note comme n'appartenant pas à l'échelle du huitième mode, qui étant inférieur, doit faire ses emprunts dans son supérieur et non au-dessous de la dernière note de sa propre échelle.

e. Terminaison différente de celles des autres strophes et qui doit avoir été dans l'origine une faute de copiste; elle aurait donc dû être corrigée.

f. Les strophes de la prose *Lauda Sion* marchant par paires, celles que nous plaçons en accolade devraient être identiques et l'on voit au contraire combien elles diffèrent l'une de l'autre dans l'édition Medici. Observez en outre que dans la plupart des éditions, et je crois qu'elles ont raison, ces deux strophes touchent le *sol* d'en-haut; le correcteur l'a supprimé comme trop aigu, de même qu'il avait, ainsi que nous l'avons vu il y a un instant, supprimé l'*ut* comme trop grave. Mais le cas n'était pas le même : en allant jusqu'au *sol* nous ne sortions pas ici de l'étendue du mode connexe, puisque cette prose appartient tant au huitième qu'au septième modes; or le *sol* aigu entre dans l'échelle de celui-ci.

g. Pourquoi une telle disposition dans ce vers? Elle a forcé le correcteur à employer un coulé sur la dernière syllabe, parce que autrement la pénultième note n'eût pas été suffisamment entendue.

h. Différence très-marquée entre le même vers de deux strophes correspondantes.

i. Mélodie changée pour éviter comme ci-dessus l'emploi du *sol* aigu et qui donne une grande monotonie à ce passage.

ɟ. La mélodie a été changée à cause des mots *integer* et *nec sumptus* qui se correspondent mal, le correcteur n'ayant pas voulu remonter sur la dernière syllabe, mais on ne conçoit pas pourquoi il a noté différemment les mots *accipitur* et *consumitur* qui sont exactement construits de la même manière.

k. Tournure digne d'attention.

l. Le correcteur évite encore ici de monter au *sol*.

m. Comment le réviseur n'en a-t-il pas agi pour le mot *canibus* comme il avait fait plus haut pour *sanguinem?*

Les remarques de ce genre abonderaient si l'on examinait d'un bout à l'autre l'édition médicéenne, et il y aurait lieu d'en présenter de beaucoup plus importantes. Pour donner au lecteur la facilité d'en faire quelques-unes par lui-même, je vais encore donner un morceau unique dans son genre parmi ceux dont la liturgie catholique fait usage, et que partout on chante d'après des leçons fort différentes de celle que l'on va voir.

Le Dimanche des Rameaux à la Procession.

Gloria, laus, et honor tibi sit, Rex Christe redemptor : Cui pu-
e-ri-le decus prompsit Hosanna pium. ℣. Israel es tu Rex, Davidis et in-clyta proles : Nomine qui in Do-mini, Rex bene-di-cte,
venis. Gloria. ℣. Cœtus in excelsis te laudat cœlicus o-mnis, Et
mortalis homo, Et cuncta creata simul. Gloria. Plebs Hebrea tibi
cum palmis obvia ve-nit; Cum prece, voto, hymnis, Adsumus ecce tibi. Gloria. ℣. Hi tibi passu-ro solvebant præmia laudis; Nos tibi regnanti pangimus ecce melos. Gloria. ℣. Hi placuere tibi; pla-
ceat devoti-o nostra, Rex bone, Rex clemens, cu-i bona cuncta pla-
cent. Gloria.

Je viens de dire que je laisserais au lecteur le soin de faire lui-même ses remarques sur ce morceau, aussi me bornerai-je à des observations générales qui, je crois, n'ont point encore été présentées et qui pourront servir à mettre sur la voie.

J'ai dit que cette pièce dont au moyen de retranchements on a fait depuis une hymne, était unique dans la liturgie : je le dis en ce sens qu'elle offre réunies plusieurs particularités qui nulle part ailleurs ne se rencontrent ensemble. En effet : 1° le *Gloria laus* est composé d'une suite de dystiques dont on a fait des versets ou strophes ; 2° le chant qui lui est appliqué ici où il paraît avoir sa forme primitive n'a presque rien de ce qui constitue d'ordinaire l'hymne ; 3° le premier verset se répète après le second et après tous les autres en conservant le même chant ; 4° les versets deuxième et suivants ont un chant qui varie de l'un à l'autre quoique tiré évidemment du même fonds.

La seule pièce de l'office avec laquelle le *Gloria, laus,* ait quelque rapport quant à la forme est le *Benedictus es* qui se chante le Samedi des Quatre-Temps après la dernière prophétie, mais ici la pièce est en prose, le chant est peu chargé de notes et l'on ne répète pas un premier verset, mais seulement une sorte de refrain après chacun des onze qui composent le morceau.

Depuis que l'on a fait une hymne du *Gloria, laus,* on l'a disposé en quantité de manières : la meilleure est incontestablement celle dont on s'est servi jusqu'à présent dans le diocèse de Paris et que voici.

Hymne de la Procession des Rameaux, diocèse de Paris.

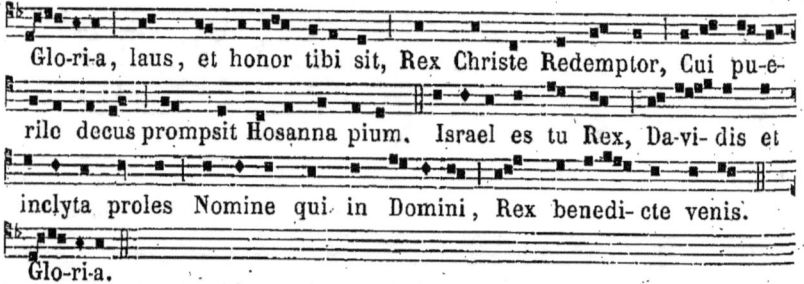

Glo-ri-a, laus, et honor tibi sit, Rex Christe Redemptor, Cui pu-e-
rile decus prompsit Hosanna pium. Israel es tu Rex, Da-vi-dis et
inclyta proles Nomine qui in Domini, Rex benedi-cte venis.
Glo-ri-a.

Une partie fort intéressante du graduel Medici, est le *Kyriel* ou recueil des *Kyrie, Gloria, Sanctus* et *Agnus* pour les différents degrés de solennités ; il est beaucoup plus abondant que dans quantité d'autres éditions. A la suite se trouvent quatre *Credo* dont le second est fort curieux.

Maintenant quelle est l'histoire de l'édition Medici et surtout qui l'a dirigée et rendue si différente de ses aînées. Pour obtenir quelques lumières à cet égard, il est nécessaire de remonter un peu plus haut.

Pie V ayant, ensuite des décisions du concile de Trente, adopté différentes modifications dans le bréviaire et le missel, il fallut aussi s'occuper des changements qui devaient en résulter dans le chant : aussi Grégoire XIII, voulant que le travail de révision fût fait avec tout le soin possible, le confia en 1576 au plus célèbre compositeur de l'époque, à Jean Pierluigi de Palestrina. Ce genre de travail convenaît bien peu au génie du grand artiste qui cependant ne put le refuser et vit à cette occasion ses honoraires comme maître de chapelle du Vatican portés au double de ce qu'ils étaient ; il s'adjoignit Guidetti qui publia l'office de la *Semaine-Sainte*, les *Passions*, les *Préfaces* et le *Directoire du chœur*. Quant à Pierluigi, d'ordinaire si laborieux et si persévérant dans ses travaux, il vécut encore dix-huit ans et mourut le 2 février 1594, sans avoir rien fait paraître, et l'on ne trouva d'achevé à ce moment que la partie du graduel *De Tempore*.

Hygin, dernier fils de Pierluigi, voulant tirer le meilleur parti possible de ce travail inachevé fit exécuter le Graduel et le Commun *De Sanctis* par un inconnu, puis vendit le tout à un libraire de Rome comme œuvre de son illustre père. L'opération fut aussi mal faite que possible, car lorsque le manuscrit passa sous les yeux des censeurs, ils s'aperçurent que les paroles ne concordaient pas avec le Missel de Pie V et que l'on n'avait fait que transcrire dans quelque livre plus ancien les paroles antérieurement en usage, avec le chant qui les accompagnait. Le libraire avait payé à Hygin pour l'acquisition du manuscrit la somme énorme de 2,105 écus romains équivalant à 11,367 francs qui alors en valaient plus de 50,000 d'aujourd'hui, il prétendit avec raison qu'en cette occasion il y avait ce qu'en jurisprudence commerciale on appelle *vice redhibitoire*; l'affaire fut portée au tribunal de la Rote qui condamna Hygin à la restitution de la somme reçue, le libraire de son côté rendant le manuscrit. Ce jugement est du 2 juin 1599.

On va maintenant voir pourquoi j'ai rapporté tout ceci. De nouvelles réformes furent faites dans le Missel par Clément VIII en 1602 et 1604 ; il eut pour successeur Léon XI qui ne pontifia que vingt-six jours, mais Paul V ne lui eut pas plutôt succédé qu'il s'occupa de faire passer les corrections du Missel et du Bréviaire dans le Graduel et l'Antiphonaire, et en conséquence chargea nécessairement quelqu'un du travail musical précédemment confié à Pierluigi par Grégoire XIII. Baini déclare qu'après des recherches infinies, il n'a pu établir positivement quel fut ce nouveau correcteur ; il pense que ce put bien être Roger Giovannelli de Velletri, successeur de Pierluigi comme maître de chapelle de Saint-Pierre du Vatican, et depuis chantre pontifical. Cet artiste passait alors pour le compositeur le plus habile dans la science du plain-chant (1). Les raisons que l'on peut avoir de lui attribuer la révision de l'édition Medici n'ont point à la vérité de base solide, puisque l'on n'a trouvé jusqu'à présent aucun document qui vînt les appuyer ; mais d'un autre côté l'on n'en trouve non plus aucun qui les combatte.

Qu'on me permette à cet égard d'émettre une opinion qui, bien que n'étant pas non plus fondée sur des renseignements positifs, me paraît avoir pour elle non seulement la possibilité, mais beaucoup de vraisemblance. Elle consiste à supposer que la partie *De Tempore* n'est autre que le travail de Pierluigi auquel peut-être on a fait des modifications sans doute fort légères. Après le jugement de la Rote

(1) *Mem. della vita di Pal.*, t. II, p. 121.

qui avait condamné Hygin, peut-on croire qu'un *industriel* comme lui n'ait pas encore cherché à tirer parti de cette section du Graduel en faisant valoir que, pour la partie *De Tempore*, le travail de révision était bien l'œuvre de son père dont la mort était encore toute récente et la gloire à son apogée? Comment, connaissant le projet qu'avait le pape Paul V d'une nouvelle édition du Graduel, n'aurait-il pas agi pour utiliser le travail précédemment exécuté sur les ordres de Grégoire XIII par le plus grand compositeur du siècle? Quel réviseur eût osé répudier l'œuvre de l'immortel Pierluigi?

Observez que l'obscurité dans laquelle est resté l'auteur de la révision musicale de l'édition medicéenne s'explique alors tout naturellement, et l'on conçoit comment on ne lit sur le frontispice ni le nom de Pierluigi, ni celui du réviseur. Le premier n'y paraît pas parce qu'il avait été pour ainsi dire compromis dans la vilaine affaire de son fils Hygin et le second n'y est pas inscrit comme ne figurant que pour la moitié du travail; et en tout cas celui-ci ne courait aucun risque d'être modeste au moment où il se faisait le continuateur de Palestrina. Dans cette hypothèse rien n'empêche de croire que, pour la mise à fin de l'opération, Giovannelli ait été préféré à tout autre en sa qualité de maître de chapelle de Saint-Pierre dont les archives renfermaient et renferment encore de nombreux manuscrits de plain-chant fort dignes de faire autorité.

LXXXIII. **Vincentii Vgolini Perusini apud illustrissimum ac reverendissimum cardinalem Arigonium Musicæ præfecti sacræ cantiones quæ vulgo** Motecta **appellantur, octonis vocibus concinendæ in duplicibus primæ classis, etc., in communi Sanctorum aliisq. festivitatibus. Cum basso ad organum. Liber primus.** — *Romæ, ex typographia Bartholomæi Zannetti*, 1614, in-4º.

Contient vingt-et-un motets. La dédicace au cardinal Arigoni datée de Rome 1er juillet 1614, nous apprend que ces morceaux n'étaient point destinés à l'impression, mais avaient été composés pour la cathédrale de Bénévent dont Arigoni était archevêque. Cette dédicace est fort convenable et surtout exempte des sottes et fades platitudes dont les musiciens d'alors se croyaient obligés de faire fumer le méphytique encens lorsqu'ils s'adressaient à leurs protecteurs. Ugolini se borne à louer le cardinal de son goût pour la musique et à exprimer son admiration de ce qu'au milieu de tant et de si graves études il ait poussé celle-là si avant. Cet éloge en valait bien un autre et à la place du cardinal j'en aurais été fort satisfait.

LXXXIV. **Vincentii Vgolini Motecta sive sacræ cantiones in festis mobilibus et Sanctorum totius anni, tam propriæ quam ex communi in quatuor Libros distributæ, Vnica, Duabus, Tribus et Quatuor vocibus, ad musicos numeros modulatæ, simul cum gravi voce ad organi sonum accommodatæ. Liber primus nuper editus.** — *Venetiis, apud Iacobum Vincentium*, 1616, in-4º.

— **Vincentii Vgolini musicæ præfecti in ecclesia sancti Ludovici de Vrbe**

Nationis Gallicanæ Moteota, etc. Liber secundus nuper editus. — *Venetiis, apud Iacobum Vincentium*, 1617, in-4°.

— **Vincentii Vgolini, etc. Liber tertius nuper editus. —** *Venetiis, apud Iacobum Vincentium*, 1618, in-4°.

— **Vincentii Vgolini, etc. Liber quartus nuper editus. —** *Roma, ex typographia Andreæ Phæi*, 1619, in-4°.

Grande et belle collection digne en son genre de la réputation de l'auteur et l'une de celles où l'on peut le mieux étudier l'état de la musique d'église à cette époque, en ce qui concerne les morceaux à deux et trois voix.

Le premier livre contient des motets pour la Nativité, saint Etienne, S. Jean, les SS. Innocents, la Circoncision, l'Epiphanie, la Purification, sainte Agathe, l'Annonciation ; pour le Commun des Apôtres, d'un Martyr, de plusieurs Martyrs, d'un Confesseur Pontife, d'un Confesseur non Pontife, des Vierges, des saintes Femmes, de la Dédicace. Il y en a cinq pour la Nativité, deux pour la Circoncision, quatre pour sainte Agathe, et deux pour l'Annonciation. De ces motets cinq sont à une voix, neuf à deux, huit à trois, quatre à quatre ; en tout vingt-six morceaux.

Le second livre offre des motets pour Pâques, le temps de Pâques, l'Invention de la sainte Croix, l'Ascension, la Pentecôte, la Trinité, le S.-Sacrement, saint Jean-Baptiste ; pour le Commun des Apôtres, d'un Apôtre, Évangéliste et Martyr, d'un Martyr, de plusieurs Martyrs, d'un Confesseur Pontife, d'un Docteur, d'un Confesseur non Pontife, des Vierges, des saintes Femmes, de la Dédicace. Il y en a cinq pour Pâques, deux pour le Temps pascal, deux pour la Pentecôte, deux pour la Trinité, deux pour le Saint-Sacrement. De ces motets cinq sont à une voix, huit à deux, neuf à trois, quatre à quatre ; en tout vingt-six morceaux.

Le troisième livre renferme des motets pour saints Pierre et Paul, la Visitation, sainte Marie-Madeleine, la Vierge des Neiges, saint Laurent, l'Assomption, saint Louis, roi de France, saint Augustin, la Décollation de saint Jean-Baptiste ; le Commun des Apôtres, d'un Martyr, de plusieurs Martyrs, d'un Confesseur Pontife et non Pontife, des Vierges, des saintes Femmes, de la Dédicace. Il y en a deux pour saints Pierre et Paul, deux pour la Vierge des Neiges, quatre pour saint Laurent, deux pour l'Assomption, quatre pour saint Louis, deux pour le Commun des Apôtres. De ces motets six sont à une voix, huit à deux, huit à trois, cinq à quatre ; en tout vingt-sept morceaux.

Le quatrième livre présente des motets pour la Nativité de la sainte Vierge, saint Michel, saint François, la Toussaint, saint Martin, la Présentation, sainte Cécile, la Conception, sainte Lucie ; le Commun des Apôtres, d'un Martyr, de plusieurs Martyrs, d'un Confesseur Pontife, d'un Confesseur Pontife ou non, d'une Vierge Martyre, des Vierges, des saintes Femmes, de la Dédicace. Il y en a trois pour la Nativité, quatre pour la Toussaint, deux pour la Conception, quatre pour sainte Lucie. De ces motets quatre sont à une voix, onze à deux, deux à trois, dix à quatre ; en tout vingt-sept morceaux.

Chaque partie ayant paru séparément, porte en tête une dédicace particulière écrite avec convenance comme toutes celles de l'auteur. La première partie est dédiée par Ugolini à son compatriote l'abbé François Ubaldi, la seconde à son élève Valesio Santacroce, la troisième à l'abbé Octave Corsini, clerc de la chambre apostolique, la quatrième au cardinal Alexandre Orsini. Il y déclare qu'il a mis beaucoup de soin à la composition de ces morceaux et cherché tous les moyens de les rendre dignes de leur destination.

LXXXV. Motecta et missæ octonis et duodenis vocibus cum basso ad organum, auctore Vincentio Vgolino Perusino sacrosanctæ Basilicæ Vaticanæ cappellæ magistro. Liber secundus. — *Romæ, apud Lucam Antonium Soldum, 1622, in-4°.*

Contient deux messes à huit voix : *Sopra il vago Esquilin un tempio sorge, Perfice gressus meos;* deux à douze voix : *Beata es virgo Maria, Quæ est ista,* et quatre motets, l'un à huit voix, les trois autres à douze. Les messes *Perfice gressus* et *Quæ est ista* sont travaillées sur les mélodies des motets composés sur ces paroles qui font partie des quatre que je viens de signaler.

La dédicace au cardinal Scipion Borghese, archiprêtre du Vatican, fait connaître que les pièces composant ce recueil, écrites lors de son installation en cette dernière qualité, furent alors fort goûtées.

Ugolini a traité en canons les *Benedictus* et *Hosanna* et quelquefois le dernier *Agnus Dei.* En outre, il en a placé d'autres à la fin de chaque partie ; parmi ceux-ci s'en trouve un dont l'auteur était resté inconnu jusqu'à ce jour même à Baini qui transcrivant cette pièce pour son usage l'avait intitulée : *Superbissimo canone d'incerto autore.* Ugolini nous apprend que ce singulier morceau, composé seulement de trois notes, est d'Adrien Willaert. On le trouvera aux planches n° IV *a.*

Ugolini l'annonce comme étant à six voix, mais on verra que l'on peut en tirer davantage. Il y joint lui-même un autre canon à deux voix pour adapter au précédent, n° IV *b.* On trouve n° IV *c,* la résolution de ces deux canons. L'addition d'Ugolini n'était pas bien nécessaire ; elle a même l'inconvénient d'empêcher le canon de Willaert d'être *perpétuel,* c'est-à-dire de pouvoir être repris du commencement autant de fois que l'on veut.

Au n° IV *d,* autre résolution à dix voix. J'ai indiqué sur les parties comment s'opère la résolution de chacune.

Au n° IV *e,* autre résolution à quinze voix, moins heureuse que la première, parce que la fréquence des syncopes lui ôte son aplomb.

Au n° IV *f,* autre résolution qui en fait un canon *circulaire,* c'est-à-dire parcourant tous les tons en s'élevant par tierce.

Le canon suivant à quatre voix, n° V *a* et *b,* appartient en propre à Ugolini.

LXXXVI. Vincentii Ugolini Perusini Psalmi ad vesperas octonis vocibus

iidemque cum aliis ut vocant concertati. **Nuper editus**. — *Venetiis, apud Alexandrum Vincentium*, 1628, in-4°.

Contient huit psaumes et *Magnificat* à huit, avec ou sans orgue, et huit autres et *Magnificat* concertés et avec obligation de l'orgue.

LXXXVII. Vincentii Ugolini Perusini Psalmi ad vesperas et Motecta duodenis vocibus una cum basso ad organum. Liber primus. — *Venetiis, apud Alexandrum Vincentium*, 1630, in-4°.

Contient sept psaumes et deux *Magnificat* dont quatre sont concertés, et six motets dont trois concertés ; le tout à douze parties. Ces pièces avaient été composées pour Saint-Pierre du Vatican où l'auteur avait rempli les fonctions de maître de chapelle depuis 1620 jusqu'en 1626. Il nous l'apprend lui-même dans sa dédicace au cardinal Antoine de Santacroce, et rappelle à celui-ci que dans sa jeunesse il avait enseigné la musique à son frère auquel il avait dédié la seconde partie du premier livre de ses motets à 1, 2, 3 et 4 voix : voyez l'art. LXXXIV.

Sur Vincent Ugolini, très-honorablement mentionné par Antime Liberati (1), voyez Baini (2) qui ne donne point la liste complète de ses ouvrages puisqu'il y omet les deux derniers articles ci-dessus indiqués, que pourtant Pitoni son guide en cette occasion avait signalés. Il s'est également trompé en donnant la quatrième partie des motets à 1, 2, 3 et 4, comme imprimée à Venise chez Vincenti ; peut-être cet éditeur qui avait publié les trois premières parties a-t-il reproduit la quatrième, mais il est certain que l'édition *princeps* a paru à Rome chez André Fei comme je l'ai marqué plus haut. Rappelons en terminant que Vincent Ugolini, excellent compositeur lui-même, avait eu pour maître Bernardin Nanini (3) et qu'il eut entr'autres élèves de haut mérite Horace Benevoli et son neveu Laurent Ratti.

LXXXVIII. Ioannis Petri Aloysij Praenestini in basilica S. Petri de Urbe capellae magistri Missarum liber primus. In-folio.

On lit à la fin : *Impressum Romæ apud hæredes Aloisij Dorici Anno Domini* 1572. Sur le titre on voit Palestrina qui offre son livre au pape Jules III ; il est vêtu en chapelain-chantre du palais.

Cette édition est la seconde du premier livre des Messes. La première parut à Rome en 1554 et l'on en cite une autre de 1591. Celle-ci qui fut publiée chez Alexandre Gardano, aux dépens de Jacques Tornerio, diffère des précédentes en ce que, outre les quatre messes à quatre voix *Ecce sacerdos magnus, O regem cœli, Virtute magna, Gabriel Archangelus* et la messe à cinq *Ad cœnam agni providi*, l'on y trouve encore la messe *Pro defunctis* à cinq voix et la messe *Sine nomine* à six.

En parlant de la première de ces messes Baini (4) commet une er-

(1) *Lettera ad Ovidio Persapegi*, p. 28.
(2) *Mem. della vita di Palestrina*, t. II, p. 41, note 480.
(3) Voyez plus haut, p. 53, art. LIX.
(4) *Mem. della vita di Pal.*, t. II, p. 423.

reur assez singulière : il prétend que la partie qui exécute l'antienne *Ecce sacerdos magnus*, tandis que les autres chantent les paroles de l'ordinaire de la messe, est la plupart du temps, *per lo più*, le soprano ; or il n'en est ainsi que pour le premier *Kyrie* et le premier *Agnus* ; c'est l'alto qui chante l'antienne *Ecce sacerdos* dans le *Christe* et le *Sanctus ;* le ténor s'en empare dès le troisième *Kyrie* et ne la quitte après l'avoir conservée et prolongée durant tout le *Gloria* et le *Credo* que pour la reprendre au premier *Hosanna ;* un second alto l'exécute comme cinquième partie dans le second *Agnus* : elle disparaît entièrement dans le *Crucifixus*, le *Benedictus*, le second *Hosanna* et le troisième *Agnus*. Le soprano ne l'a donc fait entendre que deux fois. Baini s'est aussi égaré en disant que Pierluigi avait été le premier à écrire les paroles au long sous la musique de ses messes ; Josquin, comme nous le verrons plus loin, l'avait fait avant lui.

Il paraît fort vraisemblable que pour cette seconde édition de 1572 l'on a employé le même frontispice que pour la première sur lequel se trouve représenté Pierluigi offrant au pape Jules III son premier livre de messes, le premier ouvrage qu'il ait livré à l'impression. Un autre particularité typographique du *Liber primus Missarum*, c'est que, dans la première messe, à la partie qui chante l'antienne *Ecce sacerdos* au lieu de lettre ornée se trouve la tête du pape Jules, l'auteur ayant sans doute voulu rendre plus sensible l'application qu'il faisait au Souverain-Pontife des paroles : *Ecce sacerdos magnus qui in diebus suis placuit Domino et inventus est justus.*

Encore un mot sur ce livre. L'un des premiers exemplaires vendus fut acquis pour le compte de Saint-Pierre du Vatican où l'auteur était maître de chapelle et payé un écu et trente bajoqués, c'est-à-dire sept francs, reliure comprise, comme on le reconnaît sur un livre de dépenses de l'année 1554 encore existant dans les archives de Saint-Pierre. Ce renseignement nous donne une idée certaine du prix des livres de musique au milieu du XVIᵉ siècle.

LXXXIX. Io. Pet. Aloysii Praenestini, Missarum cum quatuor et quinque vocibus liber quartus. — *Mediolani, apud Franciscum et hæredes Simonis Tini,* 1590, in-4°.

Edition inconnue à Baini. La première fut imprimée à Rome en 1582 et reproduite la même année à Venise. On y trouve les quatre messes à quatre voix que Palestrina nomma *prima, secundá, tertia, quarta*, puis les trois à cinq voix auxquelles il donna également un nom et un ordre numérique. Depuis il ne suivit pas cet usage qui, en effet, ne pouvait qu'introduire la confusion dans la série de ses œuvres, puisqu'il ne commençait à nommer ses messes *prima, secunda*, etc., qu'après en avoir déjà publié trois livres. Pour bien faire il aurait dû reporter le n° 1 à la première messe publiée et continuer ainsi.

Personne assurément ne supposera dans la dénomination adoptée par Pierluigi, une idée semblable à celle de Louis Van Beethoven qui recommença la série de ses ouvrages à l'*œuvre premier*, après en avoir déjà donné au public une trentaine d'autres qu'il traitait ainsi comme non avenus. En 1582 Pierluigi avait au moins cinquante-huit ans ; ce n'est pas à cet âge que l'on recommence une carrière ; on avait d'ailleurs imprimé de lui quantité de belles compositions à la paternité desquelles il ne songeait sans doute aucunement à renoncer.

XC. Offertoria totius anni secundum sanctæ romanæ ecclesiæ consuetudinem quinque vocibus concinenda, auctore Ioan. Petro Aloysio Praenestino sacro sanctæ basilicæ Vaticanæ cappellæ magistro nunc denuò in lucem edita. Pars prima. — *Romæ, apud Franciscum Coattinum,* 1593, in-4°.

— Pars secunda.

Mon exemplaire est accompagné d'une basse continue manuscrite disposée par quelque maître pour son usage, au temps où l'emploi de l'orgue pour l'accompagnement du chant devint général et journalier. Baini a lu *nunc demum* au lieu de *nunc denuo ;* à la vérité l'on ne connaît pas d'édition antérieure ; mais cela ne prouverait pas qu'il n'en ait pas existé, et l'on serait d'autant plus fondé à le croire que Pierluigi a toujours publié sa musique d'église en grand format, les parties distribuées sur les deux faces du livre et jamais en livres séparés : il appuyait même sur ce sujet dans sa dédicace au pape Sixte V de son premier livre de *Lamentations* (1), se plaignant de la dépense que lui causait pour l'impression la nécessité de gros caractères qui rendissent ses ouvrages propres à être adoptés dans les églises. Or, à l'époque où il mettait au jour ses deux livres d'*Offertoires,* il venait d'obtenir du père abbé de Baume auquel il les dédie, les moyens de les faire imprimer et l'on ne s'explique pas pourquoi en cette occasion il aurait dérogé à une habitude qui paraissait se concilier avec ses intérêts. D'un autre côté, si l'édition objet de cet article n'est que la seconde, la première a dû voir la lumière dans cette même année 1593 et paraître postérieurement au 1er juin, date de l'épître dédicatoire à l'abbé de Baume. Cette épître mérite d'être remarquée et bien que Baini l'ait déjà reproduite (2), je n'hésite pas à la donner ici, ne serait-ce que pour offrir un contraste avec tant de dédicaces ampoulées et vides dont j'ai cité des extraits. Pierluigi remercie son bienfaiteur avec autant d'effusion que de simplicité et de dignité ; sans s'écarter le moins du monde des conventions qui, dans la société, mettaient l'abbé de Baume fort au-dessus de lui, on voit qu'il ne craint pas de se placer au nombre de ses amis :

« Illmo et R^mo D.D. Antonio Abbati Baumae singulari humanitatis et virtutis exemplo Jo. Petrus Aloysius Praenestinus S. P. D.

» Ingratissimus sim omnium hominum si praestantissima tua erga me merita silentio involvam. Nactus igitur occasionem, perbelle mecum agi existimo, si ea quae tu in me tam liberaliter beneficia contulisti, non ego tibi privatim rependam, sed publice in conspectum omnium testatum velim, non minore te humanitate, quam virtute esse

---

(1) Voyez cette dédicace dans Baini, t. II, p. 198.
(2) T. II, p. 239.

praeditum. Non tantum quid tibi ego debeam dico, sed quantum tibi boni omnes debere debeant explicare vellem, intelligerent certe omnes, modo id praestare per tenuitatem meam mihi liceret, nihil tantum esse quod cum tuis collatum meritis non longe inferius esse videatur.

» Hoc igitur interim pusillum maximae meae voluntatis certissimum idque maximum argumentum hilari fronte accipe : sitque hoc tibi a me traditum, quo modo offerri solet et debet a debitore creditori minima maximi debiti pars. Vel confiteri debitum, quando solvendo aliquis non sit, solent boni viri in solutionis parte aliqua ponere. Tu ergo tibi persta ; et qui bonos omnes ames, a quibus vicissim amaris, me, quoniam in tuorum numerum adscripsisti, amare perge. Bene vale. Kal. sextilis 1593. »

C'est en s'exprimant ainsi que tout artiste qui se respecte peut louer dignement un bienfaiteur et se faire même un honneur du bienfait qu'il a reçu. Le langage du servilisme est à la fois déshonorant de l'un et de l'autre côté, car on ne le parle que pour qui se plaît à l'entendre.

XCI. Il primo libro de' concenti ecclesiastici a due, tre, quattro e cinque voci di Vincenzo Tozzi, romano, Maestro di cappella nella Proto-Metropoli della nobilissima e esemplare città di Messina. — *In Roma nella stamperia di Iacomo Fei d'And. F.* 1662, in-4°.

L'ouvrage est dédié au sénat, c'est-à-dire au conseil communal de Messine, alors composé de six membres. Il contient huit motets à deux voix, dix à trois voix, cinq à quatre voix et deux à cinq voix. La dédicace est datée du 16 mars 1661. Pitoni, dans sa *Notizia de' contrappuntisti* ms., nous apprend que Tozzi partit de Rome en 1640, âgé de vingt-huit ans, pour se rendre à Messine, où il mourut en 1675, laissant plusieurs enfants.

XCII. Canon Ghisilini Danckerts. — Feuille in-folio.

On lit à la fin : « Impress. Neap. Ianua. 1538 impensis auctoris. Non absque provisionibus cautum est per totum orbem sub excommunicationis pœna, aliaque pecuniaria in Vrbe Neapoli earumque dominiis, ne quis intra decennium hoc opus imprimat, vendat, vel venale habeat absque auctoris licentia. » Sur cette feuille où se voient de toute part des fleurs de lys, on trouve cinq parties vocales d'une pièce composée en l'honneur du pape Paul III, élu en 1534, plus la partie destinée au premier ténor et indiquée par les armes pontificales composées de six fleurs de lys placées sur un parquet dont chaque croisure est formée d'une bande de cinq lignes, disposée comme on le voit aux planches n° VI *a*.

On lit sur la droite de cette partie : Vocales docent, cantuque lilia florent. Cette devise est le *canon* proprement dit, c'est-à-dire la *règle* au moyen de laquelle on doit trouver la manière de chanter le morceau, et c'est en même temps le thème ou motif sur lequel a été construit tout l'édifice formé de cette partie et des cinq autres gravées séparément. Il s'agit donc ici d'une véritable énigme à résoudre dans une partie unique, base de la composition. La solution se trouve à la fin du livre, Ex. VI *b*. Les cinq parties concomitantes n'offrent d'autre difficulté que celles de la mise en partition ordinaire.

Quant à l'explication de la devise *Vocales docent*, etc., la voici : Les voyelles des mots *Te nunc gens adorat*, représentent ici les notes de l'échelle dont les noms possèdent les voyelles correspondantes.

Te nunc gens a .do rat
Re ut re fa sol fa.

Ces cinq notes sont le commencement de l'antienne *Da pacem Domine*, mélodie fondamentale du morceau. Cette petite phrase est ici transposée à la quarte supérieure, mais les dénominations fournies par les voyelles n'en sont pas moins justes, puisque dans le système des muances les notes correspondantes peuvent s'appeler ainsi.

Maintenant comment assembler les parties ? Le ℭ supérieur en tête de la portée indique une mesure binaire dont l'unité de valeur est la brève. Les six pauses de brève marquent l'entrée de la partie qui doit se faire après une attente de six mesures. Quand cette entrée est faite et la mélodie achevée, il faut prendre garde au ℭ retourné Ɔ, qui double les valeurs en établissant pour unité de mesure la longue au lieu de la brève; or comme cette augmentation de durée s'applique ici à des pauses, les six pauses de brève deviennent des pauses de longues. Le troisième ℭ dans sa position ordinaire indique la reprise de la mélodie en valeurs de brèves.

On aurait peine à concevoir aujourd'hui à quoi pouvaient aboutir tant d'inutiles difficultés qui mettaient l'esprit à la torture, causaient une grande perte de temps et n'aboutissaient en définitive qu'à de véritables niaiseries. On trouvera aux planches, n° VI *b*, que ce morceau mis en partition offre de l'intérêt et peut aider à faire connaître le système de composition généralement suivi avant Pierluigi de Palestrina. On peut remarquer aussi combien cette manière diffère de celle du compositeur Florentin dont nous avons précédemment cité deux morceaux (1).

A la suite de ce canon s'en trouve un autre de Josquin des Prés que je donnerai plus loin en parlant de cet auteur, article C.

XCIII. Antiphonale cisterciense juxta novum ordinis breviarium dispositum. Ad cujus calcem addita sunt Responsoria Vigiliarum sine cantu, Antiphonæ, etc., pro minoribus festis. Authoritate reverendissimi DD. Abbatis generalis. — *Parisiis, excudebat Fredericus Leonard, Regis, Cleri Gallicani et Cisterciensis Ordinis typographus unicus*, 1690, in-folio.

Édition fort correcte et fort bien imprimée en rouge et noir de l'Antiphonaire des Bernardins qui ont, comme on le sait, toujours accordé au chant une très-grande importance. Je pourrais aisément donner à

(1) Voyez p. 33 et planches n°ˢ II et III.

cet article une assez grande étendue, mais je veux me borner à trois points tout-à-fait essentiels.

D'abord cette édition est précédée d'un MONITUM tellement important pour l'histoire de la notation et de l'exécution du plain-chant, que je crois devoir le reproduire en entier :

« In hac nova Antiphonalis Cisterciensis editione de nonnullis te monendum duximus, lector candide. In primis omnes omnino notas, secundum peritos, in arte canendi Gregoriana, eadem esse mensura et valore, nulloque alio discrimine ab invicem secerni, quam quod

Quadratæ quales sunt. . . . .

Sive caudatæ ut. . . . .

Sive junctæ et cohærentes ut istæ. . . . .

Sive duplices ut sequentes. . . . .

Sive quæ caudatis suppositæ decussatim et inclinantes consequenti invicem ordine per lineas et spatia perlabuntur in alicujus vocis vel syllabæ productiore accentu, ut istæ. . .

Prædictæ, inquam, notæ tanto temporis intervallo, non longiore, non breviore, sed æquali prorsus passim ac ubique sunt producendæ. At quæ ad ovi figuram accedunt, fereque crucem exprimunt, sicut istæ ♦, eæque unicæ semper unicis syllabis, et breves brevibus quibusdam tantum impositæ sunt, celeriore spiritu et breviore tono sunt decurrendæ, quibus nescio quo jure, ab annis circiter quadraginta in Ordine nostro usi sumus, quamvis in veteribus nostris Antiphonalibus, sive manuscriptis sive typis expressis numquam fuerint inventæ...... »

Il résulte de cet avertissement : 1° Que chez les Cisterciens qui furent depuis les Bernardins, et selon toute apparence au moins depuis 1075, année où fut fondé l'ordre de Cîteaux, l'on chantait le plain-chant en notes égales ; 2° Que lors de l'abandon de la neumation, la notation qui lui succéda, du moins dans les livres cisterciens était entièrement composée de notes de même figure. De ces faits on peut conclure que la manière de chanter des Chartreux et la notation des livres dont ils se sont toujours servis et se servent encore aujourd'hui, n'était point chose nouvelle ou particulière à leur ordre fondé en 1086, mais l'adoption d'un usage commun (1). Notez que dans mon opinion l'égalité des durées dans le plain-chant ne suppose pas une isochronie mathématique, mais une apparence d'égalité et la présence de certaines différences de durées, bien plutôt résultat de l'instinct et de l'habitude que conséquence de règles expresses.

Le second point sur lequel je veux appeler l'attention des lecteurs est le *privilége* donné à Frédéric Léonard par Jean Petit, abbé-général des Cisterciens. On demandait partout, dit-il, des livres à l'usage de

(1) Sur le chant des Chartreux, voyez dans l'excellent ouvrage de M. l'abbé Petit, intitulé : *Dissertation sur la psalmodie et les autres parties du chant grégorien*, Paris, 1855, chez Didron, une note fort intéressante fournie par un chartreux de Bosserville et insérée à la p. 363 du livre.

l'ordre pour le service divin ; or le général seul pouvait en autoriser
l'impression, d'après les antécédents et principalement d'après les
chapitres généraux de 1504 et 1507. Cette autorisation ayant été ac-
cordée à Léonard, dont Jean Petit fait ici un grand éloge, il éprouva
de graves difficultés pour en faire usage : un procès fut intenté à
l'Ordre de Cîteaux par Sébastien Mabre-Cramoisy, imprimeur de l'ar-
chevêché de Paris. Arrêt du Conseil rendu le 19 septembre 1681 débou-
tant Cramoisy, lequel se pourvoit en Conseil d'Etat. Arrêt en faveur
de Cramoisy rendu le 20 janvier 1684 ; opposition de l'abbé de Cîteaux
et nouveau jugement qui condamne Cramoisy. Déclinatoire présenté
par celui-ci pour être jugé en conseil privé et dans lequel il prétend
que l'arrest à intervenir soit commun à Léonard et à lui ; rejet du déclinatoire et ordre de présenter immédiatement la réponse. Cramoisy
meurt sur ces entrefaites le 9 juin 1687; et, *pour certaines bonnes con-
sidérations*, sa veuve déclare qu'elle n'entend plus contester à l'abbé
le droit qu'il réclame. Arrêt définitif du 10 mars 1688 qui reconnaît
le même droit et renvoie les parties dépens compensés. Dans cet intervalle deux chapitres généraux s'étaient tenus en 1683 et 1686, et
il y avait été décidé que l'abbé continuerait à soutenir ses réclamations.

Pour troisième point je remarquerai que dans cette édition, on lit
à la fin du propre du temps : *Ex typis Ludovici Sevestre.* Pour expliquer cette indication il faut croire que celui-ci n'était alors que fon-
deur de caractères et fournissait à Léonard ses types qui sont réellement fort beaux ; il n'est aucunement à croire que l'*imprimeur* du
clergé de France n'eût pas d'ateliers à lui appartenant, et le mot du
titre *excudebat* semble exclure cette supposition. En tout cas il est certain que Louis Sevestre devint plus tard imprimeur, car je possède un
Antiphonaire romain in-folio, accommodé pour l'usage des Bénédictins, dans lequel on lit à la fin : *Parisiis, e typographia Lud. Sevestre,
via Amygdalina* (rue des Amandiers).

Une particularité de l'Antiphonaire cistercien de Léonard, c'est qu'il
porte au frontispice une marque venue de Venise et représentant l'em-
blème de cette célèbre République, savoir le lion ailé tenant un livre
ouvert avec ces mots : *Pax tibi Marce evangelista meus*, et à la partie
supérieure la devise : *Virtute invidiam vince.* Au bas on a superposé
les *L* croisées de Louis XIV.

**XCIV. Salmi a otto voci, a due chori con li due tenori che concertano
uno per choro. Di D. Natale Monferrato Vice Maestro della serenissima
Republica di Venetia. Dedicati all' ill.mo sig. conte Gio. Battista Ruscelli
Genesini. Opera seconda. —** *Stampa del Gardano in Venetia*, 1653. *Appresso
Francesco Magni*, in-4°.

Contient quatorze psaumes vespéraux et le *Magnificat.* Monferrato
termine sa dédicace par une phrase fort plaisante renfermant un jeu
de mots qui ne saurait se traduire en français : « Ne voglio per hora
curarmi del pregiuditio che ricever potrebbe un libro di musica dalla
prima dissonanza che sul principio del foglio forma il *basso* delle note

che s'imprimono con l'*alto* del Nome a cui si consacrano, perchè i pratici dell' arte s'avvederanno che la discolpa delle improportioni è intonata dal *tenor* costante de miei doveri, etc. »

Nous avons vu (1) que Monferrato s'était déjà rendu coupable d'un mauvais jeu de mots peu différent de celui-ci.

Monferrato était dans les ordres, et après avoir été vice-maître de la République de Venise depuis 1668, il succéda comme maître le 30 août 1676 à Jean Rovetta et mourut en avril 1685. M. Fétis qui l'appelle *P. Nadal*, donne une liste de ses ouvrages dans laquelle n'est pas compris celui qui vient d'être cité.

XCV. Messa e salmi ariosi a tre voci concertati e parte con li ripieni a beneplacito di Gio. Antonio Rigatti novamente ristampati. — *In Venetia,* 1657, *appresso Francesco Magni*, in-4°.

Contient une messe, huit psaumes, le *Magnificat* et le *Salve.* La messe qui, pour une œuvre concertée, est fort brève, ne contient ni *Sanctus* ni *Agnus Dei.*

On cite encore de cet auteur : 3° Motti a due, tre, quattro, ristampati a Venezia 1640 ; 4° Messa e salmi a tre con due violini, libro secondo, Venezia 1648 ; 5° Messe e salmi a tre con ripieni e di voci e d'istrumenti se piace, libro secondo ; 6° Madrigali a due, tre, quattro ; 7° Compieta ad una, due, tre, quattro voci ed *Alma Redemptoris* con violini se piace ; 8° Motti a voce sola, libro secondo ; 9° Musiche diverse a voce sola. On a vu le 2° à l'article XXI.

XCVI. Di Cipriano di Rore il terzo libro de' madrigali dove si contengono le vergine et altri madrigali di nuovo et con somma diligentia corretti a cinque voci. — *In Venetia, per Plinio Pietrasanta,* 1557.

Ces madrigaux sont imprimés en un petit format oblong peu connu encore en ce temps. On doit remarquer la devise de l'imprimeur représentant la vertu qui tient une bandelette sur laquelle est écrit : *Virtus Dei donum,* et sur les côtés :

Questa in ciel e 'n terra honora.

On sait que les poésies appelées les *Vergini* sont une suite de prières en forme de sonnets placés par Pétrarque à la suite de ceux qu'il a intitulés : *In morte di Madona Laura.* Tous commencent par le mot *Vergine* et sont adressés à la Vierge Marie. Quantité de compositeurs les ont mis en musique.

Les auteurs qui ont supposé Cyprien Rore français le nommaient Rouzée ou La Rozée. Il paraît que son véritable nom était *Van Roor* et qu'il était né à Malines. Pitoni dans la notice qu'il lui a consacrée cite quelques-unes de ses compositions qui ont échappé jusqu'à présent aux autres bibliographes : 1° Il secondo libro de motti a cinque, Venezia, Ang. Gardano ; 2° Il primo libro de madrigali cromatici, Ven.

(1) Voyez plus haut, p. 30.

Gir. Scotto.; il en existe une autre édition publiée chez Rampazzetto, 1566. 3° Il terzo e quarto libro de madrigali a 5 réimprimés à Venise par Gardano, 1580 ; 4° Le vive fiamme de' vaghi e dilettevoli madrigali a quattro e cinque voci posti in luce da Giulio Bonagiunta di S. Gennesio, musico della signoria di Venezia, appresso Gir. Scotto, 1565. Ce dernier œuvre est posthume, comme on le reconnaît par la dédicace du livre, mais il parut l'année même où le compositeur cessa de vivre, ainsi que l'indique son épitaphe placée dans la cathédrale de Parme. Il n'avait que quarante-neuf ans. Cyprien La Rozée a partagé avec Roland Delattre l'honneur d'avoir plus que tout autre préparé la voie à Pierluigi de Palestrina.

XCVII. Opera omnia sacrorum concentuum I, II, III et IV vocum jam in unum corpus convenienter collecta cum basso continuo et generali organo adplicato novaque inventione pro omni genere et sorte cantorum et organistarum accommodata. Auctore excellentiss. Musico D. Ludovico Viadana Italo, huius nouæ artis Musices Inventore primo. Adiuncta insuper in Basso generali huius nouæ inuentionis instructione et succincta explicatione latina, italica et germanica. — *Francofurti, apud Egenolphum Emmelium, impensis Nicolai Stenij*, 1620, in-4°.

L'ouvrage qui a fourni les principaux matériaux de ce recueil où se trouvent en tout cent quarante-six pièces, avait paru à Venise en 1602 et avait été réimprimé dans la même ville en 1609, et à Francfort en 1612. La collection complète a été reproduite au moins deux fois, car la bibliothèque nationale en possède une troisième édition publiée à Francfort en 1626. Le dernier des morceaux destinés à la partie de ténor seul, est une messe dont les motifs sont tirés du plain-chant et qui a été insérée dans d'autres recueils.

A la liste des ouvrages de Viadana donnée par les bibliographes il faut ajouter *Credo n° XXIV*, imprimés à Venise en 1619, et cités par Joseph Frezza (1). Ce sont des compositions en plain-chant musical, *canto fratto, o semifigurato*, dont tous les versets se ressemblent. Viadana ne donne que les versets chantés par le chœur alternant avec l'orgue.

XCVIII. Di Andrea Gabrieli, organista dell' illustriss. signoria di Venetia in S. Marco il primo libro de Madrigali a sei voci nuovamente composti et dati in luce. Con privilegio. — *In Venet., ap. li. figl. d'Ant. Gard.*, 1574, in-4o.

Gabrieli dédie cet ouvrage à Jean Saracini qui possède comme de raison tous les talents et toutes les vertus, entr'autres la connaissance approfondie de la musique. Cette dédicace contient une phrase assez singulière : Gabrieli ne peut, comme il le voudrait, témoigner son affection et son respect en raison de la ténuité de sa fortune : « La mia tenue fortuna mi toglie quelle segnalate occasioni con le quali più volentieri vorrei poter mostrar l'affettionato e riverente animo mio, etc. » Ceci peut s'entendre en plusieurs sens.

(1) *Il cantore ecclesiastico*, à la fin.

XCIX. Di Andrea Gabrieli, organista della sereniss. signoria di Venetia in S. Marco il secondo libro de Madrigali a sei voci, nuovamente composti e dati in luce. Con privilegio. — *In Venetia, appresso Angelo Gardano*, 1580, in-4°.

Dédié à l'archiduc d'Autriche Ferdinand. Gabrieli remarque combien la musique offre de douceur et de variété ; c'est là ce qui la rend si attrayante et lui donne la primauté sur les autres arts : c'est aussi pour cela que dès ses premières années il s'est livré tout entier à cette science divine. Cette épître est datée de Venise, dernier jour de mai 1580.

« Suonatore eccellente e soavissimo compositore da chiesa e da camera dalla cui scuola sono sortiti compositori stimatissimi, » dit Ottavio Pitoni dans sa *Notizia de' contrappuntisti*. On peut consulter sur ce musicien l'ouvrage concernant Jean Gabrieli, son neveu, comme lui organiste et compositeur, publié par M. de Winterfeld sous le titre de *Joannes Gabrieli* und sein Zeitalter, Berlin, 1834, in-4°, deux parties de texte et une gravée.

C. Liber primus Missarum JOSQUIN.

> Lôme arme. super voces musicales.
> La. sol. fa. re. mi.
> Gaudeamus.
> Fortuna disperata.
> Lôme arme, sexti toni.

— **Libri secundi. Missarum JOSQUIN.**

> Ave maris stella.
> Hercules dux Ferrariæ.
> Malheur me bat.
> La mi Baudichon.
> Una musque de buscaya.
> Dung aultre amer.

— **Missarum JOSQUIN Liber Tertius.**

> Mater patris.
> Faysant regres.
> Ad fugam.
> Di dadi.
> De beata virgine.
> Missa sine nomine.

Les titres ci-dessus sont ceux de la partie du *cantus* qui porte en outre la lettre *S* (superior). Les autres parties ne contiennent pas le détail des titres de messes, et n'ont au-dessous de l'intitulé général que leur lettre de désignation *A T B* (Altus, Tenor, Bassus). À la fin de la partie de basse on lit :

Hoc opus impressum est expensis Jacobi Junte Florentini
Bibliopole in Urbe Roma. ex arte et industria
eximiorum impressorum Johannis Jacobi pasoti
Montichiensis Parmensis Dioceseos
et Valerii Dorich Gheidensis
Brixiensis dioceseos
Anno Dni M.D. xxvì.
Mense Martij.

Après cette inscription se voit le signe ordinaire des Giunti, savoir un pal accompagné d'une croix en X,

ayant pour base un ovoïde dans lequel sont placées les lettres I. A. Z. et au verso la grande fleur de lys florentine adoptée par ces célèbres éditeurs. Je reviendrai sur la signification des lettres.

La même disposition existe pour les livres II et III avec cette différence qu'à la dernière ligne de l'inscription, au lieu de *Mense Martii* on lit pour le deuxième *Mense Junii* et pour le troisième *Mense Augusti*.

Cette charmante édition dont l'exécution est on ne peut plus remarquable quant à la beauté des caractères et à la netteté de l'impression, est de format petit in-4° oblong. Elle est, jusqu'à présent, restée inconnue à tous les bibliographes de la musique. Ni M. Schmid, custode de la bibliothèque de Vienne, ni M. Becker dans les ouvrages spéciaux qu'ils ont publiés (1) n'en font mention. Le premier cite bien deux autres publications de Jacques Giunta (2), mais de celle-ci pas un

---

(1) *Ottaviano dei Petrucci da Fossombrone der erste Erfinder des Musik-notendruckes mit beweglichen Metalltypen und seine Nachfolger im sech-zehnten Jahrhunderte...* Von Anton Schmid, Custos der kk. Hofbibliothek. Wien, 1845, in-8°.

Die Tonwerke des xvi *und* xvii *Jahrhunderts oder sistematisch-chrono-logische Zusammeustellung der in diesen zwei Jahrhunderten Gedruckten musikalien,* von C. F. Becker, Leipsig, 1847, in-4°.

(2) *Canzoni. Frottole. et Capitoli. Da Diversi Eccellentissimi Musici Composti. Nuovamente Stampati et Corretti. Libro Primo De La Croce.* Roma, 1526. Ce recueil contient des pièces de Sébastien Festa, de Marquet, du frère Ruffin, de deux anonymes désignés par les initiales M. C. et F. P. Le second ouvrage publié par Jacques Giunta est intitulé : *Fior de' motetti e Canzoni noui Composti da diuersi excellentissimi Musici,* imprimé aussi à Rome dans la même année 1526. Il renferme des morceaux d'auteurs anonymes; de Lheritier, de Claude, de Verdelot, de Jean Lebrung, de Laurus Patauus, enfin de François Seraphin qui a été l'éditeur du recueil qu'il dédie au cardinal Pompée Colonna. A l'exception de L'héritier et de Verdelot, tous ces compositeurs sont inconnus. Sébastien Festa était peut-être parent de Constance Festa, chantre pontifical mort en 1540; il

mot, et je ne l'ai non plus rencontrée dans aucune bibliothèque soit publique soit particulière.

Les trois livres dont se compose le recueil forment un total de dix-sept messes. La célébrité de l'auteur me décide à présenter de courtes remarques sur chacune d'elles ; on pourra y trouver quelques lumières sur la musique de la seconde moitié du xve siècle et du commencement du xvie. Ces messes sont toutes à quatre parties.

L'intitulé de la première paraît d'abord avoir été mal disposé sur le frontispice du premier livre : on croirait que les mots *super voces musicales* appartiennent à la seconde messe ; cependant il n'en est rien, car cette indication se trouve souvent employée pour désigner une messe composée sur le thème de quelque chanson vulgaire. Celle qui commence par les mots *L'homme armé* semble avoir plus que toute autre exercé le talent des compositeurs. C'est aussi celle dont la vogue à cet égard a duré le plus longtemps ; on connaît des messes composées sur la chanson de l'*homme armé* par du Fay, Busnois, Regis, Caron, Brumel, de la Rue, Pipelare, ou Pippelare, de Orto, Compère, Faugues ou Fagus (peut-être le même que Jean de la Fage), Tinctoris, Philippon, Vacqueras, Mathurin Forestyn, Josquin, Cristophe Morales, Pierluigi de Palestrina, trois anonymes, dont les deux premiers écrivaient sous le pape Innocent VIII (1484-92), et le troisième sous Jules II (1503-1512) ; enfin Jacques Carissimi vient clore cette liste par une messe à *douze parties* (1). Toutes les autres sont à quatre, Morales en a écrit

n'est guère possible que Claude soit le même que Claude Goudimel, maître de Palestrina ; François Seraphin ne saurait être confondu avec Serafino Serafini, auteur de *Napolitane* a tre, et de *Canzonette capricciose* a quattro, car celui-ci vivait postérieurement à 1550. Quant aux deux compositeurs connus, j'ajouterai que Jean L'héritier était élève de Josquin et que dans un manuscrit de Saint-Pierre du Vatican écrit en 1536, on trouve plusieurs compositions dont il est auteur. Au sujet de Philippe Verdelot, M. Fétis (art. *Verdelot*) a remarqué que l'on ignorait quels emplois il avait remplis. Peut-être a-t-il été attaché à la cour des princes de Florence et bien certainement il a fait un long séjour dans cette ville, comme nous l'apprend Bartolini dans ses *Ragionamenti accademici* ; je vais citer tout le passage : « Gia sapete, fait-il dire à Piero Dorica, l'un de ses interlocuteurs, che qui in Firenze, Verdelotto era mio amicissimo del quale io ardirei di dire, se io non avessi rispetto all'amicizia che avevamo insieme, che ci fussino, come in vero ci sono, infinite composizioni di musica che ancor oggi fanno maravigliare i piu giudiziosi compositori che ci sieno ; perche elle hanno del facile, del grave, del gentile, del compassionevole, del presto, del tardo, del benigno, dell'adirato, del fugato, secondo la proprieta delle parole sopra delle quali egli si metteva a comporre. Et ho sentito dire à molti che si intendono di queste cose, che da Josquino in quà non ci è stato alcuno che meglio di lui abbia inteso il vero modo del comporre. » D'après ce passage M. Fétis paraît s'être trompé en croyant Verdelot peu fécond. J'ai vu moi-même un grand nombre de ses compositions à la bibliothèque Magliabéchiane de Florence et j'en ai mis en partition quelques-unes que l'on trouvera dans les planches des *Essais de Diphthérographie*.

(1) Jacques Carissimi dont le père se nommait Amico, naquit à Marino

uno à quatre et une à cinq; celle de Pierluigi offre cette particularité qu'elle peut se chanter en mesure binaire et en mesure ternaire : Josquin a écrit trois messes sur ce sujet, deux à quatre et une à cinq ; les deux premières font partie du présent recueil, la troisième se conserve dans l'archive de la chapelle pontificale ainsi qu'une grande partie de celles dont je viens d'énumérer les auteurs.

Je reviendrai sur la chanson même en parlant de l'autre messe de Josquin qui porte le même titre. La première est une des plus compliquées que l'on connaisse quant à l'usage que l'auteur y fait des *proportions*. Les proportions, l'un des plus grands embarras de la notation de cette époque, consistaient à écrire une ou plusieurs parties dans une mesure différente de celle des autres, en indiquant cette circonstance au commencement ou dans le courant du morceau, par des signes souvent équivoques ou obscurs, ou par des inscriptions énigmatiques moins claires encore.

Au *Gloria in excelsis*, quand on en est arrivé au premier *Qui tollis*,

dans les Etats-Romains. On ne sait sur quels documents se fondent M. Fétis et les autres biographes, qui lui font voir le jour à Padoue. Il fut d'abord maître de la cathédrale d'Assisi et plus tard se rendit à Rome où il devint maître de Saint-Apollinaire vers 1628. Il remplit les fonctions de sa place jusqu'en 1674, année où il mourut le 12 janvier, âgé de plus de 70 ans, et fut enterré dans cette même église annexée alors au *collegio ungarico*, aujourd'hui *collegio romano*. En mourant Carissimi avait légué à cet établissement toute la collection de ses œuvres; elle s'y est longtemps conservée ainsi que son portrait. Carissimi était de haute taille, maigre et enclin à la mélancolie. Je tire ces renseignements du manuscrit souvent cité d'Octave Pitoni, et l'on doit d'autant plus s'en rapporter à cet écrivain qu'il né lui-même en 1657, il avait pu avoir des renseignements immédiats sur Carissimi dont plus tard, en 1686, il occupa la place à Saint-Apollinaire; il avait même pu le connaître dans son enfance. On voit d'après cela que Mattheson n'est aucunement fondé à lui donner 90 ans en 1672, erreur reproduite par les biographes et qui a ensuite entraîné celle de donner à sa naissance la fausse date de 1582. Puisqu'il avait *plus de 70 ans* à sa mort au commencement de 1674, il devait être né en 1603. Il est au moins fort douteux que Carissimi soit venu à Paris, quoique Le Cerf-de-la-Viéville-de-Freneuse prétende (*Comparaison de la musique italienne et de la musique française*, 3me partie, p. 202), qu'il « s'était longtemps formé en faisant entendre ses pièces aux Théatins de Paris. » Ce voyage aurait sans doute eu lieu avant qu'il n'entrât à Saint-Apollinaire, c'est-à-dire avant 1628; or, La Viéville écrivait dans les premières années du xviiie siècle et parlait sans doute sur des ouï-dire. Si, postérieurement à 1628, Carissimi fit un voyage en France, ce ne put être qu'une simple course pendant laquelle il n'est pas impossible qu'il ait fait exécuter quelque morceau dans l'église des Théatins, mais il n'avait pas besoin de cela pour *se former*. C'est aussi par erreur qu'on l'a fait maître de la chapelle pontificale. M. Fétis a établi du mieux qu'il a pu la liste des ouvrages de Carissimi; on doit y ajouter l'œuvre posthume intitulé : *Sacri concerti a due, tre, quattro e cinque voci*, Roma, pel Mascardi, 1675, in-4°. En 1665 Spiridione avait publié à Bamberg, in-4° : *Musica romana* DD. Foggiæ, Carissimi, Gratiani, *aliorumque excellentissimorum Authorum hactenus tribus duntaxat vocibus decantata*.

le ténor reprend ce qu'il a dit en allant à reculons et avec les nouvelles paroles ; cette particularité est indiquée par ces mots :

Qui tollis cancrizet
Et supradicta notet.

Au *Sanctus*, dans la partie de ténor au moment d'un changement
de mesure, on lit : *Gaudet cum gaudentibus*, ce qui signifie seulement
que toutes les parties marchent ensemble en durées de même nature
et avec une certaine vivacité. On trouvera aux planches n° VII la
partition de ce morceau.

Dans le *Benedictus*, on rencontre à la partie de basse et à celle de
soprano, qui chantent deux à deux, des canons alternatifs à deux
voix dont l'une imite l'autre à l'unisson, mais dans une mesure différente, le tout indiqué par les mots *Duo in unum*.

Même disposition au second *Agnus Dei*, mais à trois parties et
avec canon à la quarte et à l'octave inférieures. Les trois parties sont
écrites sur une seule portée dans la partie du *cantus*, comme on le
voit aux planches, n° VIII *a*.

Glaréan a publié de ce morceau une résolution (1) au sujet de
laquelle Bottée de Toulmon s'exprime ainsi : « J'ai toujours éprouvé
une espèce de suffocation et d'oppression toutes les fois que j'ai exa-
miné la traduction qu'il présente pour l'*Agnus* de Josquin.... Quelqu'un pourrait-il m'expliquer ce que signifie une traduction si éloignée
de l'original ? de quelles règles Glaréan s'est-il donc servi pour arriver
là ? » Bottée conclut de ceci que Glaréan *n'entendait rien à la musique
de cette époque qui était la sienne* (2). Il fallait en vérité que notre contemporain eût la respiration bien courte et les poumons bien faibles
pour que la résolution de Glaréan le *suffoquât* ainsi. Que ne reprenait-il
un peu haleine, sans doute il eût traité avec moins d'outrecuidance l'élève
d'Erasme et de Coclicus (3) ; Glaréan était arrivé au même résultat
que Bottée en suivant une autre marche, et n'avait pas eu comme ce
dernier, le tort de transposer sans aucun motif en *sol* un morceau que
Josquin avait écrit en *ré*. Ce tort, au reste, Cerone où Bottée avait
trouvé sa résolution toute faite (4), l'avait eu avant lui, et l'on ne con-

_____

(1) Δωδεκαχορδον, p. 443.
(2) Agnus Dei *de la messe super* l'homme armé *de Pierre Delarue*, p. 6.
(3) Il est assez singulier que Glaréan, qui pourtant devait connaître le
nom de son maître l'appelle *Cochlœus*.
(4) *El Melopeo y Maestro*, p. 1075. Ce que je dis ici de Bottée ne doit
pas donner à penser qu'il ne fût pas parfaitement capable de traduire les
pièces écrites à l'ancienne manière en notation moderne. Tout au contraire, personne, lui vivant, n'avait sur cet article des connaissances plus
avancées et plus positives ; il avait entrepris et opéré la réduction de
grand nombre de morceaux, notamment une collection de toutes les
messes composées sur la chanson de l'*homme armé* ; il espérait que cette
collection serait publiée aux frais du gouvernement qui s'en tint à faire
adresser des remercîments à Bottée, et à ordonner le dépôt de son travail
dans la bibliothèque du conservatoire. Auguste Bottée de Toulmon, né à

çoit pas pourquoi. Dans leur manière d'écrire, Cerone et Bottée pour égaliser les valeurs ont réduit les grosses notes en petites, tandis que Glaréan était arrivé au même résultat en transformant les petites en grosses.

Je donne de nouveau la résolution de cette pièce (planches n° VIII b) en conservant aux notes la figure qu'elles ont dans l'original, mais en établissant leur rapport au moyen des *stanguettes* ou barres de mesures qui sont très-suffisantes pour faire comprendre l'effet d'ensemble. C'est ainsi, je crois, que l'on doit toujours procéder dans la mise en partition de la musique antérieure au XVIIe siècle, si l'on veut que les lecteurs comprennent la manière de procéder des anciens.

Pour se rendre compte de cette résolution, il faut savoir que des trois parties qui la composent la première est désignée, quant à la mesure, par le 𝄴 suivi du 3, ce qui indique le rapport de *diminution* de telle sorte que *trois* semibrèves correspondent à *une* semibrève de la mesure ordinaire qui se trouve indiquée pour la seconde partie par le 𝄴. Enfin l'autre 𝄵 barré, sans chiffre, marque la diminution de moitié pour la valeur des notes. Sans autre moyen que le tâtonnement, on arrive à reconnaître que la résolution doit se faire à la quarte inférieure pour l'alto et à l'octave inférieure pour la basse.

Au troisième *Agnus* se lit pour canon l'inscription *Clama, ne cesses,* ce qui signifie d'ordinaire que les voix imitantes doivent chanter sans tenir compte des pauses qui se rencontrent dans la guide, mais pour faire bien entendre le sens qu'elle a dans ce morceau il serait nécessaire d'entrer dans des explications étendues qui ne peuvent trouver place ici.

La deuxième messe intitulée LA SOL FA RE MI, fut composée par Josquin lorsqu'il se trouvait en Italie, et que cherchant un emploi ou implorant une faveur, il s'était recommandé à un grand personnage qui lui répétait sans cesse : *Lasci far a me;* en français : *Laissez-moi faire,* sans que cette bonne intention aboutît à rien. L'idée qu'eut Josquin de composer une messe à ce sujet est d'autant plus plaisante que les notes *la sol fa ré mi* représentent parfaitement l'expression que certaines bouches telles que celle du courtisan protecteur, donnent à la réponse *lasci far a me,* aujourd'hui encore fort en usage dans la Péninsule. Elle n'offre d'ailleurs aucune autre singularité importante.

La troisième messe *Gaudeamus* est traitée sur l'intonation de l'introït du premier mode qui débute par ce mot et sert pour plusieurs

Paris le 15 mai 1797, y est mort d'apoplexie dans la nuit du 22 mars 1850. Il avait été quelque temps avant sa mort attaqué d'un ramollissement du cerveau et ne s'occupait plus de musique. J'aurais volontiers saisi cette occasion de donner une notice sur cet homme distingué, mais il serait nécessaire de discuter certaines assertions exprimées dans d'autres notices et une simple note n'y suffirait pas. Qu'il me suffise donc de dire que par différentes causes ses travaux, aussi sérieux que persévérants, n'ont eu ni pour sa réputation, ni pour la science musicale le résultat qu'ils méritaient.

fêtes. Au *Gloria in excelsis* la partie de ténor commence par des pauses suivies d'un passage de quelques notes où se trouve le thème de la messe : ce passage doit se répéter onze fois de suite, ce qui est annoncé par ce vers :

Undecies canit ex pausis linquendo priores.

On a imprimé *de pausas*, ce qui est évidemment une erreur. Au second *Agnus* les parties de basse, ténor et alto se taisent, il ne reste que le soprane ; mais en avant de sa partie se trouve le mot *diaphonia* qui détourné du sens qu'il avait au moyen-âge annonce ici une imitation canonique à l'unisson.

La messe suivante composée sur le motif d'une chanson italienne commençant par les mots *Fortuna disperata* ou *Per fortuna disperata* présente au *Credo*, dans la partie de soprane, l'inscription en tête : *Crescat in duplum*. Cet avis n'annonce aucune imitation, mais simplement la duplication continuelle de la note écrite, et le plus embarrassant, c'est que les notes en croissant peuvent recevoir un plus grand nombre de syllabes. Ainsi les notes de la première portée de l'exemple IX *a* doivent se lire comme on le voit à la portée au-dessous, n° IX *b* (Voyez les planches).

A quoi pouvaient servir de pareils embarras, si ce n'est à produire une mauvaise exécution ?

Dans le *Sanctus* l'alto est écrit sur la clef de *fa* troisième ligne, avec l'inscription *conscendit in diapente*, ce qui signifie qu'au lieu de lire comme il est écrit il faut chanter une quinte plus haut. A l'*Hosanna* on lit dans cette même partie : *Decrescit conscendens in diapente* : cela veut dire que la partie se chante à la quinte comme précédemment, mais en ne donnant aux notes que la moitié de leur durée ; ainsi la partition doit être effectuée comme on le voit dans les planches au n° X.

Ces difficultés ne sont rien auprès de l'énigme qui se trouve au premier *Agnus* de la partie de basse : voyez aux planches n° XI *a* cette partie de *basse* écrite sur la clef d'*ut* première ligne. Voici les deux vers qui l'accompagnent :

In gradus undenos descendant multiplicantes
Consimilique modo crescant antipodes uno.

Je ne fais aucune difficulté d'avouer que, selon toute apparence, jamais je ne serais parvenu à deviner ce que pouvaient précisément signifier ces deux vers dans leur application à la musique, et il faut croire que l'on en a senti de bonne heure l'obscurité, car on a cru devoir les expliquer dans le livre même en écrivant la partie telle qu'elle doit être chantée. Voici donc comment il faut interpréter l'énigme : Descendez de onze degrés, *in gradus undenos*, et par conséquent au lieu du *fa* sur la clef d'*ut* première, lisez un *ut* sur la clef de *fa* quatrième, et suivez ainsi en multipliant (par deux) les durées, *multiplicantes*, vous aurez alors une longue à la place de la brève et ainsi de suite ; vous prendrez le contrepied, c'est-à-dire le mouvement contraire, *antipodes*, en multipliant de la même manière, *consimili modo crescant*, et vous obtiendrez des maximes à la place des longues, ce qui équivaut au trait suivant, n° XI *b*. -

Au sujet de ce morceau, Glaréan fait observer d'abord qu'il est singulier que l'auteur l'ait écrit en mode ionique (finale *UT*) tandis que toute la messe est traitée en mode lydien (finale *FA*); il ne sait si la chose a été faite à dessein ou par hasard. Il ajoute que le canon inscrit ici est une des inepties familières aux chantres. Tout autre qu'Œdipe lui-même comprendrait-il l'énigme d'un pareil Sphinx? Mais dit encore Glaréan, Josquin a voulu se prêter au goût des gens auxquels il avait affaire, selon l'adage qu'il faut *renarder avec le renard*, autrement d'après le dicton vulgaire, *hurler avec les loups quand on les fréquente* (1).

Je serais plutôt tenté de croire qu'en mettant en avant de semblables extravagances, les compositeurs, et plus que tout autre notre Josquin qui était homme d'esprit, n'avaient d'autre idée que de se moquer des exécutants.

Le second *Agnus* est encore écrit sur la clef d'*ut* avec les mots *deorsum in diapason*, ce qui veut dire qu'il doit être chanté à l'octave inférieure.

J'ai promis quelques renseignements sur la chanson de l'*homme armé* qui a, comme on l'a vu, exercé le talent de tant de compositeurs. Il faut qu'elle ait été fort en vogue et que les paroles ou la mélodie aient eu dans le temps un succès vraiment populaire. A la vérité quantité d'autres chansons de la même époque ont été *mises en messes* par plusieurs compositeurs, mais aucune ne l'a été dans une pareille proportion. Des paroles on ne connaît que le fragment suivant appartenant sans doute au premier couplet:

Lome lome lome arme et Robinet tu mas
La mort donné quand tu ten vas (2).

Veut-on en connaître la mélodie? on la trouve aux planches, n° XII *a*, telle que nous la représente la première des deux messes de Josquin.

Nul doute qu'il n'y ait lieu à un *da capo* et que la pièce ne doive finir en *sol*, étant basée sur le septième mode du plain-chant. Josquin dans sa première messe a considéré ce motif comme terminant en *ré* et l'a traité comme s'il était du premier mode.

Pierluigi qui a, comme on l'a vu plus haut, travaillé le même motif

(1) « Cæterum canone, cantorum more ineptit. Quis enim intelligat hujusmodi sphingos ænigma præter ipsum Œdippum? Sed morem gessit vulgo cantoribus secundum illud : Ἀλωπεχίζειν πρὸς ἑτέραν ἀλώπεκα· id est *cum vulpe vulpinare*, ut erudite vertit D. Erasmus. Quod vulgus ineruditum inquit:

Ulula cum lupis quibuscum esse velis.

(2) Ce passage est cité par Jean Tinctoris dans son *Proportionale musices*, ms.

dans une messe à cinq voix, présente cette mélodie avec plus de simplicité et de régularité telle qu'on la voit aux planches, n° XII *b*.

Dans la messe du sixième mode, Josquin se sert du même motif que dans celle du septième mode, mais en le lisant une seconde plus bas et en n'employant que la première partie qui, de la sorte, se termine en *fa*.

Reste à savoir quel est l'auteur de cette chanson si célèbre. Aucun des historiens de la musique, aucun des biographes ne l'indique. Cependant deux écrivains célèbres dont le premier était presque contemporain de l'auteur, avaient donné sur ce point un renseignement qui est passé inaperçu. Pierre Aaron nous apprend que cette célèbre chanson qui pendant près de deux cents ans fut prise pour thème de messe par les plus grands compositeurs, était, selon l'opinion commune, due à Antoine Busnois : *Si existima che da Busnois fussé trouato quel canto chiamato lome armè* (1). Pierre Cerone dit la même chose en renvoyant au même Aaron.

J'ai trouvé dans un manuscrit de la bibliothèque Casanatense à Rome cette même chanson mise en musique par Pierre Morton ; elle est à quatre parties et je la publierai ailleurs. Martini avait cru que la chanson de l'*homme armé* était une chanson provençale (2) ; c'est évidemment une erreur ; Burney en raison du commencement des paroles connues seulement d'après les messes intitulées l'*homme armé*, pense qu'il s'agissait d'une chanson de guerre (3), et il a même conjecturé que c'était une des célèbres chansons destinées à célébrer la valeur de Roland, l'un des compagnons de Charlemagne. Le fragment cité ci-dessus semble annoncer tout autre chose ; d'ailleurs la véritable chanson, ou pour mieux dire le poème de Roland, a été retrouvé en ces dernières années dans une bibliothèque d'Angleterre et publié par M. Francisque Michel (4).

Le premier livre se termine par un motet fort digne d'attention sur des paroles tirées du *Cantiques des Cantiques*. Je le reproduis au n° XIII des planches, mis en partition sur les clefs en usage aujourd'hui, parce qu'il est de nature à être exécuté. Beaucoup de personnes s'étonneront peut-être de plusieurs quintes par mouvement semblable qui se rencontrent entre les parties. J'ai cru d'abord que c'était là un de ces vices, restes de la barbarie du moyen-âge, que la savante et délicate école de Palestrina et des autres compositeurs romains de son temps eut tant de peine à extirper entièrement ; j'ai pensé ensuite que Josquin, homme de génie et d'imagination, mais ainsi qu'il arrive souvent aux artistes de progrès, un peu négligé dans son style, avait commis ces

(1) *Thoscanello della Musica di Messer Pietro* AARON *fiorentino.* L. I, c. 38, éd. de 1523.
(2) *Saggio fondamentale pratico di contrappunto*, 1ª parte, p. 129.
(3) *A general history of Music*, t. II, p. 393.
(4) *La chanson de Roland ou de Roncevaux du* XIIᵉ *siècle, publiée pour la première fois d'après le manuscrit de la bibliothèque Bodléienne à Oxford*, par Francisque Michel, Paris, 1837, in-8°.

fautes par pure distraction et parce que, selon toute apparence, il écrivait très-rapidement et ensuite revoyait peu ses ouvrages.

Toutefois en y regardant de plus près, j'ai cru m'apercevoir que ces fautes n'étaient au fond que les *quintes cachées* que nous nous permettons aujourd'hui sans scrupule, à l'exemple des compositeurs de tous les temps et les plus estimés. Seulement par une raison difficile à concevoir, Josquin remplit de degrés conjoints l'intervalle de quarte ou de quinte que nous avons si grand soin de laisser vide; toutes ses précautions se bornent à donner aux notes de remplissage une courte durée. Je ne comprends aucunement quel avantage il pouvait y trouver.

Dans tout le cours du morceau j'ai placé les accidents que, selon l'usage du temps, l'auteur n'indique pas, et à cet égard je ne me suis point montré parcimonieux. Chacun demeure libre d'en prendre ce qu'il voudra et même de n'en rien prendre du tout, puisque les accidents sont marqués non au-devant des notes, mais au-dessus. Sur ce point les avis sont fort partagés, et comme la question est assez compliquée, je m'écarterais trop de mon sujet en cherchant à l'éclaircir dans un cas où elle ne se présente qu'accidentellement.

Le second livre s'ouvre par une messe composée sur la mélodie de l'hymne *Ave maris stella* ou, plus exactement sur la mélodie de ce premier vers. Le premier et le dernier *Agnus* offrent des imitations canoniques que nous appelons aujourd'hui *canons* et qu'alors on nommait *fugues* ou *chasses*.

La deuxième messe intitulée *Hercules dux Ferrariæ* donne lieu à des réflexions qui me semblent intéressantes, mais qui m'entraîneraient trop loin. Je la publierai en entier et j'y joindrai une dissertation de quelque importance. On pourra réunir la messe et la dissertation au présent opuscule.

La messe *Malheur me bat* offre dans la partie de ténor une réitération continuelle de chaque phrase du *Gloria in excelsis*, et la même particularité se présente au *Credo* dans la partie de soprane. Au premier *Agnus* se trouve un canon *De minimis non curat prætor*, ce qui signifie que le conséquent en reproduisant l'antécédent néglige les minimes et semiminimes (blanches et noires). Au dernier *Agnus*, fugue continue dans la basse à une distance de minime.

L'ami Baudichon, madame, refrain d'une chanson du temps, sert de thème à la neuvième messe traitée dans le même genre que la septième, mais avec des durées plus longues. Le *tacet* de la partie de ténor dans le second *Agnus* est indiqué par les mots *Agnus secundus non est cum grege*. Il n'y a pas de troisième *Agnus*; on répète le premier. Ce même refrain de *l'ami Baudichon* se trouve associé à d'autres chansons dans une pièce singulière publiée il y a quelque temps par M. Morelot (1).

La suivante *Una musche de Buscaia* n'offre rien de nouveau; elle ne possède pas d'*Agnus* spécial; on répète le chant des *Kyrie*. J'ai re-

_____

(1) *De la Musique au XVᵉ siècle. Notice sur un manuscrit de la bibliothèque de Dijon*, par M. Stéphen MORELOT.... *Extrait des Mémoires de la Commission archéologique de la Côte-d'Or*, Paris, 1856, planche D.

trouvé la chanson *Una musche de Buscaja* dans un manuscrit italien dont je parlerai ailleurs (1).

D'ung autre amer où *amour*, dernière messe du second livre est très-brève. Elle n'offre aucune des intrigues que Josquin aime tant à répandre dans ses ouvrages. Au *Sanctus*, en place du *Benedictus*, on trouve un morceau qui donnerait à penser que cette messe a été écrite pour un temps de pénitence; Josquin y sort complétement de ses habitudes de composition : le chant est presque syllabique, les parties marchent continuellement ensemble, rien de plus majestueux et de plus conforme au sens des paroles. Je reproduis en entier aux planches, n° XIV, ce beau fragment. J'ai marqué en dessus des notes les accidents qu'alors on n'indiquait pas. Le dièse du *fa* à la dernière syllabe du mot *creator* est marqué dans mon édition.

Le troisième livre s'ouvre par la messe *Mater patris;* j'ignore ce qui lui a fait donner ce nom. Elle n'offre point, non plus que la précédente, d'intrigue particulière : le dernier *Agnus* est à cinq voix, la partie supérieure étant double.

La treizième messe de tout le recueil, *Faisant regrets*, roule sur un thème de quatre notes

constamment répété par la partie de ténor sur différents degrés de l'échelle. Elle est presque syllabique dans le *Gloria* et le *Credo*. Au dernier *Agnus* le contralte emploie la suite de la chanson *tout à part moi*,

qu'il répète aussi constamment sur différents degrés sans que pour cela le ténor cesse de reproduire le commencement. Josquin s'est amusé sans doute à suivre l'idée des paroles en ne faisant paraître la seconde petite phrase qu'au dernier morceau et dans une seule des quatre parties.

La quatorzième messe *Ad fugam* que nous appellerions aujourd'hui *messe en canon* contient une imitation perpétuelle du soprano par le ténor à la quinte inférieure, les deux autres parties restant indépendantes. Chaque morceau commence identiquement de la même manière, puis le début terminé, continue par des mélodies idéales.

Glaréan qui a donné le *Pleni sunt* de cette messe comme exemple du mode éolien, observe que certains auteurs l'attribuent au mode dorien, et cite à cette occasion un autre morceau de notre auteur où la mélodie est évidemment éolienne, bien que la conclusion soit ionienne. Josquin, ajoute-t-il, se permet souvent des licences de ce genre, préférant l'agrément de la cantilène aux règles strictes de la nature des modes (2).

(1) Dans la seconde partie des *Essais de Diphthérographie musicale*.
(2) Δωδεκαχορδον, p. 256.

La quinzième messe est intitulée *Di dadi*, c'est-à-dire messe *de dés*, ou, dans la partie de ténor, *dadi supra nara*. J'ignore ce que signifie ce dernier mot qui ne paraît pas entier. La messe elle-même porte son nom *Di dadi*, parce que Josquin y indique le rapport de durée des notes entre elles au moyen de deux faces de dés, représentées dans la partie de ténor de telle sorte que l'une des faces exprime le nombre de valeurs qui passe dans les autres parties, et la seconde qui est toujours l'unité offre celle qui leur correspond dans le ténor. Ainsi

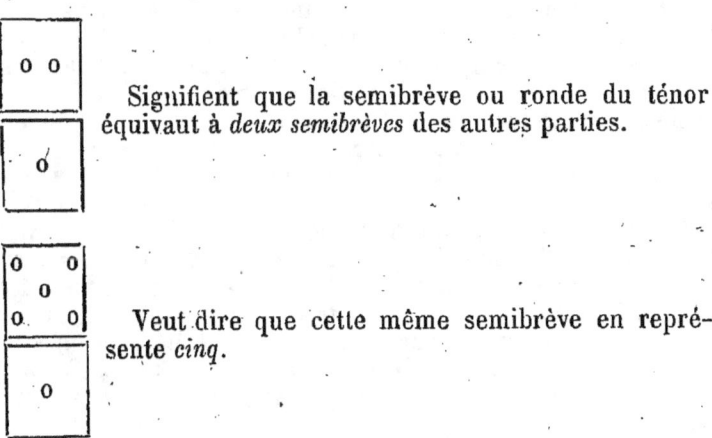

Signifient que la semibrève ou ronde du ténor équivaut à *deux semibrèves* des autres parties.

Veut dire que cette même semibrève en représente *cinq*.

Cette dernière proportion que Josquin n'emploie qu'au *Sanctus* est la plus difficile à établir, parce que pour arranger les choses de telle sorte qu'une seule figure corresponde à cinq, il faut continuellement qu'une valeur parfaite, c'est-à-dire équivalant à trois temps, s'unisse à une valeur imparfaite qui n'en vaut que deux, l'une et l'autre formant ensemble le nombre de cinq temps. Pour mieux faire comprendre ceci, je donne, n° XV, dans les planches, le *Sanctus* de la messe *de dés*, en représentant la partie de ténor telle quelle est écrite et telle qu'elle doit se chanter.

La seizième messe *De beata Virgine* est tirée du plain-chant et contient dans le *Gloria in excelsis* des intercalations de paroles dont j'ai parlé ailleurs (1). Dans le *Credo* qui est traité sur le plain-chant du *Credo* ordinaire, il y a pour le ténor un canon indiqué dès le commencement par ces mots : *Le premier va devant*, ce qui indique qu'un second ténor doit chanter à la quinte inférieure ce que vient de dire le premier. Aux paroles *Et in spiritu*, les rôles changent : *Le dernier va derrière*, c'est-à-dire que celui qui précédemment suivait, part le premier, en commençant deux mesures avant la partie écrite. Le second ténor se trouvant ainsi écrit sans préjudice des autres parties et cet état de choses durant pendant tout le *Credo*, ce morceau se trouve réellement à cinq parties. Au *Sanctus* autre canon : *Vous jeûnerez les Quatre-Temps*, qui se lit dans le ténor et marque l'entrée de la partie imitante

(1) *Essais de Diphthérographie musicale*, p. 263.

après *quatre mesures*, d'où il résulte que le morceau est encore à cinq voix. Même canon dans la basse pour le troisième *Agnus*. Glaréan a publié le second comme exemple du mode hypomixolydien et il en loue l'extrême élégance (1).

La dix-septième et dernière messe *Sine nomine* est d'un bout à l'autre en imitation continue entre deux des quatre voix et à différents intervalles, celles des voix qui n'imitent pas, marchant en liberté. Il résulte de là que la messe bien que disposée à quatre parties n'en offre que trois écrites. Le ténor a sa partie pour le *Kyrie* dans le soprano, pour le *Gloria* dans la basse, pour le *Sanctus* dans l'alto, pour l'*Hosanna* et le premier *Agnus* dans la basse, pour le dernier *Agnus* dans le soprano. L'alto trouve sa partie du *Credo* dans le ténor. Cette disposition admissible lorsque l'on chantait sur un livre unique où tous les chanteurs prenaient leur partie à la place où elle se trouvait, devenait inévitablement fort incommode quand on exécutait sur des parties séparées.

Glaréan parle d'une dix-huitième messe de Josquin, travaillée sur la mélodie de l'hymne *Pange lingua*, et il en cite le *Pleni sunt* comme exemple du mode phrygien (2). Cette messe existe dans l'archive de la chapelle pontificale, où l'on trouve encore six autres messes de notre auteur, outre plusieurs de celles qui ont été imprimées : en voici les titres : *De village ;* — *Des rouges nez ;* — *Da pacem Domine ;* — *De tous biens pleine ;* — *De nostra Domina prima ;* — *De nostra Domina secunda.*

On sait quelles louanges ont été données à Josquin par ses contemporains et ses successeurs. Elles étaient méritées, car ce compositeur possédait une imagination vraiment prodigieuse, jointe à une profonde connaissance de tous les artifices scientifiques, à une étonnante rapidité d'exécution et à une merveilleuse puissance d'invention. Telles sont les qualités qui lui ont valu de son temps même l'honneur d'être comparé à Michel-Ange. On trouvait que l'un et l'autre étaient de véritables prodiges de la nature ; que parmi ceux qui les avaient suivis dans la carrière aucun n'avait encore pu les atteindre : ces deux grands génies, disait-on, resplendissent d'une vive lumière ; ils ont en quelque sorte ouvert les yeux de ceux qui cultivent et cultiveront les arts dont ils font la gloire (3).

Baini a donné du mérite particulier de ce grand musicien une appréciation généralement fort juste (4) quoique peut-être il n'appuie pas assez sur l'impulsion qu'il a donnée à l'art et sur le sentiment mélodique qui, chez lui, perce à chaque instant au milieu des artifices de toute sorte qu'il emploie, des complications de mille espèces dans lesquelles il se joue, des obligations étranges qu'il s'impose et semble défier. On dirait qu'il aime à se faire serrer les membres de liens pour

(1) Δωδεκαχορδον, p. 305.
(2) Δωδεκαχορδον, p. 321.
(3) Cosimo BARTOLI, *Ragionamenti accademici*, lib. I, p. 35, édition de 1567.
(4) *Mem. della vit. di Palestrina*, t. II, p. 407 et suiv.

se donner le plaisir de les briser sans effort, comme Samson rompait les cordes dont l'attachaient les Philistins.

Une critique assez juste, remarquable par rapport au temps où elle fut faite et qui porte sur tout l'ensemble des compositions de Josquin, est celle de Hermann Finck qui vivait moins d'un demi-siècle après lui et trouve (1) que la composition de Josquin, bien que savante et agréable, est trop nue et ses fugues trop coupées de pauses. Au reste Finck ne l'en regarde pas moins comme le *père des musiciens*. Je n'aurais pas cité cette critique d'un auteur dont le livre n'a guère d'autre mérite que d'être devenu d'une extrême rareté et dont Caffiaux (2) a dit avec raison qu'il plaindrait fort ceux qui en seraient réduits à étudier la musique dans un livre aussi mal digéré, si elle ne prouvait l'extrême activité musicale qui distingua le commencement du XVIᵉ siècle, et combien à ce moment les progrès furent rapides.

On ne sait pas communément que Josquin a été l'inventeur d'un procédé de solfége destiné à simplifier le système des muances. C'est Jean Millet qui nous l'apprend (3) et nous dit que cette invention eut lieu vers 1504 et que de son temps plusieurs maîtres s'en servaient *à cause qu'elle n'est pas si spéculative que celle d'Arétin*, c'est-à-dire de *Guido d'Arezzo*. Il est impossible d'exposer ici un tel système, parce qu'il faudrait entrer sur les muances dans des détails que ne comporte pas cet Extrait. Il suffira de dire que dans la manière de Josquin, les notes qui dans l'autre manière avaient deux et trois noms n'en avaient plus qu'un. Notre compositeur semblait pressentir l'invention du *si*.

La plupart des faits relatifs à Josquin ou Josse Dés Prés, de Pré, du Pré, du Prat, car on a le choix entre tous ces noms (4), sont mal

(1) *Practica musica*, imprimé à Wittemberg en 1556, in-4°.

(2) *Histoire de la Musique*, livre V, ms.

(3) *Le Directoire du chant grégorien*, imprimé à Lyon en 1666, p. 9.

(4) Et même entre plusieurs autres, car notre compositeur est encore désigné sous les noms de *Jusquin, Jossien, Jodocus, Jodoculus, Giuschino*, etc., et pour le nom de famille *de Spiriet, a Prato, a Pratis, Pratensis*, etc. Il ne faut pas s'étonner des doutes fréquents qui s'élèvent sur la véritable orthographe de quantité de noms propres. Pendant longtemps d'abord l'habitude de les latiniser a été une source d'erreurs, et plus tard celle de franciser les noms étrangers n'a pas été moins nuisible. D'ailleurs la prononciation lâche et incorrecte des parisiens a dû entrer en bonne part dans le mal. Au XVIIᵉ siècle encore on semblait n'y attacher aucune importance. Ainsi n'est-on pas surpris aujourd'hui de voir notre immortel La Fontaine appeler *Chamelay* Mᵉˡˡᵉ Champmêlé, célèbre actrice, son amie intime; ceci étonne d'autant plus, qu'il avait composé plusieurs pièces de théâtre en société de Charles Chevillet de Champmêlé, époux de celle-ci, à laquelle le fabuliste dédiait vers 1780 le conte de *Belphegor*. Autre exemple : si quelqu'un devait connaître le nom de *Puyguilhem*, depuis *duc de Lauzun*, c'était assurément Louise d'Orléans, fille de Gaston, duchesse de Montpensier, appelée la *grande Mademoiselle*; on sait toutes les folies qu'elle fit pour lui et comment il l'en recompensa; eh bien, elle l'appelle constamment *Péguillin*. Ce n'est qu'au siècle passé que l'on a commencé à respecter l'orthographe des noms propres, et Voltaire a puissamment contribué à cette amélioration en rectifiant chaque

connus et incertains. Perne s'est efforcé d'y répandre quelque lumière (1), mais ce que l'on sait de plus positif à son égard, c'est que
son existence fut agitée, inquiète et vagabonde comme son imagination, qu'il voyagea beaucoup, écrivit beaucoup, et, selon toute apparence, en dépit du grand cas que l'on faisait partout de ses ouvrages,
ne fut jamais très-heureux.

On peut même croire que le grand succès de ses ouvrages et l'en-
thousiasme que l'on montra pour eux ne data que de l'époque de sa
mort ou de sa vieillesse. De là sans doute son humeur inquiète qui ne
lui permettait de se fixer nulle part et qui lui fit quitter successivement les emplois qu'il avait obtenus. On sait de la manière la plus
positive qu'en Italie, où il avait passé sa jeunesse, il ne fut en ces
temps nullement apprécié, comme l'indique ce beau sonnet de Serafino
d'Aquila (2) que Zarlino nous a conservé, et dans lequel l'ami de Josquin s'efforce d'arrêter les plaintes que lui arrachait sa triste situation :

> Giosquin non dir che 'l ciel sia crudo e empio,
> Che t'adornò de si sublime ingegno ;
> E s' alcun veste ben, lascia lo sdegno
> Che di ciò gode alcun buffone o scempio.
> Da quel ch' io ti dirò prendi l'essempio :
> L'argento e l'or, che da se stess' è degno,
> Si mostra nudo, e sol si veste il legno,
> Quando s'adorna alcun theatro o tempio.
> Il favor di costor vien presto manco,
> E mille volte il di, sia pur giocondo,
> Si muta il stato lor di nero in bianco.
> Ma chi ha virtù gira a suo modo il mondo,
> Com 'huom che nuota e ha la zucca al fianco,
> Metti 'l sott' acqua pur, non teme il fondo (3).

Fut-il plus heureux dans les autres pays et notamment à la cour de
France qu'il fréquenta ? il est fort permis d'en douter, et bien certainement s'il finit par obtenir une plus heureuse position ce ne fut
qu'après des sollicitations longtemps oubliées ou repoussées. L'anec-
docte rapportée à ce sujet prouve au reste que cet esprit ingénieux qui se

fois que l'occasion s'en présentait, les noms mal orthographiés. On sait
aussi qu'à la cour de France le bon ton autorisait à mal prononcer le nom
des gens de lettres ou des artistes, dont les *titres* étaient à la vérité d'une
autre nature que ceux des grands seigneurs. Ainsi le maréchal de Riche-
lieu, tout homme d'esprit qu'il était, trouva toujours fort plaisant de paraître ignorer le nom de l'abbé *Arnaud* en le nommant constamment
l'abbé *Renaud*.

(1) V. la *Revue musicale* publiée par M. Fétis, année 1827, t. II, p. 265.
(2) Séraphin d'Aquila dont on ignore le véritable nom de famille,
est fort connu sous celui de la ville où il naquit en 1466 ; il était poète
et musicien, et improvisateur dans l'un et l'autre genre ; les contemporains vantent l'expression et la grâce des airs qu'il chantait et dont il
était à la fois le poète, le compositeur et l'exécutant. Il mourut à Rome
le 10 août 1500, n'ayant pas encore accompli sa trente-cinquième année.
(3) ZARLINO. *Sopplimenti musicali*, p. 314.

montre si souvent dans ses compositions le suivait partout. Voici comment Choron raconte le fait d'après Glaréan : « Louis XII avait promis un bénéfice à Josquin et oublié sa promesse ; pour la lui rappeler le musicien composa un motet (1) sur ces paroles : *Memor esto verbi tui*, etc. (Souvenez-vous, Seigneur, de vos promesses). Le roi n'y ayant pas fait attention, Josquin en fit un autre sur ces paroles : *Portio mea non est in terra viventium* (Je n'ai point de partage sur la terre des vivants). Cette fois le roi comprit le sens du motet et donna un bénéfice à Josquin qui, pour le remercier, composa un troisième motet sur ces paroles : *Bonitatem fecisti cum servo tuo, Domine*, etc. (Vous avez usé de bienfaisance envers votre serviteur), etc. Mais Glaréan remarque que le désir l'avait mieux inspiré que la reconnaissance et que son dernier motet ne valait pas le précédent. Glaréan raconte encore que Josquin composa pour Louis XII, qui avait la voix très-faible, un canon à quatre parties où ce prince faisait une tenue et il rapporte ce canon qui n'a rien d'extraordinaire (2). »

Ce dernier morceau en effet, n'a d'autre intérêt que la circonstance qui l'a inspiré ; il termine au n° XVI, les planches qui accompagnent le présent opuscule. Glaréan l'a publié (3) sans donner les deux canons qui l'accompagnent dans l'édition de Danckerts (4). Celui de la première voix est ainsi conçu : *Præcedat Dominus meus et ego paulatim sequar vestigia ejus* (5), et celui de la voix du roi, *vox regis*, comme le marque Josquin, *Clama, ne cesses* (6). En effet la voix royale part la première, elle est fixée dans l'aigu et ne s'arrête pas jusqu'à la fin ; le premier canon est à deux voix à l'unisson, parce que la partie était chantée par deux enfants ou pages de la musique du roi. Glaréan observe avec raison que, pour le cas présent, Josquin ne pouvait mieux faire ; ayant à composer pour un roi doué d'une mauvaise voix et qui, ne sachant pas la musique, voulait cependant *faire sa*

---

(1) Il fait partie des planches des *Essais de Diphthérographie*.

(2) *Dictionnaire historique des Musiciens*, par AL. CHORON et F. FAYOLLE, art. *Josquin*. Cette citation m'engage à reproduire ici une remarque que j'ai déjà faite dans la seconde édition de la *Biographie universelle ancienne et moderne* (Michaud), art. *Fayolle* ; c'est que ce dictionnaire que l'on a été heureux de posséder tant que celui de M. Fétis n'a pas existé, devrait presque toujours être cité sous le seul nom de Fayolle. Choron n'a fourni que l'excellent *Sommaire de l'histoire de la musique* et un petit nombre d'articles dont je vais donner la liste, afin qu'il n'y ait plus d'incertitude à cet égard. Dans le premier volume : *Albrechts-Berger, Benevoli, Bonesi, Brumel, Caresana, D'Alembert, Denis (Pietro), Durante, Fenaroli, Finck, Fiocchi, Fux, Glaréan, Guy d'Arezzo, Hobrecht, Josquin, Leduc (Simon), Leduc (Pierre), Leduc (P.-Ant.-Auguste)*. Dans le second volume *Marcello, Martin (N.), Monge, Mouton, Neukomm, Okenheim, Paisiello, Palestrina, Puteanus, Rameau, Roussier, Sabbatini, Sala, Tinctor*. Dans les additions, l'article *Hucbaldus*.

(3) Ouvrage précité, p. 469.

(4) Voyez plus haut, p. 88.

(5) *Genèse*, c. XXXIII, v. 14.

(6) *Isaïe*, c. LVIII, v. 1.

partie, non seulement il ne lui avait donné qu'un degré unique à faire
entendre, mais il y joignit une partie pour lui-même où il faisait
d'une note à l'autre résonner la note même du roi, afin de venir en
aide à son faible organe. Alors, dit Glaréan, *éclata le miracle d'un roi
chantant avec ses musiciens*, et il ajoute, relativement aux paroles, une
phrase qui nous paraît fort singulière. Elles étaient, dit-il, dans ce
latin mutilé que les Français ont substitué à l'ancienne langue de leur
pays et qu'ils balbutient plutôt qu'ils ne la parlent (1). Quelles que
fussent ces paroles il est malheureux que ni Glaréan ni Danckerts ne
nous les aient conservées.

On fit à la mort de Josquin des *déplorations* et des épitaphes. En
voici une qui n'est qu'une plaisanterie et a été moins citée que les
autres :

> Hic jacet Jodocus,
> Qui fuit Romæ coquus,
> Magister in artibus
> Et doctor in partibus,
> Et de gratia speciali
> Mortuus in hospitali.

Espérons que notre Josquin n'est pas plus mort à l'hôpital qu'il n'a
été cuisinier à Rome. En effet, on croit qu'après avoir obtenu de
Louis XII le bénéfice dont il a été parlé plus haut, il ne le conserva
pas et entra au service de l'empereur Maximilien qui au bout de quelque temps lui donna un canonicat à Condé, en Hainaut; il y serait
mort doyen du chapitre.

Les messes de Josquin dont je viens de donner une idée avaient déjà
été imprimées deux fois par Octave Petrucci, d'abord à Venise, le
premier livre le 27 septembre 1502 : « Cum priuilegio inuictissimi
Dominij Uenetiarum, quod nullus possit cantum figuratum imprimere
sub pena in ipso priuilegio contenta. » Ce premier livre contenait aussi
le motet *Tota pulchra es* donné plus haut. M. Becker (2) cite de ce
livre une autre édition de la même année, 27 décembre, mais tout
porte à croire qu'il a été trompé par quelque renseignement inexact
ou qu'il s'agit simplement d'un carton (3), car, fût-il même possible

----

(1) « Rarum miraculum, regem ipsum cum suis cantoribus intonan-
tem. Verba erant linguæ romanæ, illius mutilæ, qua nunc, derelicta
vetere Gallorum lingua, Gallia balbutit verius quam loquitur ».

(2) *Die Tonwerke des* XVI *und* XVII *Jahrhunderts, etc.*, p. 1.

(3) Dans le langage typographique on appelle *carton* tout feuillet réimprimé après que le tirage a été achevé et qui se substitue au lieu et
place d'un autre feuillet supprimé. L'emploi du carton peut avoir lieu de
deux manières : la première a pour but de corriger une faute ou omission grave pour laquelle l'*errata* ordinaire paraît insuffisant. C'est ce qui
dut arriver pour certaine édition d'un rituel publié au siècle passé. Dans
cette édition belle de tout point les rubriques étaient en français et en un
endroit on lisait : « Ici le célébrant ôte sa culotte. » Un carton fut fait pour
remplacer l'*u* par un *a*; mais comme beaucoup de plaisanteries avaient été
débitées à ce sujet, l'édition eut grande peine à se relever. Je connais

qu'une première édition ait été épuisée en deux mois, ce qui n'est pas croyable, on n'eût point eu alors en ces deux mêmes mois le temps matériel suffisant pour en recomposer et en tirer une nouvelle ; la similitude de date du 27 septembre et 27 novembre semble aussi indiquer une distraction dans la transcription du titre. Le second et le troisième livres parurent en 1503.

Une seconde édition de ces trois livres fut publiée par le même Petrucci lorsqu'il fut retourné à Fossombrona, sa ville natale : « Impressum Forosempronii per Octauianum Petrutium ciuem Forosemproniensem. Anno Domini 1514, die primo martii. Dominante inclito ac excellentissimo Principe Domino Franciscomaria Feltrio de Ruere : Urbani Soraeque Duce. Pisauri etc. Domino : Alme Vrbis Praefecto : ac exercitus San. Ro. E. Imperatore inuicto. » Le deuxième livre parut le 11 avril 1515 et le troisième le 19 mai 1516. Ces deux premières éditions sont in-4°.

L'édition qui fait l'objet de cet article est donc la troisième, sans

plus d'un *bibliomane* qui paierait aujourd'hui fort cher l'édition où le carton ne se trouve pas.

Le second usage du carton est de substituer au titre primitif d'un livre un titre nouveau supposant une édition entièrement nouvelle. C'est une supercherie d'éditeur fort anciennement usitée et dont les célèbres imprimeurs vénitiens du xvie siècle se sont assez souvent rendus coupables. Le plus ancien ouvrage de musique à ma connaissance où l'on ait ainsi mis le public dans l'erreur est le traité de Barthélemi Ramis ou Ramos de Pareja ou Paveja intitulé : *De Musica Tractatus, sive Musica practica*, imprimé à Bologne, *dum eam publice legeret impressa* XI maij 1482, in-4°, et qui fut modifiée presque aussitôt et donnée avec des cartons et un nouveau titre portant : *Editio altera aliquant. mutata. Bononia, die 5 junii* 1482. Ici toute la supercherie consistait dans les mots *editio altera*. Mais une autre manière de tromper le public a souvent été de changer au moyen d'un nouveau titre le millésime de la publication. On l'a employée à la fin du xvie siècle pour les *Istituzioni Harmoniche* de Zarlino. De nos jours les substitutions de titre sont le moindre des mensonges et les éditeurs en sont venus à déposer en même temps, au bureau de la librairie, un livre qui paraît pour la première fois, en y joignant des titres, portant *seconde, troisième, quatrième, etc., édition*. Une autre circonstance qui devra par la suite attirer l'attention des bibliographes est le système des *tirages* sur clichés : ainsi plusieurs des tirages faits en différentes années peuvent être identiques sauf l'indication de l'année : c'est ainsi que le *Graduel* édité par M. Lecoffre, a été, l'année passée 1856, tiré sur les clichés de l'édition de 1852. On a aussi faussement multiplié les éditions sur le titre d'un certain nombre d'ouvrages gravés. Pour terminer cette longue note, j'ajouterai que le mot *carton* dans le sens qui vient d'être indiqué, et désignant par conséquent tout autre chose que la pâte de papier solidifiée et aplanie en feuilles, devrait s'écrire *quarton*, c'est-à-dire *quart* d'une feuille de papier remplaçant dans un livre le feuillet supprimé : c'est ainsi qu'on l'orthographiait au siècle passé, et il est fort étrange que nos typographes actuels aient voulu innover en ceci. Toutefois il faut avouer qu'ils ont pour excuse l'autorité de l'Académie française qui sans doute aurait été fâchée de manquer l'occasion qui s'offrait à elle de violer l'étymologie et le bon sens.

parler de plusieurs recueils contenant des messes de divers auteurs au nombre desquels se trouve Josquin. Elle offre plusieurs particularités typographiques dont les principales sont l'emploi du petit format oblong et la manière dont s'est opéré le tirage. Il a bien certainement été double, mais l'on est étonné de la précision avec laquelle en général les notes s'adaptent aux portées, ce qui tient surtout à l'excellente qualité du papier et à la précaution que l'on avait sans doute prise de laisser parfaitement sécher d'un tirage à l'autre. A en juger par le haut de la page 32 de la partie du soprane, où les lignes de la première portée manquent, et où se trouvent cependant les notes, celles-ci avaient été tirées les premières. Les initiales sont ajoutées à la main après tirage. Les caractères ont une admirable netteté et l'on est étonné que les Dorich qui, par la suite imprimèrent beaucoup de livres de musique, soient si loin d'avoir soutenu la réputation que l'édition des messes de Josquin avait dû mériter à Valère Dorich et à Jacques Pasoti dont le nom passe le premier sur l'inscription citée plus haut.

C'est ici l'occasion de relever une erreur assez considérable de plusieurs auteurs que Baini a reproduite et développée en généralisant beaucoup trop ce qu'elle peut avoir de vrai. Adrien Banchieri (1), Augustin Agazzari (2) et Jean-Baptiste Doni (3) ont prétendu que les anciens compositeurs écrivaient d'abord la musique sans s'occuper des paroles et ensuite adaptaient celles-ci comme ils pouvaient, le sens, dit Doni, n'ayant pas pour eux la valeur d'un zeste, *sententiam non nauci faciunt*. Il y a en tout ceci de l'exagération, et d'abord le reproche ne saurait s'appliquer à toute la branche des motets. Pour les pièces de ce genre il est évident que le compositeur s'efforce presque toujours à sa manière de faire passer dans ses mélodies le sentiment exprimé par les paroles qu'il a bien entendu écrites tout au long. La chose est plus vraie à l'égard des messes, mais non pas d'une manière absolue; ainsi le moindre coup-d'œil donné aux *Gloria in excelsis* et aux *Credo* de Josquin qui font partie des dix-sept messes prouvent, sinon qu'il a toujours eu la pensée d'exprimer le sens des paroles, du moins bien certainement qu'il a composé la musique expressément pour elles, puisqu'en beaucoup de cas elles s'adaptent presque syllabiquement. Il est vrai que dans nombre de messes imprimées ou manuscrites, les paroles de chaque pièce ne sont, comme le dit Baini (4), indiquées que par les premiers mots *Kyrie, Christe, Et in terra, Qui tollis, Patrem*, etc. Mais d'abord cette manière n'avait point d'inconvénient pour les *Kyrie* et *Christe*, ni même pour le *Sanctus* qui se divisait en autant de morceaux qu'il y a de membres de phrases : *Sanctus, Sanctus,*

(1) *Moderna pratica musicale del P. D. Adriano Banchieri prodotta dalle buone osservationi degli musici antichi all' alto pratico degli compositori moderni.* Disc. prel.
(2) *Del sonare sopra il basso con tutti li stromenti, e dell' uso loro nel concerto,* § 16.
(3) *De præstantia musicæ veteris* dans ses œuvres, t. I, p. 140.
(4) *Mem. della vita di Palestrina,* t. I, p. 95.

Sanctus Dominus Deus sabaoth. — *Pleni sunt cœli et terra gloria tua.* — *Hosanna in excelsis.* — *Benedictus.* — *Qui venit.* — *In nomine Domini.* — *Hosanna in excelsis.* Les *Agnus* ne donnaient guère plus d'embarras que les *Kyrie.* En vain Baini dit que plusieurs fois il a trouvé des passages où les notes étaient moins nombreuses que les syllabes, on a vu plus haut, à propos de la messe *Fortuna disperata*, comment en pareil cas les choses se passaient. Enfin les paroles écrites en entier, pour les *Gloria in excelsis* et les *Credo* dans l'édition des messes de Josquin, objet du présent article, prouvent sans réplique que ce n'est point seulement depuis Palestrina que l'on a écrit les paroles tout au long, de même que le premier livre des messes de ce grand compositeur (1) démontre que lui non plus n'a pas toujours eu cette précaution.

Puisque je suis en train de noter certaines opinions qui me semblent être des erreurs, je n'en dois pas oublier une qui est assez répandue et que j'ai moi-même contribué à propager (2). Elle consiste à supposer que dans les temps qui nous occupent, c'est-à-dire lorsque l'on prenait pour thèmes de messes des chansons vulgaires, on chantait à l'église les paroles mêmes de ces chansons. Par exemple au moment où la majeure partie des voix prononçait les paroles *Kyrie eleison* ou *Sanctus Dominus*, une autre aurait débité des paroles en langue française ou italienne telles que :

L'ami Baudichon, madame.
Baisez-moi, ma mie.
L'ardent désir.
O Venere bella.
Mon mari m'a diffamée.
Che fa oggi il mio sole ?
Adieu, mes amours.

Non, jamais cela ne s'est fait : seulement la voix chargée du motif de la chanson y adaptait, comme elle pouvait et souvent sans doute fort mal, les paroles liturgiques. Si l'on exigeait des preuves à cet égard, il serait facile de les multiplier ; je me bornerai à un petit nombre : 1° Ces paroles ne sont écrites qu'au titre de la messe et jamais sous les notes qui en expriment l'air ; 2° Pour les prononcer, il eût fallu qu'elles fussent écrites, car bien que fort répandues, elles ne pouvaient être universellement connues ; les chansons françaises particulièrement, plus fréquemment employées que les autres, ne pouvaient être familières en Italie quant aux paroles ; 3° Quand même ces paroles eussent été connues, elles auraient été inévitablement prononcées d'une manière grotesque par les étrangers ; 4° Il n'est dit nulle part que les paroles des chansons vulgaires aient jamais été proférées à l'église ; 5° Lorsque par suite de l'exécu-

(1) Voyez plus haut, p. 85.
(2) *Précis sur Palestrina* en tête de l'édition de cinq de ses messes publiées à Paris par Mme Launer, p. 5. Ce précis a été reproduit dans les *Miscellanées musicales*, par Adrien de la Fage, et s'y trouve p. 477.

tion des décrets du concile de Trente, les messes composées sur des chansons vulgaires furent bannies des églises, on agit sur ce point dans le même sens que l'on faisait par rapport à l'orgue, sur lequel on défendait d'exécuter des airs de danse ou autres pièces trop légères, *lasciviores moduli;* or l'orgue n'a point de paroles à débiter.

En somme et pour abréger, les choses se passaient à l'égard des airs de chanson pris pour thèmes de messes, comme elles se passent encore aujourd'hui pour les *cantiques* que l'on chante en France dans les églises, principalement pendant le *Mois de Marie.* Des paroles pieuses sont exprimées sur des mélodies destinées originairement à des poésies qui souvent ne le sont guère. Seulement de nos jours on a parfois marché en sens opposé du concile de Trente et en quelques lieux, bien loin d'interdire les airs vulgaires des chansons qui servent de timbre aux cantiques dont je parle, on a voulu précisément qu'ils fussent employés seuls et à l'exclusion d'autres airs composés expressément pour les paroles religieuses (1).

J'ai promis de revenir sur l'inscription placée par l'éditeur à la fin de la partie de basse. Elle porte comme on l'a vu les initiales :

I. A. Z.

L'*I* indique sans difficulté le nom de *Iacopo*, Jacques; l'*A* désigne un autre nom inconnu, peut-être Antoine comme le suppose, du reste sans preuve, M. Schmid; enfin, le *Z* est l'abréviation de *Zonta* ou *Zunta*, prononciation vénitienne du nom de *Giunta.* Pourquoi ce livre imprimé à Rome donne-t-il ce nom à la manière vénitienne ? Jacques, neveu ou peut-être même frère des premiers éditeurs de cette famille, Philippe et Luc-Antoine, établis le premier à Florence, le second à Venise, fit sans doute imiter exactement la marque de celui-ci, ce qui peut-être explique aussi la présence de l'*A*. D'ailleurs Philippe imprimait aussi son nom avec un *Z*.

Ce même Jacques Giunta, éditeur des messes de Josquin, est assez peu connu. On croit qu'il ne demeura pas longtemps à Rome où il avait fondé une librairie; on le voit plus tard à Venise éditer un fort petit nombre de livres; il disparaît ensuite et abandonne à Luc-Antoine et à Philippe ses frères ou ses oncles, toute la célébrité que leurs belles et nombreuses éditions leur ont méritée.

Le nom de ces illustres Florentins est encore un de ceux que l'on a pris l'habitude de dénaturer, et il en est peu qui soient cités avec autant de variantes. On le trouve désigné sous les formes de *Junta, Giunta, Giunti, Zunta, Zonta, De Giuntis, Degionta, Dezunta* et en français

---

(1) Voici ce qu'on lit dans un mandement publié cette année (1857) au sujet du Mois de Marie, dans l'un des diocèses de France : « Cantentur litaniæ B. M. V.; postea serotinæ recitentur preces; demum gallice audiatur *tanquam una voce ab omnibus cantatum* hoc vel illud e canticis in honorem B. M. V. » Or pour qu'il en soit ainsi, il faut que le cantique soit adapté à un air populaire. Sans doute l'autorité ecclésiastique aura eu quelque raison particulière d'en agir ainsi, mais la conséquence est inévitable.

Junte. Enfin pour complément l'on a encore *Pierre de Larivey* dont le nom francisé s'écrit aussi de diverses manières, telles que l'*Arrivey* et l'*Arrivé*, et qui n'est autre qu'un *Pietro Giunta* (1). Cet écrivain, l'un de nos plus anciens auteurs dramatiques, a composé des *comédies facétieuses* qu'Antoine Renouard trouve ennuyeuses (2), mais dont Molière et Regnard n'ont pas dédaigné d'imiter quelques scènes.

(1) Le substantif *giunta* veut dire *arrivée.*

(2) *Annales des Aldes*, p. xvi. En cette occasion Renouard confond l'auteur comique avec l'astrologue de même nom, né à Troyes en Champagne en 1596 et qui paraît être le fils du précédent. Celui-ci a publié des almanachs prophétiques de 1618 à 1647. Il avait prédit qu'il mourrait d'une arête de poisson et en n'en mangeant point, il fit en sorte que la prédiction ne s'accomplit jamais et se donna ainsi lui-même un brevet de faux-prophète.— Puisque j'ai eu occasion de nommer Renouard, j'avertirai que je me suis trompé en disant, p. 16, que ce bibliographe n'a point cité l'antiphonaire de 1523; seulement il ne l'indique que dans un errata p. lxviii et en copie le titre incomplétement. •

ADDITIONS ET CORRECTIONS.

P. 5. A l'article II, j'aurais dû remarquer que le véritable nom de Balthasar *Moret*, en latin *Moretus*, était *Van Morst*.

P. 16, l. 28 et suiv. A propos du Frère François de Bruges, j'ai pensé depuis que ce moine pourrait bien être le même que cite *Jean d'Avella* sous le nom de *F. dal Borgo*, et auquel il attribue la correction des livres de chant faite cent ans avant lui (D'Avella publiait son ouvrage en 1657) et l'habitude d'employer des portées tantôt de trois, tantôt de quatre, tantôt de cinq lignes : « Il padre Frà Francesco dal Borgo nelli Graduali che corresse cent' anni sono, per la necessità di spezzar le chiavi, usa cinque righe ; et in alcuni luoghi di quelli, quattro, et in altri tre : dove è poca l'elevazione si serve di poche righe, dove è comune di quattro e dove si fanno certi canti antichi si serve di cinque righe. » *Regole di musica*, p. 17.

P. 19, l. 12 en remontant. Les versicules dont je parle en cette occasion me semblent être ces versets *déclinatoires* de la dénomination désquels on a donné plusieurs explications dont la plus naturelle est de croire qu'ils s'appelaient ainsi parce que l'on se retournait vers l'autel pour les chanter et y répondre.

P. 24. Au 5°. Ajoutez : Ces deux notes réunies par un arc de cercle ont été souvent lues dans les reproductions de livres anciens non comme ▰▰, mais comme ▰▱.

P. 33. A la fin de l'article concernant Corticcio, ajoutez : La première réflexion qui frappera tout le monde est la grande différence qui existe entre le style d'église usité en Toscane au XVIe siècle et celui dont, à la même époque, on faisait usage à Rome et ailleurs.

P. 40, l. 27. Les variations sur les *Folies d'Espagne*, par Caresana, dont je parle comme des plus anciennes qui aient été faites sur cet air célèbre, pourraient bien être postérieures à celles que contient un vieux recueil manuscrit de pièces de clavecin que je possède et qui me semble antérieur à 1693, époque à laquelle Caresana publiait son second livre de duos.

P. 41, l. 6, en remontant, sans tenir compte de la note. Il est dit que Caresana mourut vers 1730, et dans la note j'explique comment j'arrive à fixer cette date que je tire de Parrino. Depuis l'impression de ce passage, j'ai trouvé et acquis la première édition de sa *Nuova Guida*, imprimée à Naples en 1714. Le passage relatif à Caresana ne se trouve point dans le texte, mais à l'errata se lit le passage que j'ai cité, avec cette différence qu'au lieu de *gl' anni passati*, on a imprimé *l'anno passato* : la date de la mort du compositeur doit donc être fixée à l'année 1713, et si, comme le prétend Grossi, il était né en 1655, il avait alors 58 ans.

P. 48, l. 6, en remontant. *Berganis*, lisez *Bergomi*.

P. 81, dernier alinéa. Je viens de m'apercevoir que Baini avait aussi regardé comme possible l'emploi dans l'édition de Paul V du travail fait par Pierluigi sur le Graduel. « Il manoscritto originale del Pierluigi è perduto : seppur non servì a chi tanto bene ridusse il canto gregoriano per far la famosa edizione del Graduale impresso nella stamperia Medicea, sotto Paolo V. » *Mem. della vit. di Pal.*, t. II, p. 291.

P. 110, ajoutez à la fin du premier alinéa : Les deux parties supérieures sont écrites sur la clef de *sol* troisième ligne, équivalant à celle d'*ut* première. Je ne sais si j'en ai jamais vu d'autre exemple.

TABLE

DES COMPOSITEURS, MUSICISTES, ÉCRIVAINS, ÉDITEURS ET IMPRIMEURS CITÉS.

Les noms des compositeurs dont quelque ouvrage fait l'objet d'un article spécial sont en petites capitales.

Aaron (Pierre), 61.
ABBATINI (Antoine-Marie), 6, 25, 27.
Adami (André), 19, 27.
Agazzari (Augustin), 112.
Alfieri (Pierre), 8, 55.
Allacci (Léon), 13, 26, 65, 67.
ALLEGRI (Grégoire), 6, 37.
Amadino (Richard), 35.
ANERIO (Félix), 12, 35.
ANERIO (Jean-François), 9 et suiv., 11, 12.
ANIMUCCIA (Jean), 12, 68 et suiv.
ANTOINE (Jules), 37.
Antonelli (Abundio), 12.
Aquila (Séraphin), 108.
ARCADELT (Jacques), 26.
ARETINO (Paul), 56.
Azevedo (Emmanuel de), 8.
Baccusi (Hippolyte), 61.
Baini (Joseph), 10, 12, 15, 27, 50, 54, 58, 61, 70 et suiv. 81, 85, 106, 112, 116.
Ballard (Christophe), 46.
Ballard (Pierre), 46 et suiv.
Ballard (Robert), 26, 30, 43.
Banchieri (Adrien), 112.
Bartoli (Cosme), 26, 96, 106.
Basa (Dominique), 55.
BATAILLE (Gabriel), 28.
Becker (C. F.), 67, 95, 110.
BELASIO (Paul), 35.
BELLI (Jules), 36.
Belmonte (Amédée), 13, 14, 56.
Benevoli (Horace), 85.
Benvenuti (Nicolas), 3.
Berardi (Ange), 62.
BERGHEM. V. WERT.
BERNABEI (Hercule), 14.
Bernard de Pise, 33.
Bertelli (Albert), 66.
Bertini (Joseph), 38; 41.
Bicilli (Jean), 14.

BOESSET (Antoine), 46.
BONA (Valère), 37.
Bonagiunta (Jules), 93.
BONHOMIUS (Pierre), 8.
Bonino (Scipion), 45.
BONOMI, voyez BONHOMIUS.
Bottée de Toulmon (Auguste), 98.
Brumel (Antoine), 96.
Brunet (Jacques-Charles), 1, 16.
Buonarotti (Michel-Ange), 106.
Burney (Charles), 102.
BURSIO (Philippe), 34.
Busnois (Antoine), 96, 102.
Buus (Jacques de), 62.
Caifabri (Jean-Baptiste), 50.
CAPPONI (Gin.-Ange), 35.
CARESANA (Christophe), 37 et suiv., 116.
CARISSIMI (Jacques), 14, 96 et suiv.
Caron (Firmin), 96.
Carpani (Joseph-Antoine), 14.
CATALANO (Octave), 33.
CAVALLI (François), 64, 65.
Cazzati (—), 57.
CAZZATI (Maurice), 64, 66.
Ceccarelli (Edouard), 5, 6.
Ceccherini (Ferdinand), 67.
Cerone (Pierre), 98, 102.
CERTON (Pierre), 30.
CESI (Pierre), 14.
CHAMBONNIÈRES (André de), 28.
Choron (Alexandre), 38 et suiv., 109.
CIFRA (Antoine), 59 et suiv.
CIMA (Tullius), 51.
Claude (?), 95.
Coattini (François), 87.
Coclicus (Adrien), 98.
Coffin (Charles), 8.
Collini (—), 57.
COLOMBI (Jean-Bernard), 37.
Compère (Louis), 96.
CORSI Joseph), 14.

CORTECCIA, CORTECCIO ou CORTIC-CIO (François), 32, 116.
Costantini (Fabius), 63.
Cribelli (Jérôme), 15 et suiv.
CRIVELLI (Archange), 35.
Dal-Borgo (François), 116.
DAL-PANE (Dominique), 26.
DANCKERTS (Guiselain), 88.
D'Avella (Jean), 49, 116.
De Grandis (Vincent), 49.
Delattre (Roland), 93.
DELLA-PORTA (François), 47.
Della-Valle (Guillaume), 68.
De-Macque (Jean), 35.
De-Orto (—), 96.
DE-SILVA (André), 26.
DE-SILVESTRI (Floride), 14, 56, 66.
De-Soldis, V. Soldi.
DES PRÉS (Josquin), 26, 89, 94 et suiv.
Donangeli (Bernard), 5.
DONATI (Ignace), 37.
Doni (Antoine-François), 62.
Doni (Jean-Baptiste), 112.
Dorich (Valère et Louis), 12, 68, 85, 112.
DRAGONE (André), 35.
Du-Fay (Guillaume), 96.
Dunfrid (—), 49.
DURANTE (Sylvestre), 14.
Duval (Edmond), 75.
Erasme (Didier), 98, 101.
Escovedo (Barthélemy), 39.
Eslava (Hilarion), 39, 55, 56.
Fagus, Faugues ou La Fage, 96.
FALUSI (Michel-Ange), 67.
Farrenc (Aristide), 16, 62.
Fayolle (François), 109.
Feï (André), 14, 57, 83.
Festa (Constance), 95.
Festa (Sébastien), 95.
Fétis (François-Joseph), 9, 35, 38, 41, 48, 49, 53, 55, 56, 62, 65, 96, 108.
FILIPPINI (Etienne), 64, 66.
Finck (Hermann), 107.
Fiocco (Dominique), 32.
FIOCCO (Jean-Joseph), 32.
Fiocco (Joseph-Hector), 32.
Fiocco (Pierre-Antoine), 32.
FOGGIA (Antoine), 14.
FOGGIA (François), 14, 50.
Forestyn (Mathurin), 96.
Fournier (Pierre-Simon), 29.
François de Bruges, 16 et suiv., 116.
Franzini (—), 57, 63, 67.

Frezza (Joseph), 93.
Fuertes (Mariano-Soriano), 56.
GABRIELI (André), 93, 94.
GABRIELI (Jean), 53, 94.
Gardan, Gardane, Gardano ou Gardani (Alexandre), 55, 57, 85.
Gardani (Antoine), 32, 36, 53.
Garzoni (Thomas), 62.
Gerber (Ernst), 9.
GIAMBERTI (Joseph), 15, 63.
GIOVANNELLI (Roger), 35, 81.
Giunta (Jacques), 94, 114.
Giunta (Luc-Antoine), 15, 114.
Giunta (Philippe), 114.
GIUSETTI (Jean-Baptiste), 14.
Glaréan (Henri), 98, 101, 104, 106, 109.
GRANDE ou GRANDI (Alexandre), 48 et suiv.
Grandi (Alexandre le jeune), 49.
GRANDRUE (—), 28.
GRAZIANI (Boniface), 14, 97.
GRIFFI (Horace), 35.
Grignani (—), 57.
Grossi (Janvier), 41.
Guédron (Pierre), 28, 46.
Guicciardini (Louis), 61.
Guidetti (Jean), 57.
Guido d'Arezzo, 107.
Jacotin (—), 61.
JACQUET, V. WERT.
KESPERLE, pseudonyme, 50.
Kircher (Athanase), 25.
LA FAGE (Adrien de), 37, 113.
La Fage (Jean de), 96.
La Fontaine (Jean de), 107.
Landi (Etienne), 6.
Larivey (Pierre de), 115.
LA ROZÉE (Cyprien) ou VAN ROOR, 92.
La Rue (Pierre de), 96.
Launer (Marinette), 113.
Lebrung (Jean), 95.
Lecerf-de-la-Viéville-de-Fréneuse, 97.
Lecoffre (Jacques), 111.
Léonard (Frédéric), 89 et suiv.
Le Roy (Adrien), 26, 30, 43.
L'héritier (Jean), 95, 96.
Liberati (Antime), 85.
Liechtenstein (Pierre), 71, 76.
LUCATELLI (Jean-Baptiste), 35.
Mabre-Cramoisy, 91.
Magi (—), 57.
Magni (Barthélemy), 53.
Magni (François), 13, 64, 91, 92.

Malvezzi (Christophe), 35.
MANGIAROTTI (Frédéric), 14.
MARCESCO (Barthélemy), 64.
MARENZIO (Luc), 35.
Margarini (—), 10, 54.
MARINI (Blaise), 64, 66.
Marot (Clément), 54.
Marquet (—), 95.
Martini (Jean-Baptiste), 25, 42, 102.
Mascardi (Vital), 13, 26, 34, 35, 45, 50, 57, 97.
Masotti (Paul), 25, 45, 63.
Massenzio (Dominique), 45.
Matheson (Jean), 97.
MATTIOLI (André), 13.
MAZZAFERRATA (Jean-Baptiste), 31.
MELANI (Alexandre), 44, 45.
Melani (Dominique), 45.
MESSAUS (Guillaume), 34.
Michel (François), 102.
Millet (Jean), 107.
Miné (Adolphe), 42.
Molière (Jean-Baptiste-Poquelin), 44, 115.
MONFERRATO (Noel), 29, 30, 64.
Monteverde (Claude), 48.
Monti (Jacques), 31, 65, 66, 67.
Moralès (Christophe), 12, 39, 96.
Morelot (Stéphen), 103.
Moret, Moretus, V. Van Morst.
Mouton (Jean), 26.
Muzio (Jean-Ange), 51.
Naldini (Fauste), 6.
NANINI ou NANINO (Jean-Bernardin), 35, 45, 53, 85.
NANINI (Jean-Marie), 35, 53.
NATALI (Pompée), 14.
NENNA (Pompone), 43.
NERI (Maximilien), 64, 65.
Nisard (Théodore), 3, 56.
Nogaroli (Léonard), 19.
Pagliai (Louis), 3.
Parasoli (Léonard), 73.
Parrino (Antoine), 41, 116.
Parrino (Nicolas), 41.
Pasoti (Jacques), 95, 112.
PASSARINI (François), 31.
Patavo (Lauro), 95.
Perne (François-Joseph), 108.
Petit (l'abbé), 90.
Petrucci (Octave), 110 et suiv.
PEVERNAGE (André), 54.
Phalèse (Pierre), 8, 34, 48, 54.
Philippon de Bourges, 96.
Picchianti (Louis), 70.

Picinelli (—), 47.
Pierluigi (Hygin), 81.
PIERLUIGI DE PALESTRINA (Jean), 5, 12, 35, 55, 58, 69, 80, 85 et suiv., 89, 96, 101, 113, 116.
Pietrasanta (Pierre), 92.
Pipelare ou Pippelare (Matthieu), 96.
Pitoni (Octave), 10, 12, 15, 25, 27, 31, 34, 36, 49, 50, 52, 61, 64, 65, 66, 85, 88, 97.
Poggioli (Antoine), 14, 57.
Ponzio (Pierre), 62.
PORTA, V. DELLA-PORTA.
Pottier (René-Jean), 55.
Puccini (Augustin), 3.
QUAGLIATI (Paul), 35.
Raimondi (Jean-Baptiste), 73.
Ramis ou Ramos de Pareja (Barthélemy), 111.
RATTI (Laurent), 27, 85.
Régis ou De Roy (Jean), 96.
Regnard (Jean-François), 115.
Renouard (Antoine-Augustin), 16, 115.
RIGATTI (Antoine), 29, 30, 92.
Robletti (Jean-Baptiste), 10, 12, 15, 53, 57, 59, 60.
Roger (Etienne), 32.
ROI (Barthélemy), 35.
RORE, V. VAN ROOR.
ROVETTA (Jean), 64.
Ruffin (le frère), 95.
Sala (Nicolas), 29.
Santeuil (Jean), 8.
Sarbiewski (Casimir), 8.
SAVIONI (Marius), 13, 14.
SAUVAGE (—), 28.
Schmid (Antoine), 95, 114.
Scotto (Jérôme), 56.
Serafini (François), 95.
SEVERI (François), 34.
Sévestre (Louis), 91.
Soldi (Luc-Antoine), 5, 50, 59, 60, 62, 84.
SORIANO (François), 36.
Spulcioni (le docteur), 2, 3.
Sottile (Jean-Baptiste), 45.
STAMAGNA (Nicolas), 14.
STABILE (Annibal), 35.
STEFANI (Augustin), 34, 43.
STROZZI (Barbe), 64, 66.
Subissati (Jules), 53.
TARDITI (Horace), 64, 65.
TARDITO (Paul), 62, 65.
Thadée (le père), 53.

Tinctoris (Jean), 96, 101.
Tini (François), 87.
Tonolini (—), 37.
Tornerio (Jacques), 5, 85.
Tozzi (Vincent), 88.
Trojano (Jean), 35.
Ugolini (Vincent), 82 et suiv.
Vacqueras (—), 96.
Valesio (Fulgence), 73.
Valesio (Sylve), 73.
Van Morst ou Moretus (Balthasar), 5 et suiv.
Van Roor ou Rore (Cyprien), 92.
Vatar (Hippolyte), 3, 4.
Vecchi (Horace), 63.
Verdelot (Philippe), 26, 95 et suiv.
Vesi (Simon), 64, 67.

Viadana (Louis), 93.
Victoria (Thomas-Louis), 55.
Villarosa (Rose de), 42.
Vincent (—), 28.
Vincenti (Alexandre), 27, 29, 47, 48, 65, 85.
Vincenti (Jacques), 82, 83.
Volpe (Jean-Baptiste), 64, 65.
Wert (Jacques), 61.
Willaert (Adrien), 62, 84.
Winterfeld (Charles de), 62, 94.
Zanetti (Zacharie), 36.
Zannetti (Barthélemy), 9, 33, 45, 53, 60, 82.
Zarlino (Joseph), 108, 111.
Ziani (Pierre-André), 64, 65.
Zoilo (Annibal), 35.

FIN.

1

Résolution

du Canon

de

Jean François

AMERIC.

V. Page 9 du Texte.

1857

2

II

Antienne des
trois jours saints
par François
CORTICCIO.

Voir Page 33.

Chri - stus fa - ctus est pro

Chri - stus fa - ctus est pro

Chri - stus fa - ctus est pro

Chri - stus fa - ctus est pro

no - bis o - be - di - ens u - sque ad

no - bis o - be - di - ens u - sque ad

no - bis o - be - di - ens u - sque ad

no - bis o - be - di - ens u - sque ad

mo - rtem, mo - rtem an-tem cru - cis;

mo - rtem, mo - rtem an-tem cru - cis;

mo - rtem, mo - rtem an-tem cru - cis;

mo - rtem, mo - rtem an-tem cru - cis;

4

III

Dernier Répons
du Samedi saint.
par François
CORTICCIO.

V. P. 33.

Se - pulto Domi - no si - gnatum est

Se - pulto Domi-no signatum est

Se - pulto Domi - no si-gnatum est

Se - pulto Domi - no si - gnatum

mo - numen - tum, volve - ntes la - pidem ad

mo - nu-men - tum, vol-ve - ntes la - pidem ad

monu - men - tum, vol-ve - ntes la - pidem ad

est mo - numen - tum, volve - ntes la - pidem ad

os-tium mo - nu - men - ti, ✿ po-nen - tes

os-tium mo - nu - men - ti, ✿ po-nen - tes

os-tium mo - nu-men - ti, ✿ po-nen - tes

os-tium mo - nu-men - ti, ✿ po-nen - tes

mi-li-tes qui custodirent il — — lum qui cus-todirent

mi-li-tes qui custodi-rentquicusto-di — rent il —

mi-li-tesquicusto-di-rent qui custo-dirent il —

mi-li-tesquicusto-direntil — lumqui custo-dirent il —

il — — lum. V. Ac — -ceden- —

— — lum. V. Ac- -ceden-tes prin-ci-pes

Accedite vos non ego.

— — lum. V. Ac -'ce-den-tes prin — ci-

-tes principes sa-cer-do — tumad Pi — la-tum pe-ti-

sacerdo — — tum ad Pi — la — — tum

-pessa-cer-do — tum ad Pi-la — tum pe-

-eruntil — lum pe-ti-eruntil — lum il — — lum

peti-e—runtil—lumpe-ti — e-runt il — — lum

-ti-erunt il — lum pe-ti-erunt il — — — lum

✶ Parentes.

IV a

Canon
d'Adrien VILLAERT.

Voyez le texte Page **84**.

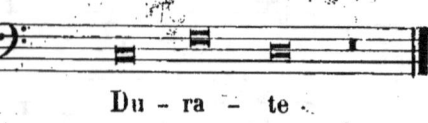

Du — ra — te.

Et vos met re — bus serva — te secun-

IV c.

Résolution à la quinte inférieure.

Et vos met re — bus serva-

Résolution

des deux

Canons

à six et

à deux Voix.

Rés: à l'octave.

Du — ra — te

Res: à l'octave.

Du — ra — te Du-

Rés: à la quinte.

Du — ra-

Rés: à la quinte.

Du — ra-

Rés: à la quarte.

Du — ra — te

Guide.

Du — ra — te. Du-

IV b.

Canon de Vincent UGOLINI marchant avec le précédent.

Voyez le texte Page 84.

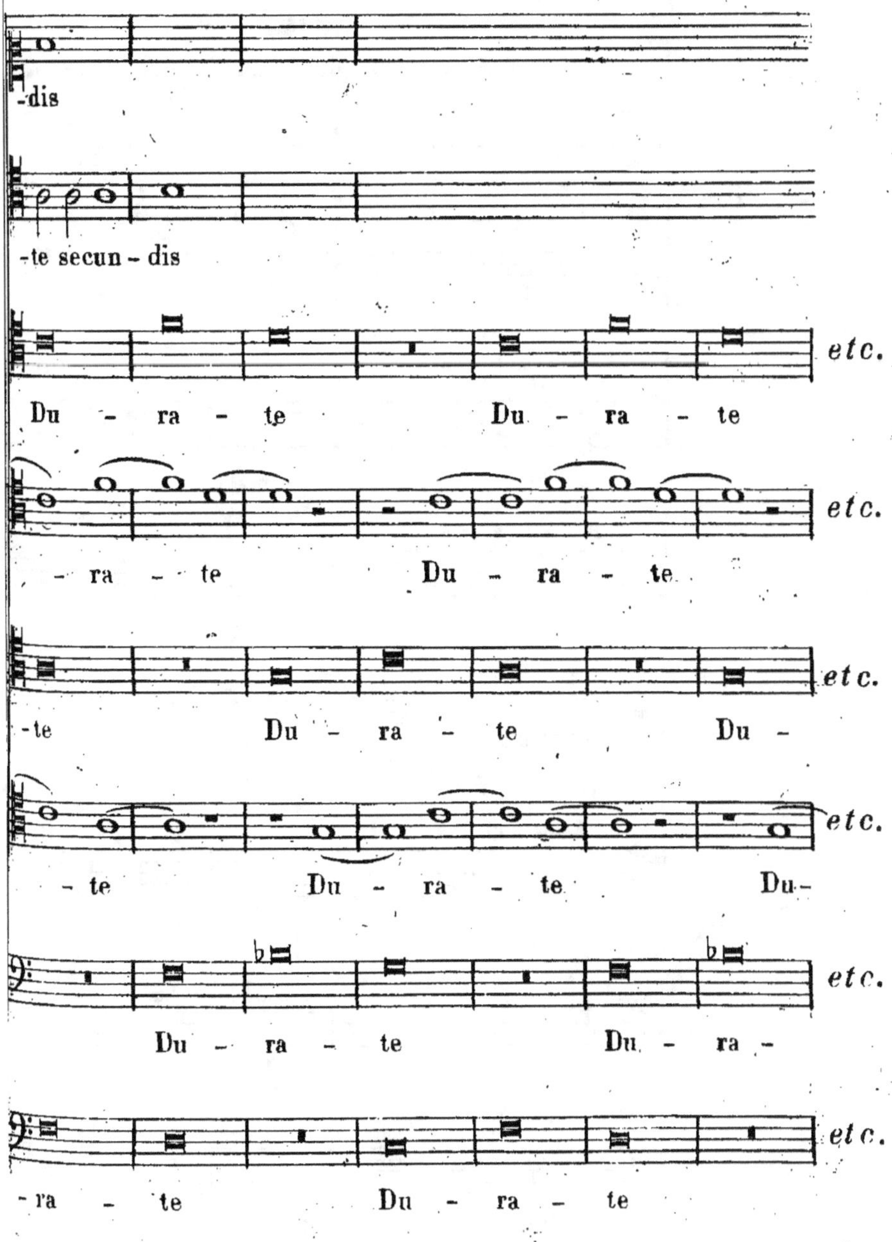

8

Résolution à la double octave.

Du – ra – te

Rés: à la treizième.

Du – ra – te

Rés: par mouvement rétrograde contraire à la double octave.

Du – ra – te — Du

IV. d.

Résolution

à

dix Voix.

Rés: à la onzième.

Du – ra – te — Du

Rés: à la dixième.

Du – ra – te. — Du

Rés: à la neuvième.

Du – ra – te

Rés: à l'Octave.

Du – ra – te — Du

Rés: à la quinte.

Du – ra

Rés: à la quarte.

Du – ra – te

Guide.

Du – ra – te — Du –

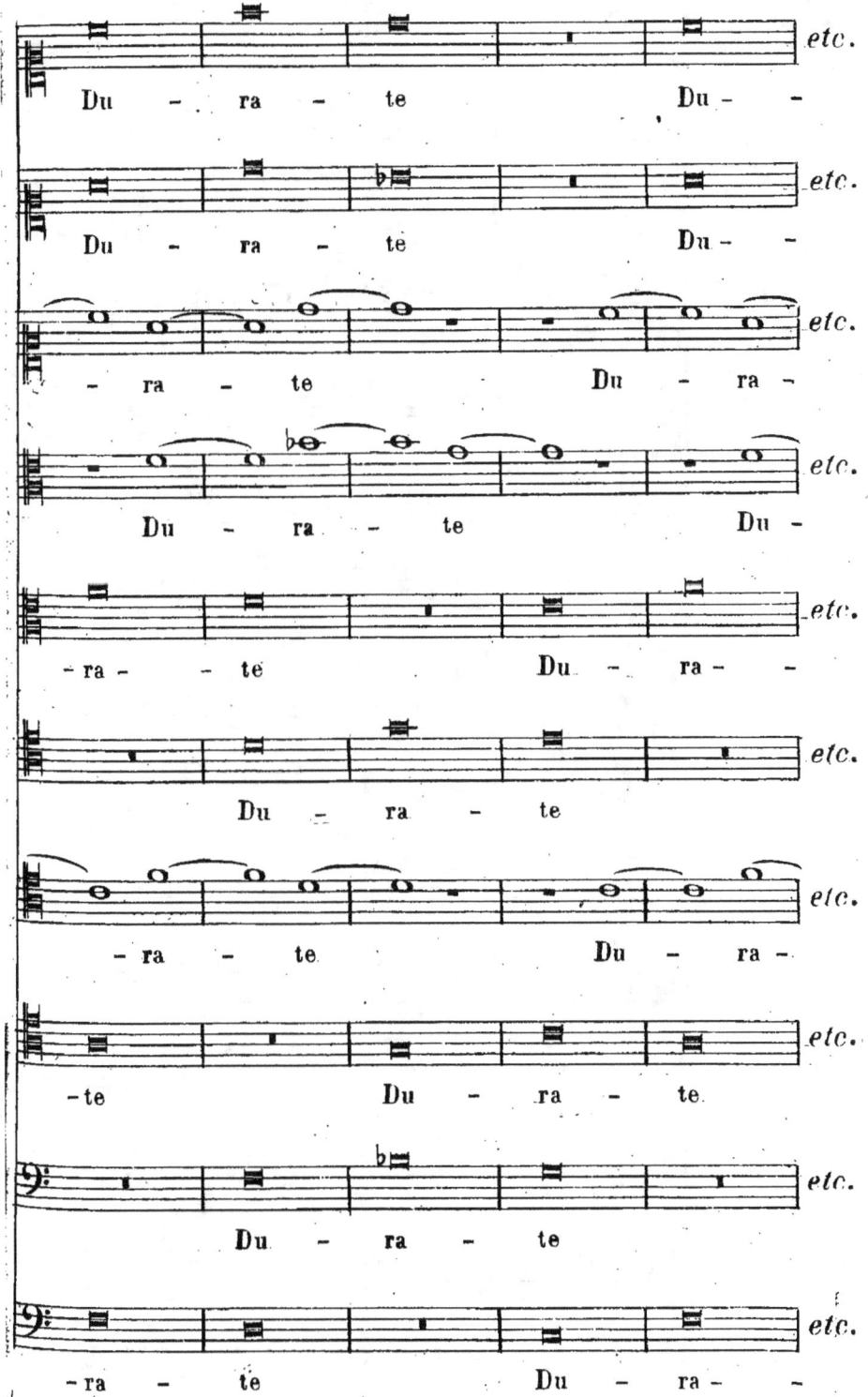

IV. e.

Résolution

à

quinze

voix.

Rés: à la double octave.

Du - ra - te

Rés: à la treizième.

Du - ra - te

Rés: par mouvement rétrograde contraire à la double octave.

Du - ra - te

Rés: par Mt rét: cont: à la doub: oct:

Du - ra - te

Rés: à la douzième.

Du - ra -

Rés: à la onzième.

Du - ra - te

Rés: à la onzième.

Du - ra - te

Rés: à la dixième.

Du - ra - te

Rés: à la neuvième.

Du - ra - te

Rés: à l'octave.

Du - ra - te

Rés: à l'octave.

Du - ra - te

Rés: à l'octave.

Du - ra - te

Rés: à la quinte.

Du - ra -

Rés: à la quarte.

Du -

Guide.

Du - ra - te

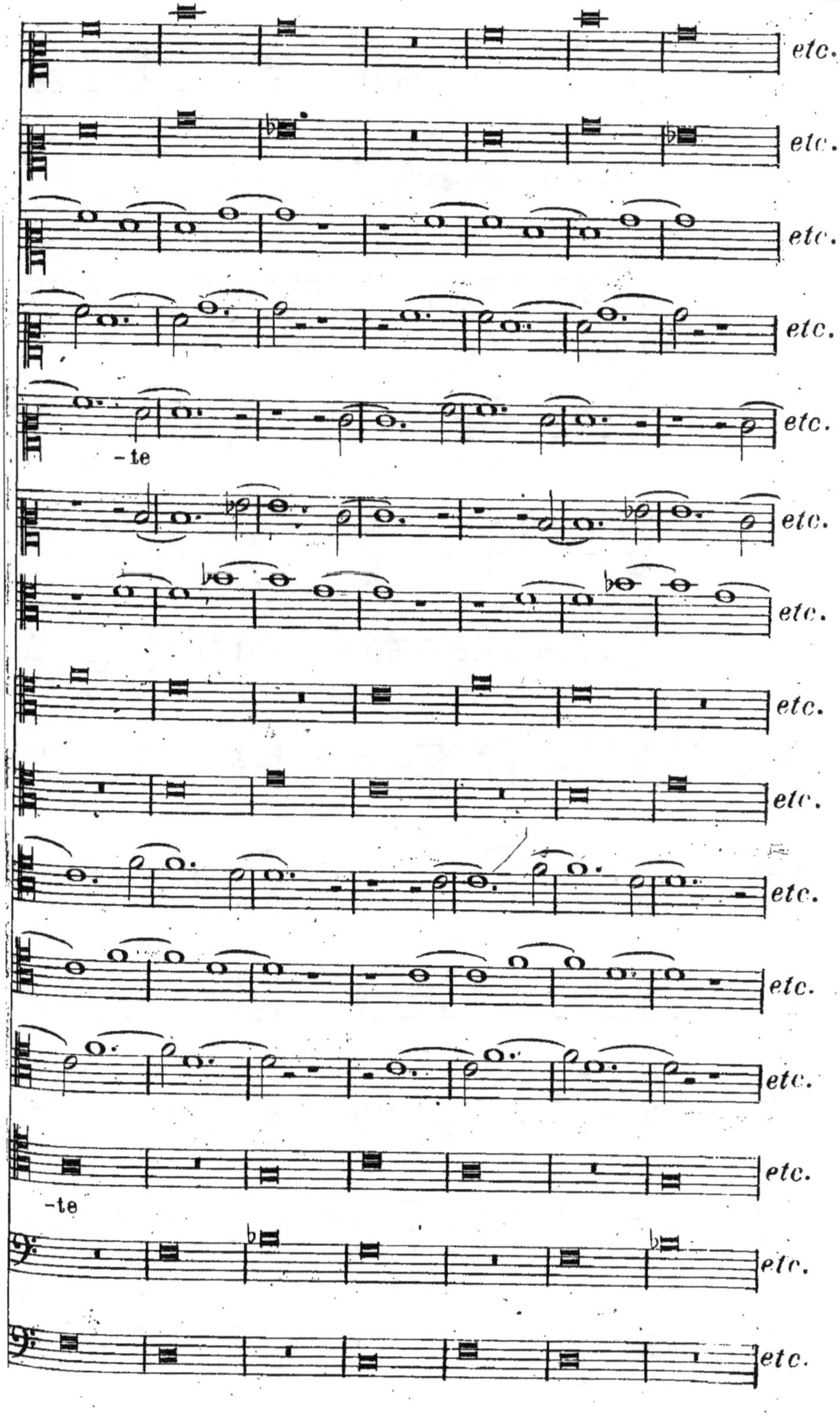
etc.
etc.
etc.
etc.
-te
etc.
etc.
etc.
etc.
etc.
etc.
etc.
etc.
-te
etc.
etc.
etc.

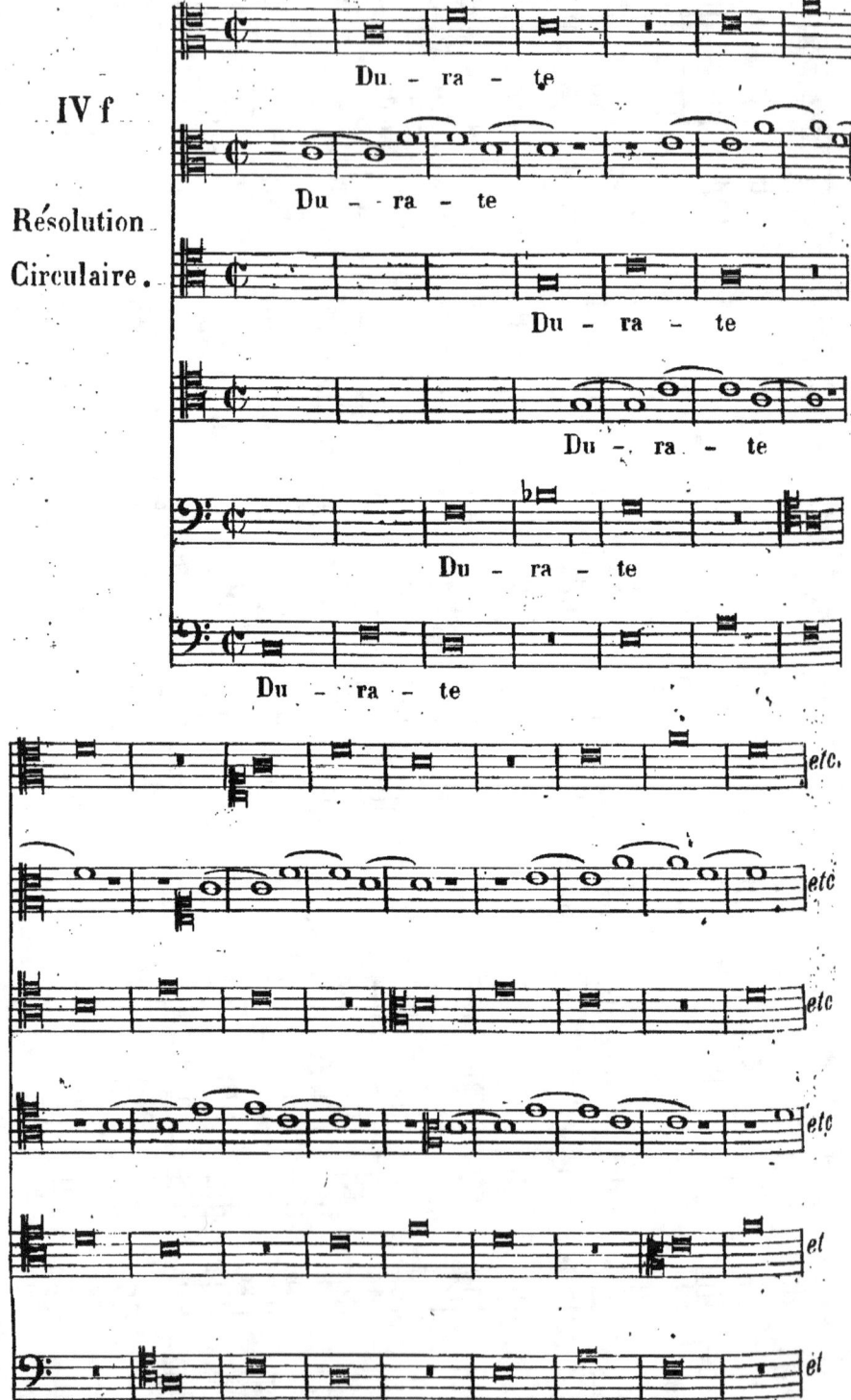

IV f

Résolution
Circulaire.

V a

Canon de
Vincent
UGOLINI.
Voyez P. 84.

Loda-to sempre si-a il nome di Giesu e di Mari-a

Résolution à la seconde.

Lo - da - to sempre si - a il

Guide.

Résolution
à
quatre
voix.

Lo - da - to sempre si-a il nome di Gie-

Rés: à la seconde.

Lo - da - to sem-pre

Rés: à l'unisson.

Lo - da - to sempre si - a

nome di Giesu e di Mari - a Lo - da - to sempre

-su e di Mari - a Lo - da - to sempre si-a

si - a il nome di Giesu e di Mari - a. Lo -

il nome di Giesu e di Mari - a. Lo - da - to

VI

Canon de
Guiselain
DANCKERTS.
Voyez P. 88.

Te nunc gens à do fa

ou Da pacem, Domine.

Vocales docent
et cantu
lilia florent.

14

16

20

VII

Hosanna de la
Messe intitulée
l'homme armé par
JOSQUIN DES PRÉS
Page 89.

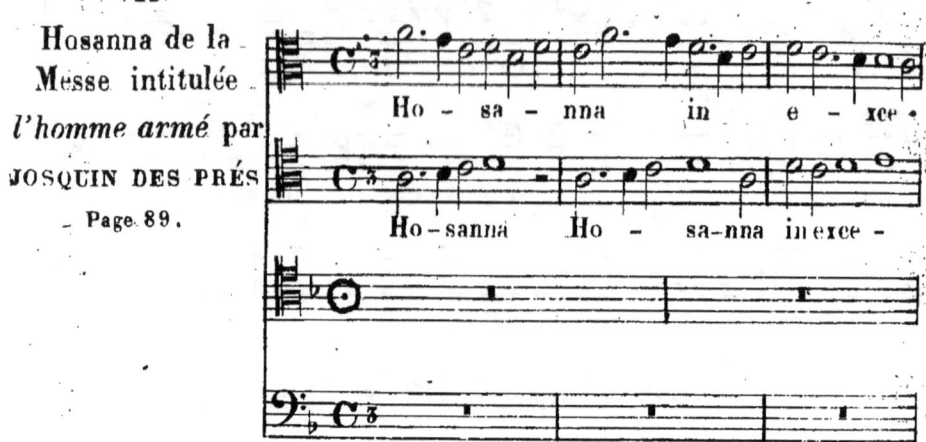

Ho - sa - nna in e - xce -

Ho - sanna Ho - sa - nna in exce -

- lsis   hosa - nna

- lsis   hosa - nna in e -

Ho - sa - nna in e - xce -   lsis

Ho - sa - nna in e - xce -

in e - xce -

- xce -

Gaudet cum gaudentibus.

hosa - nna in exce -   lsis

-xce-

in e-xce- lsis hosa-nna ho-sa-nna hosa

-lsis ho - - sanna in e-xce -

-nna in e - xce - lsis

lsis ho - sa - nna ho-sa - nna ho-sanna in

-lsis hosa - nna in exce -

ho - sa - nna in e-xce -lsis hosanna hosanna

sa - nna ho - sa - nna

e - xce-

VIII a.

Deuxième Agnus de la
Messe de *l'homme armé*
de JOSQUIN DES PRÉS.
Voyez Page 89.

Agnus Dei

(Tria in unum)

VIII b.

Résolution.

Agnus De-- i qui to - llis pec-

A - gnus De-

A-gnus De- i qui

-ca - - ta mun - di Agnus De - i

que

to - llis pec - ca - - ta

mi-se-re - re no - - - bis mi-se-re-

to - - - llis mi-

-mun - - di a - gnus De - i

- re no - bis mise-re-re no - - bis

-se - re - - re no - - bis

mi-se-re - - re no - - bis

IX.a.
Crescat in
duplum.
Voyez Page 100
Pa - trem omnipotentem

IX.
Résolution.
Patrem omnipo-tentem fac-to-rem cœli et terræ vi-si-

X

Sanctus
de la Messe
Fortuna disperata
par
JOSQUIN DES PRÉS.
Voyez P. 100.

Sa - - netus Do -

- netus Do -

- netus Do -

- netus Do -

- mi - nus

- mi -

- mi - nus Do -

- mi - nus Do -

Ho-sa - nna in e -

Decrescit conscendens in diapente

Ho-sanna in e -

Ho - sanna in e -

Ho - sa - nna

-xce-   Isis

-xce,

-xce-   Isis   ho-

        1   in   e - xce-

XI a.
Enigme de
JOSQUIN.
Voyez P. 100.

In gradus undenos descendant multiplicantes
Consimilique modo crescant antipodes uno.

XI b.
Résolution

XII a.
Chanson de
l'Homme armé.
Voyez P. 101.

XII b.
Autre Version.

XIII.

Motet de
JOSQUIN
DES PRÉS.
(Cantique des
Cantiques Ch:I et II

Voyez P. 102.

O - cu-li tu - i colum - ba - rum

es O - cu-li tu - i Ec -

O - cu - li tu - i columba - - rum

es

Ec - ce tu pulcher es di - le - cte mi

- ce tu pu - lcher es di - le - cte

Ec - ce tu pulcher es di - le - cte mi

Ec - ce tu pu - lcher es di - le - cte mi

et deco - rus

mi et deco - rus le -

et deco - rus le - ctulus no -

et deco - rus le - ctu-lus no - ster flori-

XIV.

Motet de

JOSQUIN DES PRÉS.

P. 104.

re - de - mptor qui re-de-mi - sti

re - de - mptor qui re-de-mi - sti

re - de - mptor qui re-de-mi - sti

re - de - mptor qui re-de-mi - sti

nos san - gui-ne tu - o pu - ri -

nos san - gui-ne tu - o pu - ri -

nos san - gui-ne tu - o pu - ri -

nos san - gui-ne tu - o pu - ri -

- ssi - mo

- ssi - mo

- ssi - mo Ad te so-lum con fu - gi-mus

- ssi - mo Ad te so-lum con fu - gi-mus

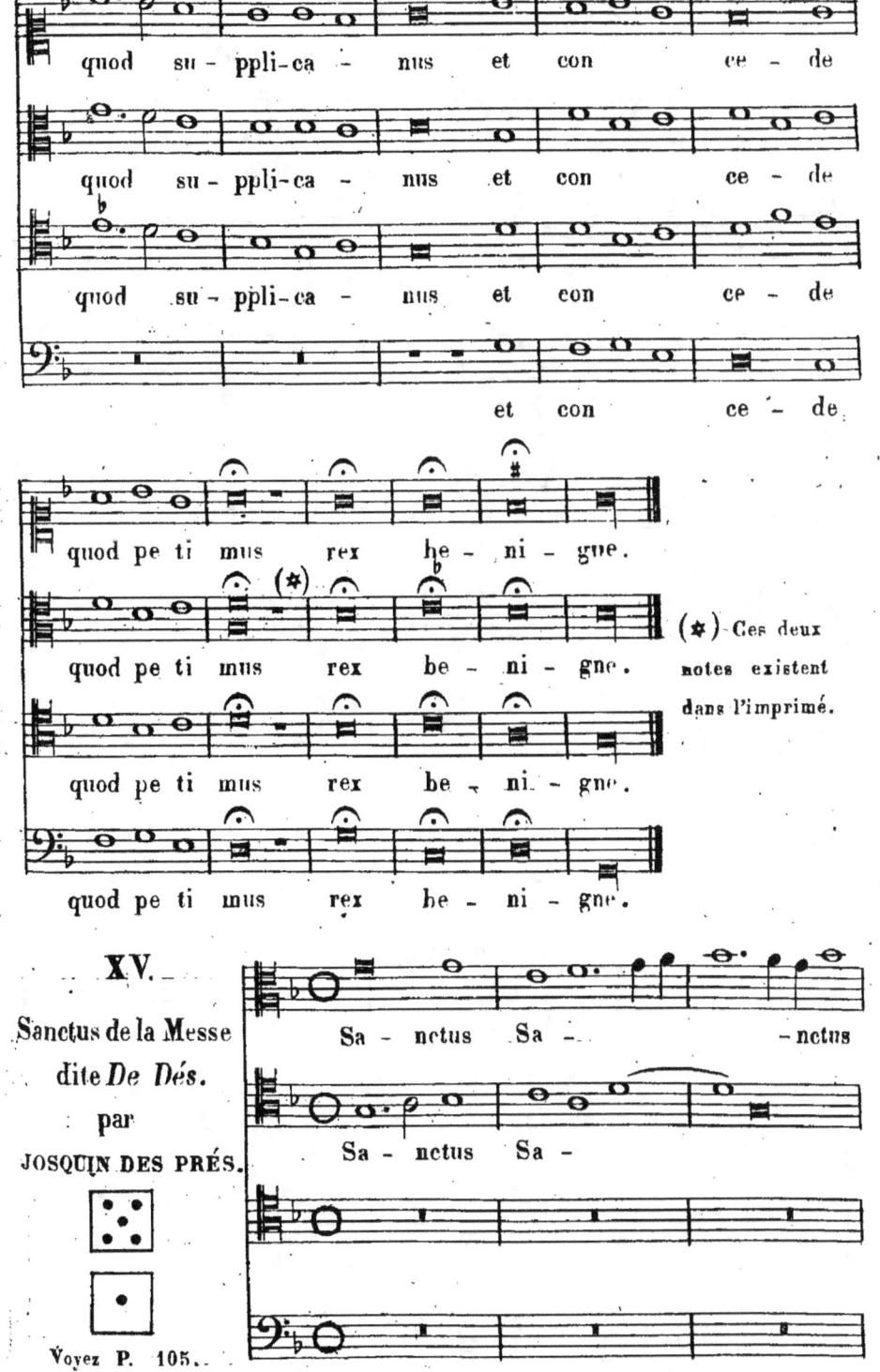

quod su - ppli-ca - nus et con ce - de

quod su - ppli-ca - nus et con ce - de

quod su - ppli-ca - nus et con ce - de

et con ce - de

quod pe ti mus rex be - ni - gne.

quod pe ti mus rex be - ni - gne.

(✱) Ces deux notes existent dans l'imprimé.

quod pe ti mus rex be - ni - gne.

quod pe ti mus rex be - ni - gne.

XV.

Sanctus de la Messe
dite *De Dés.*
par
JOSQUIN DES PRÉS.

Sa - nctus Sa - - nctus

Sa - nctus Sa -

Voyez P. 105.

40

XVI

Canon composé
pour Louis XII.

par

JOSQUIN DES PRÉS.

Voyez P. 109.

Præcedat me Dominus meus et ego paulatim sequar vestigia ejus.

Vox Regis.

Clama ne cesses.

Imp: Bouchard, rue St. Lazare, 18.   FIN.

www.ingramcontent.com/pod-product-compliance
Lightning Source LLC
Chambersburg PA
CBHW051132260626
47170CB00005B/1779